고전문학과
인물 형상화

숭실대학교 한국문예연구소 학술총서 52

고전문학과
인물 형상화

하경숙 지음

學古房

이 책은 우리 고전문학에 나타난 다양한 인물의 형상화 방식과 후대 변용을 살피는 글로 이루어져 있다. 단지 과거의 것으로 치부하고 가깝게 느끼기 어려웠던 고전문학은 여전히 다양한 방법으로 유통되고 있다. 이러한 사실에 기반하여 고전문학 속에 형상화된 인물과 그 특질을 점검하고 살피는 것에 목적을 두었다. 이는 2014년에 출판된 『네버엔딩 스토리 고전시가』와 연계되는 논의라고 할 수 있다.

고전문학은 기본적으로 스토리의 보고이다. 그 속에는 당대의 사회상, 다양한 인물과 특수한 사건, 배경 등이 심도 있게 그려지고 있으며 작품의 의미를 파악하고 개별의 인물이 지닌 특수성을 확인할 수 있다. 그리고 이러한 작업을 통해 과거인들이 지닌 의식과 세계관에 대한 이해는 물론 오늘날 우리가 추구하는 삶의 의미와 역할을 짐작할 수 있게 한다.

여기에 모은 논문들이 우리 고전문학의 문학적 성취라든가 거기에 담긴 진정성을 읽어내는데 너무나 미약하지만 고전문학을 참신하게 읽는 방법과 적극적인 수용의 과정을 제시함으로써 고전문학의 위상을 더욱 증진시키는 계기를 마련하였다. 고전문학은 다양한 목적과 방향을 가지고 생성된 살아있는 생생한 텍스트이며 삶의 또 다른 형태로 그 수용이 광범위하여 다양한 요구를 지닌 디지털 시대의 대중들에게 지속적인 애정을 받고 있는 것은 사실이다. 문학은 시대와 더불어 시대정신을 반영하는 동시에 자율성을 추구하고 있는데, 현대의 독자들은 사실적인 이야기에 호응하고 동조한다. 그들의 내면에는 온통 자유와 변혁을 추구하지만 일상이라는 험난한 현실을 살아가는 현대인에게 안정감과 위로를 주는 것은 고전문학으로 쉽게 매료될 수 있다. 대중들에게 고전문학은 지속적으로 변하지 않는 스토리의 원천이며 이를 통해 다양한 삶의 방안을 실천할 수 있다. 이처럼 고전문학은 늘 현실의 가장 가까운 곳에서 살아 숨쉬는 네버엔딩 스토리이다.

이 책은 고전시가와 배경설화, 역사인물이나 여성을 중심으로 문학적 전개와 수용

양상을 규명하였다. 〈수로부인〉, 〈뺑덕어미〉, 〈소현세자빈 강씨〉, 〈운초 김부용〉, 〈해녀 노 젓는 소리〉, 〈계모형 설화〉, 〈헌화가〉 등의 작품에 나타난 특수한 사연을 분석하고 인물의 형상화 방안을 고찰하여 개별의 작품이 지닌 특질을 점검하고자 노력하였다. 이들 속에는 본질적 아름다움에 대한 추구와 생명에 대한 강한 열망이 재현되어 있고, 인간과 삶의 의미에 대해 세심하게 설명한다. 다만 그동안 발표한 논문들을 엮은 것이다보니 다소 두서가 없고 미진한 부분들이 많이 보여서 참으로 부끄럽다. 하지만 앞으로 후속연구는 더욱 발전되고 체계화된 논의를 통해 고전문학이 지닌 참된 위상을 밝히는데 기여하고자 다짐을 해본다.

여러모로 부족한 나에게 이 연구가 가능할 수 있도록 늘 용기와 애정을 아끼지 않으신 여러 선생님들께 감사의 인사를 드린다. 연구를 하는 동안 나는 그 속에서 여러 특수한 사연들을 만났고 이를 통해 나 스스로를 치유하고 돌아보는 계기가 되었다. 특히 지도교수님이신 구사회 교수님과 숭실대 조규익 교수님의 은혜로 이 책이 세상에 나올 수 있었다. 두 분께 진심으로 감사드린다. 많은 은사님들의 격려와 애정이 있었기에 나는 느린 걸음이지만 학문을 할 수 있었고, 앞으로도 그분들께 누가 되지 않도록 열정적인 자세로 학문을 하고자 한다. 언제나 한결같이 격려와 배려를 해 준 남편과 우리 가족들에게 감사의 말을 전하며 손종업, 강명혜, 신현규, 정영문, 김지혜, 김규선, 구지현, 홍인숙, 이복규, 박수밀, 김인규, 이홍식, 신춘호, 양훈식, 이인영, 김영일, 이수진, 박희, 이정현 선생님께 기쁨을 전하고 싶다.

무엇보다 이 책을 낼 수 있도록 기꺼이 허락을 해주신 학고방 사장님을 비롯하여 출판사 여러분께 감사의 인사를 전하고 같이 작업을 하면서 따뜻한 애정을 보여주었던 김민영 선생님께도 감사의 말씀을 전한다.

마지막으로 주님께 이 모든 영광을 돌리며 아름다운 나라에서 영원한 안식을 누리시는 사랑하는 나의 아버지께 존경과 감사의 뜻을 전한다. 늘 변함없는 애정과 축복, 용기를 주시며 헌신으로 내 곁에서 기도해주시는 사랑하는 나의 어머니께 이 책을 바친다.

2016년 8월
하경숙(레지나)

제1장

≪삼국유사≫ 〈수로부인水路夫人〉
조에 구현된 여성인물의 형상과 특질

1. 〈수로부인〉 조의 가치와 수용

≪삼국유사三國遺事≫에 전하는 '수로부인'의 이야기는 대단히 흥미로운
이야기이다. ≪삼국유사≫ 소재 설화에 등장하는 인물들은 보편적으로
왕, 고승, 화랑이나 관료와 같은 사회적 영향력이 대단한 남성들이 주를
이룬다. 여성을 중심으로 하는 이야기는 대단히 드물다. 무엇보다 ≪삼국
유사≫의 핵심이 되는 '기이紀異'편에 수록된 이야기들은 주로 왕王을 중
심으로 하여 고대국가와 신라의 정체성을 알려주는 신이함을 바탕으로
하고 있다. 따라서 기이편에 수록된 이야기 중에서 온전히 여성이 중심을
이루는 이야기는 〈수로부인〉뿐이다. 〈수로부인〉 조는 크게 두 개의 이야
기로 설명된다. 신라 성덕왕聖德王 때를 배경으로 소를 몰던 신원미상의
한 노인이 강릉태수江陵太守로 부임하는 순정공純貞公과 동행하는 그의
아내 수로에게 벼랑 끝의 꽃을 꺾어 바친 이야기와 수로가 해룡海龍에게
납치되자 한 노인이 알려준 대로 노래를 불러 수로를 되찾은 이야기이다.
수로부인은 ≪삼국유사≫ 속에서 매우 신비로운 매력과 동시에 강한
호기심을 갖게 하는 인물임에 틀림없다. 이처럼 우리 고전서사에서 찾기
어려운 여성인물인 수로에 대한 관심은 학계에서도 지속적으로 이어지고

있다. 이 이야기는 절대미의 화신으로 초점이 맞추어지기도 하고, 의례와 주술의 맥락에서 해석되기도 하고, 당대 역사적 맥락 속에서 실존 인물을 찾는 것에 관심이 모아지기도 했다.[1] 특히 〈헌화가〉와 〈해가〉의 배경설화는 구체적인 서사적 구성을 보여주고 있지만 나머지는 대부분 생략이 많고 개괄적이다.[2]

〈수로부인〉에 대한 연구 초기에는 수로의 미모를 중심으로 논의가 전개되었지만 점점 역사 · 정치 · 종교 · 주술 · 문화 등의 관점에서 다양한 의미를 기반으로 수로의 정체성을 규명하고자 시도하였다. 최근의 논의 중에 아름다움을 중심으로 서사와 노래를 분석한 이승남의 사례와 헌화가를 기원祈願의 노래로 고찰한 필자의 사례가 있다.[3] 본고에서는 〈수로부인〉 조에 반영된 사회상은 물론, 작품 속에 등장하는 여성 인물인 수로가 겪는 사건, 배경 등을 심도 있게 고찰하여 작품의 의미를 파악하는 한편 여성인물이 지닌 특수성과 의미를 면밀히 확인하고자 한다. 그리고 이러한 작업을 통해 신라인의 의식 세계는 물론 오늘날 우리가 추구하는 삶의 의미와 가치를 통해 여성들이 가진 역할과 그 의미양상을 점검하고자 한다.

2. 〈수로부인〉 조의 특질과 의미

《삼국유사》는 기록 당시부터 이미 전복적인 상상력을 펼치고 있었던 것이다. 왕과 정사政事 중심의 《삼국사기》의 논조論調를 탈피하여 일상

---

1) 오세정, 「수로부인조의 원형성과 재조명된 여성상-『삼국유사』 〈수로부인〉과 극 〈꽃이다〉를 중심으로」, 『한국고전 여성문학연구』 제28권, 한국고전여성문학회, 2014, 263쪽.
2) 신배섭, 「향가 문학에 나타난 '갈등'과 '화해' 양상 연구: 『삼국유사』 소재 14수를 중심으로」, 수원대학교 박사학위 논문, 2008, 61쪽.
3) 이승남, 「수로부인은 어떻게 아름다웠나-삼국유사 수로부인조의 서사적 의미소통과 헌화가의 함의」, 『한국문학연구』 37, 동국대학교 한국문학연구소, 2009.
하경숙, 「향가 「헌화가」에 나타난 기원의 표출양상」, 『문화와 융합』 제37권 제2호, 한국문화융합학회, 2015.

적인 삶을 설명하는 ≪삼국유사≫는 기이함과 환상성의 결정체이다. 한 편의 설화 속에 내재된 인식은 단순히 고정되어 있는 것이 아니며, 집단이 처한 현실과 가치관의 변화에 따라 서로 대립하거나 충돌하고, 때로는 통합하려는 역동적 움직임을 보이기도 한다.[4] ≪삼국유사≫ 속에는 신앙생활과 문화, 의례와 제의, 생산기술문화, 의식주, 예술·문화 등 다양한 자료의 원천이면서 동시에 과거의 삶의 질서는 형태와 모양만 바뀌었을 뿐 근본은 변하지 않는다는 것을 보여준다. 무엇보다 수로부인은 ≪삼국유사≫ 속에 등장하는 여성 중에서 가장 독특한 자아自我를 가졌다. 또한 수로부인의 행보行步를 본다면 고대의 여성으로만 간주할 것이 아니라 현대의 여성으로 보아도 전혀 손색이 없다고 할 수 있다. 자신의 주장을 아무런 거리낌 없이 내세울 수 있는 여성이며 뭇사람들의 애정을 받는 여성이기도 하다. 심지어 자연의 신물神物들에게도 늘 관심거리가 되는 여성이다.[5] 〈수로부인〉 설화는 그 내용이 상당히 상징적이고 압축되어 있는 상태이다. 다만 '수로'라는 인물은 단순하고 평범하지 않으며 많은 상징을 내포하고 있다. 뿐만 아니라 여러 가지 정황을 비추어 추정하건데 수로부인은 당시 영향력을 가진 인물로 볼 수 있다.

≪삼국유사≫, 기이紀異편에 수록된 〈수로부인〉 조를 분석하면 다음과 같다.

1-1. 성덕왕대에 순정공純貞公이 강릉태수로 부임하는 도중에 바닷가에서 점심을 먹었다.
1-2. 수로부인이 천 길 높이의 바위 위에 핀 꽃을 보고 주변 사람에게 그것을 요구했다.
1-3. 종자들이 사람이 오르지 못하는 곳이라고 하며 아무도 나서지 않았다.
1-4. 암소를 끌고 가던 한 노인이 부인의 말을 듣고 꽃을 꺾어 주며 노래를

---

4) 송효섭, 『설화의 기호학』, 민음사, 1999, 82~85쪽.
5) 표정옥, 「『삼국유사』에 재현된 여성의 양성성에 대한 현대적 문화 담론 연구」, 『인간연구』 제20호, 카톨릭대학교 인간학연구소, 2011, 186쪽.

제1장 ≪삼국유사≫ 〈수로부인水路夫人〉 조에 구현된 여성인물의 형상과 특질 • 3

바쳤다.

2-1. 이튿날 순정공 일행이 임해정이란 곳에서 점심을 먹었다.

2-2. 해룡海龍이 홀연히 나타나 수로부인을 끌고 바다 속으로 들어갔다.

2-3. 한 노인이 백성들을 모아서 노래를 부르고 지팡이로 언덕을 치라고 일러주었다.

2-4. 순정공이 노인이 시키는 대로 하자 해룡이 수로부인을 다시 돌려주었다.

2-5. 수로부인은 자신이 다녀온 용궁은 화려하고 인간 세상과는 다른 곳이 었다고 말한다.

2-6. 수로부인은 절세미인이어서 깊은 산이나 큰 못을 지날 때마다 신물에 게 빼앗겼으므로 여러 사람이 해가를 불렀다.[6]

　수로부인을 포함한 기이의 텍스트들은 대체로 짧은 내용에 핵심적인 메시지만 담고 있다. 〈수로부인〉 조는 〈해가海歌〉와 함께 수록되어 당시 시대상황을 세밀하게 분석하기에 다양한 특수성이 내포되어 있다. 〈수로 부인〉 조의 특수성 및 사실과 굴절의 부분을 확인하기 위해서는 무엇보 다 설화說話가 시작되는 성덕왕대 강릉 부임지로의 여행 시·공간에 대한 분석이 먼저 이루어져야 한다. 수로부인 이야기의 시점은 신라 성덕왕대 이며, 무대는 왕경에서 강릉사이의 여로旅路로 설명하고 있다.[7] 최근에 는 이들의 여정에 대한 지리학적 접근과 콘텐츠와의 연결에 관하여 많은

---

6) 聖德王代, 純貞公赴江陵〈大太〉守[今冥(溟)州], 行次海汀晝饍. 傍有石嶂, 如屛 臨海, 高千丈, 上有躑躅花盛開. 公之夫人水路見之, 謂左右曰, 折花獻者其誰, 從者曰, 非人跡所到. 皆辭不能. 傍有老翁牽牸牛而過者, 聞夫人言, 折其花, 亦 作歌詞獻之, 其翁不知何許人也. 便行二日程, 又有臨海亭. 晝饍(饍)次, 海龍忽 攬夫人入海, 公顚倒躄地, 計無所出. 又有一老人, 告曰,故人有言, 衆口鑠金, 今 海中傍生, 何不畏衆口乎. 宜進界內民, 作歌唱之 以杖打岸, 「則」可見夫人矣. 公 從之, 龍奉夫人出海獻之. 公問夫人海中事, 曰, 七寶宮殿, 所饌(饍)甘滑香, 非人 間煙火. 此(且)夫人衣襲異香, 非世所聞, 水路姿容絶代, 每經過深山大澤, 屢被 神物掠攬, 衆人唱海歌, 詞曰, 龜乎龜乎出水路, 掠人婦女罪何極. 汝若悖逆不出 獻, 入絶綱捕掠燔之喫. 老人獻花歌曰, 紫布岩乎邊希, 執音乎手母牛放教遣, 吾 肹不喩慚肹伊賜等, 花肹折叱可獻乎理音如. (『삼국유사』, 「수로부인」 조條)

7) 이주희, 「'수로'부인 설화 창작의 시공간-「헌화가」를 중심으로」, 『어문논집』 제55 집, 중앙어문학회, 2013, 195~214쪽.

논의가 이루어지고 있다.

순정공 일행이 점심을 먹고 수로부인이 꽃을 취하고자 한 것은 서사의 핵심이면서 충분한 이유를 추론해 볼 수 있다. ≪삼국사기≫에 서술된 성덕왕대는 가뭄이 오래 들어서 굶주리는 백성이 많았고 민심이 흉흉한 혼란의 시기로 중앙의 관리를 파견하여 민정을 시찰했을 가능성이 있다.[8] 그러한 사정과 연계하여 본다면 서사 속에 신원미상의 노인이 등장하여 사람이 올라갈 수 없는 천길 낭떠러지에 올라가서 꽃을 구해 바치는 사연은 단순히 애정문제라고 한정하기에는 어려움이 수반된다. 이는 현실의 일상에서 쉽게 납득하기 힘든 상황으로 목숨을 담보로 꽃을 꺾어오는 노인의 존재는 매우 특수하다. 노옹은 순정공의 위기를 해결하기 위해 도움을 주는 사람으로 추정된다. 그렇다면 이 노인 또한 순정공 일행에게 우호적인 사람일 가능성이 매우 높다. 따라서 이 노인은 적어도 주변의 적대 세력은 아니다. 강릉 지역의 토착 세력으로서 신라 중앙 권력의 강릉 행차에 긍정적인 입장을 갖고 있는 사람으로 보는 경우도 있다.[9]

또한 노옹의 헌화獻花라는 사건은 신이, 풍요, 아름다움에 대한 소망을 근원으로 하는 무속의례를 위한 무구巫具로 상징될 수 있다. 대체적으로 꽃은 인간에게 생명의 에너지 공급처이고 생명의 원천이다. 꽃은 끊임없이 재생을 반복하면서 영원히 영생永生하는 성스럽고 신성한 생명체이다.[10] 다시 말해 헌화를 한 노옹은 제의현장에서 수로부인의 축원祝願에 응답하고, 축원을 이루게 해주는 인물로 볼 수 있다. 이처럼 자연물은 여성의 생산성이 지니는 자연과의 친연성과 관련해서 수용할 수 있으며, 남성적 질서가 확립되어 자연/문화의 이분법적 구분이 생기고 자연을 문

---

8) 김은수, 「수로부인 설화와 〈헌화가〉」, 『고시가연구』 17, 한국고시가문학회, 2006, 59~60쪽.
9) 엄태웅, 「『삼국유사』 「기이」편 〈수로부인〉의 서술 의도-〈성덕왕〉과의 관련성을 전제로-」, 『국학연구논총』, 택민국학연구원, 2015, 15쪽.
10) 김명희, 「무巫의 '꽃밭'에 나타난 '위대한 어머니(The Great Mother)'인 '원강암'」, 『비교민속학』 제47집, 비교민속학회, 2012, 501쪽.

화의 하위에 자리매김하는 인식이 일반화되기 이전에는 자연과 여성을 불가분의 관계에 놓았다. 이에 그 속성인 생명력과 풍요성이 인간 삶의 가장 근본이 되는 의미였다는 점을 인지해야 한다.

또한 두 번째 이야기 역시 현실에서는 쉽게 일어나기 어려운 일들이다. 수로를 납치한 '해룡'이라는 존재의 출현과 이에 대한 해석이다. 이처럼 〈수로부인〉 서사에서는 현실의 삶과 극명히 다른 존재들이 출현하고 특수한 사연을 지니고 있을 것으로 추정되지만 그들을 규명하는 작업은 쉽지 않다. 그러나 주지할 사실은 낯선 존재들의 평범하지 않은 행위들이 바로 수로를 향한 일련의 결과물이라는 점이라는 것이다.

그렇다면 이러한 수로는 다층적인 의미를 지닌 인물이라는 것을 알수 있다. 〈수로부인〉 설화는 철저히 수로부인에 국한하여 전개하는 이야기이다. 김순정과 수로부인의 강릉파견은 극심한 재난의 연속에서 비롯된 정국을 돌이키는 어떤 전기를 만든 조치였다는 점을 알 수 있다. 한편 〈수로부인〉 전체 서사를 제의 과정으로 보거나 제의와 관련된 사건으로 해석의 초점을 맞추는 경우도 있다. 즉 수로나 노인을 제의 주관자 내지 무당巫堂으로 간주하며, 해룡은 악신이나 용신 신앙집단으로 본 것이다.11) 삼국유사 편찬자의 성덕왕 서술 맥락을 고려한다면 이 서사에서 주목해야 할 것은 수로부인을 납치하여 토착 세력의 집단적인 행동을 유발하는 존재가 있으며, 이들에게 주변 적대 세력이 존재하고 결국 순정공 일행과 강릉 지역 백성들은 화합을 통해 공통의 위기를 극복하고자 한 것이다.

---

11) 장진호, 「수로부인 설화 고」, 『어문학』 47, 한국어문학회, 1986; 이창식, 「〈수로부인〉 설화의 현장론적 연구」, 『동악어문논집』 25, 동악어문학회, 1990; 김문태, 「「헌화가」・「해가」와 제의 문맥: 『삼국유사』 소재 시가 해석을 위한 방법론적 시고」, 『성대문학』 28, 성균관대학교 국어국문학과, 1992; 조동일, 『한국문학통사』 1, 지식산업사, 1993, 140~143쪽; 김동삼, 「『삼국유사』「수로부인」 조의 제의적 성격과 구조」, 『강원사학』 제15・16합집, 강원대학교 사학회, 2000; 조태영, 「『삼국유사』 수로부인 설화의 신화・역사적 해석」, 『국어국문학』 126, 국어국문학회, 2000; 신현규, 「「수로부인」 조 '수로'의 정체와 제의성 연구」, 『어문논집』 32, 중앙어문학회, 2004.

3. 〈수로부인〉 조에 형상화된 여성인물의 양상

〈수로부인〉 서사의 등장인물들을 역사적 실재 인물로 설명하는 것에는 일정이상의 위험과 어려움이 수반된다. 그렇다면 무엇보다 서사 텍스트를 면밀히 살피고 서사 내적 관계망과 그것을 이루는 상징과 사실에 집중할 필요가 있다. 이 서사는 배경적 현실을 구체적으로 재구성하고 그 의미를 부여함에 있어서, 수로의 신분이나 노옹의 정체, 수로와 노옹의 사랑 등 서사문면에 언급되지 않은 점에 대한 필요이상의 상상과 추론이 요구되었다.[12] 《삼국사기》 〈신라본기〉의 기록에 '부인夫人'이라는 칭호가 존호尊號로 사용되었고 왕의 삼친三親에게 쓰이며 수로부인이 왕의 삼친인 '부인'이라고는 단정할 수 없지만 개연성이 높다.[13] 그러나 최근의 연구에서 강릉이 무열왕계의 영지였고 김순정은 그 후손으로서 강릉 지역 태수로 부임해갔을 가능성이 있으며 김순정과 수로부인은 무열왕계 근친왕족의 일원이라 분석하였다.[14]

1) 아름다움의 표상

아름다움이란 현상을 모방하고 재현하는 것이라 하면서, 아름다움의 객관성을 주장하였다.[15] 수로부인은 현실과 이상을 모두 담고 있다. 특히 인물의 특성상 현실을 기반으로 한 이상을 자유롭게 투영시켜 표현된 인물이다. 고대사회에서 여성의 진정한 아름다움을 왜곡시키는 방향으로 변질하여 규범화된 여성의 미와 행동방식은 남성중심적인 시각에서 규정된 이데올로기로 여성들의 에너지와 능력을 분산시키고 심리적 압박감을 강화하여 여성들의 자신감을 상실시키는 주된 원인이 될 수 있다. 그럼에

---

12) 이승남, 앞의 논문, 9쪽.
13) 조태영, 「삼국사기 설화의 신화적 성층과 역사적 실재」, 『고전문학연구』 16, 고전문학연구학회, 1999, 12~25쪽.
14) 이주희, 「수로부인의 신분」, 『영남학』 24, 경북대 영남문화연구원, 2013, 153~182쪽.
15) 설혜심, 『서양의 관상학 그 긴 그림자』, 한길사, 2002, 25쪽.

도 불구하고 이 서사에서 수로부인은 외형적 사항으로 인한 억압을 배제하고 주위의 시선을 의식하지 않고 의연하게 자신의 뜻을 펼치는 자신감을 보여 준다.

수로부인은 대단한 형상미를 지니고 있다. 형상미의 관점을 어느 곳에 두느냐에 따라 달라지지만 단순히 용모의 아름다움으로 규정한다면 겉모습의 아름다움만을 강조할 수 있다. 그러나 겉모습의 아름다움에만 그치지 않고 '내・외적 형상의 아름다움'으로 설명한다면 수로부인은 이에 부합된다. 수로부인이 길을 가면서 사건의 주인공이 되고, 주인공이 되면서 아름다운 모습이 하나씩 드러나기 때문이다.[16] 이때 수로부인의 노정은 미적 특질을 규명하는 중요한 요소로 작용한다. 수로부인이 자연이나 물과 통하는 능력, 즉 자연과 합일合一될 수 있는 능력을 지니고 있으며 이러한 능력이 미美라는 특정한 기능으로 분화되어 표현된 것이라고 할 수 있다.[17] 이 설화에서 수로부인은 신물神物들이 여러 번 잡을 정도로 뛰어난 용모容貌와 자색姿色을 갖고 있는 것으로 표현되어 있다. 대체적으로 추녀인 경우 타인들에게 호감을 주기가 어려운데 비해 그녀는 이미 일정 이상의 호감을 주는 외모를 지니고 있어서 이로 인하여 오히려 삶이 평온하지 못했을 것으로 파악된다.

수로부인은 순정공의 아내라는 현실 세계에 속한 구체적이고 현실적인 인물로 그녀가 행차 도중에 정체불명正體不明의 노인과 해룡이라는 비현실적이며 규명하기 어려운 존재들을 만나게 된다. 이러한 서사 내 등장하는 인물들이 다양하고 그 수가 아무리 많다 하더라도 행위 범주는 제한적이며 행위 범주들은 각각 특정한 관계를 맺고 있다.[18] 정작 이 사건들은 수로라는 아름다운 여인으로 인해 야기된 일들로 그 신이함의 은밀한

---

16) 신태수, 「수로부인의 다층적 주제와 그 역사적 의의」, 『국학연구논총』 제10호, 택민국학연구원, 2012, 25쪽.
17) 이유경, 『한국의 여성영웅소설』, 태학사, 2002, 92쪽.
18) 테렌스, 『구조주의와 기호학』, 오원교 역, 신아사, 1998, 126~128쪽.

내막은 다름 아닌 바로 수로의 아름다움 그 자체에 숨겨져 있으며 아름다운 여인 수로를 탐한 해룡을 향한 이러한 비난은 수로의 관능성에 대한 간접적이고도 은근한 숨김의 의미를 지닌다.[19)]

〈수로부인〉 서사에는 관능미가 사실적으로 형상화되어 있다. 전반부에는 수로의 넘치는 시각적 관능만을 보여주고 있지만, 그것은 후반부에 이르러 육체적 관능과 연계되는 것이었다. 후반부 서사에 표현된 수로의 미각적·후각적 관능은 〈해가〉와 수로의 해중체험담을 통해 성적·육체적 관능으로 인식된다. 수로부인은 인간인 여성으로서의 성적 아름다움과 매력을 동시에 지니고 있다. 그러나 이러한 아름다움과 매력은 인간적인 측면에서 수용되고 있지만 그 이상의 우주적이며 초월적인 특질까지도 포함하고 있다. 뿐만 아니라 수로는 인간 이상의 신적인 세계 내지는 천상적인 세계를 지향하거나 그와 같은 질서 속에 편입된 신에 버금가는 존재로 격상되어 있기도 하다. 이를 통해 다산과 풍요豊饒를 기원하는 여신으로 형상화되기도 한다. 다시 말해 아름다움을 기반으로 여성의 생산성生産性을 통해 나타내고자 하는 것은 여성만이 지닌 능력으로서 남성이 추구하는 사회적 성공과 같은 맥락으로 구체화할 수 있다.

〈수로부인〉 설화에는 여성이 여성으로서 자신의 아름다움을 통해 기존 사회와 대립하지 않고 조화롭게 상생相生하는 모습을 통해 여성의 가치를 재탐색하게 한다. 이 점을 통해 고대사회의 여성의 능력에 대해서 다시 분석해보게 한다. 여성이 여성만이 할 수 있는 능력을 통해 주변과 동화하는 삶 또한 의의를 지니고 있다.

2) 풍요의 상징

수로부인은 풍농豊農, 풍어風魚의 다산적 제의와 안전행로, 집단의 안녕 등을 주관할 수 있다. 기존의 논의에서 수로는 수로가 일반 귀부인이

---

19) 이승남, 앞의 논문, 22~23쪽.

아닌 기우제를 주관하는 여사제가 되기도 하며,[20] 접신을 하는 성무식의 주인공이 되기도 한다. 또한 수로는 해룡으로 대표되는 반反 중앙정부 세력을 위무하기 위한 정치적 임무를 띤 관료의 아내이자 중앙정부의 상징[21]으로 보기도 한다.

수로부인 조에서 신원미상의 노옹이 꽃을 꺾어 여성에게 바치는 것을 〈불도맞이〉에서처럼 잉태를 희구하는 여성에게 꽃의 주술성을 상징적으로 보여 주는 것이다. 〈불도맞이〉는 특히 생명의 잉태와 탄생·생장과정을 주관하는 신들을 부르고, 이들 신들이 지니고 있는 능력을 실제적으로 형상화함으로써 굿의 기능을 보여주는 의례이다. 이는 수로부인 서사에서도 분명하게 표현되어 있다. 서사에 표현된 의미는 단순히 젊은 부인의 미모를 탐하여 사랑을 갈구하는 보편적인 애정의 행위를 하고 있는 것이 아니라 자줏빛 바위로 표상된 남근석男根石 아래에서 그것이 생식과 내포하고 있는 생명력을 얻으려는 주술의례의 성격[22]이 포함되어 있기 때문이다.

상고시대의 제의는 대부분 주술을 통해 이루어진다. 이런 상황과 연계하여 생각한다면 이 서사에는 분명히 고대인의 의식과 세계관이 표출될 가능성이 높다. 이들은 무엇보다 살아남기 위한 풍요와 다산을 희망했으며 이는 종족의 번영과도 상통相通된다. 아울러 '수로水路'라는 이름이 지닌 의미에 주목해 볼 수 있다. 지방수호신으로 자식을 잘 낳게 해준다는 '임수臨水'부인이 있는데 '수로水路'라는 의미와 '임수臨水'라는 말이 동류일 수 있다. 진정고陣靖姑, 순의부인順懿夫人 등으로 불리는 임수부인臨水夫人[23]은 여성들의 난산難産을 도와주는 신으로 남녀모두에게 두터운 신

---

20) 이동철, 「수로부인 설화의 의미」, 『한민족문화연구』 18, 한민족문화학회, 2006, 223~258쪽.
21) 김은수, 「수로부인 설화와 〈헌화가〉」, 『고시가연구』 17, 한국고시가문학회, 2006, 69쪽.
22) 구사회, 「헌화가의 자포암호와 성기신앙」, 『국제어문』 제38집, 국제어문학회, 2006, 201~223.

앙을 얻고 있다. 지방수호신이자 출산을 도와주는 신으로서 활동한 것을 본다면 수로부인도 일종의 지방수호신이자 여성신으로 이러한 일을 주관한 것으로 추측할 수 있다.

또한 서사의 핵심이 되는 해안 지역에서의 생활은 평탄하지 않을 뿐아니라 언제나 위험이 도사리고, 바다의 변화에 대해서도 사람의 힘으로 예측할 수 없는 것들이 많이 발생했기 때문에 수로신에게 의존하는 바가 대다수였다. 이후 이런 경배사상에 다산의 기능이 첨가되면서 수로 서사의 다양한 변형이 이루어졌던 것으로 보인다. 다시 말해 수로부인은 집단의 안녕과 아울러 풍어의 다산을 갈구하는 핵심에 있는 인물이며 통합의 기능, 정치적 기능, 축제적 기능, 예술적 기능 등의 농어촌 사회의 사회적 기능까지도 아우르는 영향력이 큰 인물이었다.

3) 모험자의 면모

〈수로부인〉서사는 한국 최고의 스토리 원천으로 대중들에게 무안한 상상력과 낭만의 절정을 보여주는 환상적인 문학작품이다. 수로부인은 자신이 처한 공간을 현실감 있게 구성하여 타인의 구조만을 기다리는 것이 아니라 자신이 당당하게 역경을 헤쳐 나가고 있다. 단순히 남성에 의

---

23) 경희태 역, 『중국도교』 3, 신화서점 상해 발행소, 1994, 150쪽.
夫人名進姑 福州人陳昌女 唐大曆二年生 嫁劉杞 孕數月 會大旱 脫胎祈雨 尋卒 年只二十四 卒時自言: '吾死必爲神 救人産難' 建寧陳淸叟子婦孕十七月不娩 神見形療之 産蛇數斗 据以上記載 陳靖姑之事迹 不外斬蛇和保護 婦女生産二事 故舊時福建和臺灣民衆多以之爲地方守護神和送子娘娘 立廟奉祀之. 부인의 이름은 진고이고 복주사람으로 진창陳昌의 딸이다. 유기劉杞와 결혼했다. 임신 한 지 몇 개월이 되었을 때 마침 큰가뭄이 들었다. 아이를 유산하고 비를 내려 달라고 기원했다. 얼마 지나지 않아 세상을 떴는데 불과 24세의 나이였다. 임종 때에 자신이 죽은 후에 반드시 신이 되어 사람들의 해산의 고통을 구하겠다고 했다. 그 후 어떤 부인이 임신을 했는데 17개월이 되어도 아이가 나오지 않았다. 그녀가 나타나 부인을 치료해주었는데 몇 마리의 뱀을 낳았다. 또한 마을에 뱀이 나타나자 뱀을 베어 죽여 보호했다. 자신은 예전에 복주에 살았던 사람이라고 하자 마을 사람들은 사당을 지어 제사를 지냈다.

해 자신을 보호하고 위장하는 것이 아니라 당대의 제도권 속에서도 굴하지 않고 이를 극복하기 위해 현실을 주도하고 개척하는 당당한 여성의 모습을 보여주고 있다. 〈수로부인〉 서사는 '미녀피랍美女被拉구출' 모티브가 내재된 우리나라 서사물 중에서 사건발생 연도와 문서로 기록된 시기가 가장 오래되었고, 이 모티브가 내재된 서사물은 현대에도 꾸준히 제작되고 있다는 점에서 원형에 해당된다고 말할 수 있다.[24] 수로부인 설화는 여로가 분명하게 드러나 있어서 모험 스토리의 특성이 충분히 드러난다.

모험담은 영웅이 위험을 극복하고 임무를 완수하여 그 보상을 받는 이야기인 신화에 뿌리를 두고 있는 서사물이다.[25] "위험을 무릅쓰고 하는 일" 정도로 모험이란 단어의 개념을 설명하고 있어서 모험이 위험과 관련이 있는 단어임을 알게 한다. 그러나 모험이 단순히 무섭고 공포스러운 경험에 그치지 않고, 시대의 한계를 뛰어넘는 어느 지점에 목표를 둔다는 점으로 본다면 〈수로부인〉 설화는 충분히 이러한 요소를 갖추고 있다.

아울러 수로부인의 용궁체험이 자발적인 것이 아니었으나 모험冒險에 적응한 수로에게 용궁여행은 납치가 아니라 자발성으로 바뀌었다. 이어서 산과 연못으로 체험현장이 확대되었고, 이는 동심원의 확대이며 나아가 화합과 아름다움의 고양 또한 갖추고 있다.[26] 또한 무엇보다 '수로부인 설화는 각각 독립적으로 존재하던 이야기를 한 곳에 모아 놓은 것이고 동일한 제의祭儀를 근거로 성립된 설화'[27]로 볼 수 있다. 남성의 여행旅行은 어떤 의미에서 보다 직선적直線的이어서, 하나의 목표에서 다음 목표로 이행해 가는 반면, 여성의 여행은 내부와 외부를 향해 원, 혹은 나선형

---

24) 임정식, 「한국영화에 나타난 '미녀 피랍/구출' 모티프의 수용과 변주-「수로부인」설화와의 비교를 중심으로」, 『인문콘텐츠』 제31호, 인문콘텐츠학회, 2013, 122쪽.
25) 김열규, 『한국민속과 문학연구』, 일조각, 1975, 45쪽.
26) 고운기, 「모험스토리개발을 위한 『삼국유사』 설화의 연구」, 『신라문화』 제41집, 동국대학교 신라문화연구소, 2013, 307~320쪽.
27) 강등학, 「수로부인 설화와 수로신화의 배경제의 검토」, 반교어문학회 편, 『신라가요의 기반과 작품의 이해』, 보고사, 1998, 161쪽.

을 그리며 움직여 간다. 다시 말해 중심을 향한 안으로의 여행 후 다시 밖을 향하여 동심원同心圓을 확대한다는 지적에 수로부인의 이야기는 적절히 맞아들어 간다.[28] 용궁의 체험이 그 사례이다. 또한 발을 구르며 노심초사하던 순정공 앞에 나타난 수로부인은 뜻밖의 태도를 보이며 도리어 용궁 자랑을 늘어놓고 있다. 마치 즐거운 여행을 방해했느냐는 듯한 말투에서 여기가 수로부인 이야기를 모험의 서사로 볼 수 있는 결정적인 지점이다. 여성들이란 언제나 남성적 시선을 통해 규정된다. 따라서 실제 주체는 남성적 시선으로부터 벗어나 여성주체를 긍정적으로 모색할 이론적 여지를 보여주지 않는다.[29]

그렇다면 수로부인의 호기심과 아름다움에 대한 의미, 강한 자기주장을 연결지어 본다면 수로부인은 양성적 성향이 대단히 짙으며 그가 속해 있던 집단은 오히려 이러한 특질을 강화시킨다. 수로부인 관련 일련의 사건들은 그녀의 호기심이 불러온 것이라는 생각을 해 볼 수 있다. 용에게 잡혀간 수로부인은 "일곱 가지 보寶로 꾸민 궁전에 음식들은 맛이 달고 매끄러우며 향기롭고 깨끗하여 인간 세상의 음식이 아니었습니다"라고 이계異界체험을 이야기한다. 수로부인은 항상 무엇인가를 알고 싶어 하는 지적知的 호기심이 풍부한 성향의 여성일 것이다. 대체적으로 자신이 여성적 현실에 머무는 한 주체가 되지 못하고 타자他者로서 살아갈 수밖에 없다는 현실을 인식하고 자신의 특별한 능력을 발휘하기 위해 주체가 되고자 하는 욕망을 간직한다.[30] 이 경우 주체가 되고자 하는 욕망慾望의 근원은 그들의 타고난 능력에 기반을 둔다. 이러한 상황을 극복하기 위하여 많은 노력을 보이기도 한다. 이처럼 초월계적 삶과 현실적 삶을

---

28) 고운기, 앞의 논문, 320쪽.
29) 김주현, 「이미지와 표상으로서 여성성의 형성과 재구-심미적 범주로서의 성차와 여성주체」, 『한국고전여성문학연구』 제13집, 한국고전여성문학회, 2006, 6쪽.
30) 이지하, 「주체와 타자의 시각에서 바라본 여성영웅소설」, 『국문학연구』 제16권, 국문학연구학회, 2007, 41쪽.

표상하는 존재로 부상할 수밖에 없었던 단서를 추적한다면 수로부인 서사의 미학적 기반을 한층, 더 탄탄하게 하는데 일조—助할 수 있을 것이다.

4. 〈수로부인〉 조에 나타난 여성인물의 특성

〈수로부인〉 서사는 설화적인 성격이 강해서 수로부인은 실재했던 역사적 인물로 단정하기보다는 설화적 인물로 보고 상징적으로 해석하는 경우가 많았으나 최근의 연구는 인물이 지닌 특질을 실증적으로 규명하고 있다. 전통사회에서는 여성의 경우 본래 숨어있는 존재라 할 수 있는데, 뛰어난 능력을 가지고 있음에도 불구하고 평소에는 드러낼 기회가 없으며 어떤 문제가 발생했을 때에도 여성에게는 그 문제를 해결할 수 있는 능력발휘의 기회가 좀처럼 주어지지 않는다. 여성은 비교적 최근까지 주변인으로 존재해왔다. 여성은 약자이자 타자이며 피해자라는 인식이 우리의 의식저변에 깔려있기 때문에 여성에게 놓인 고난의 상황을 부각하여 생각하게 되는 것이다.[31]

여성은 자율적인 존재로서 여겨지지 않으며, 인류人類의 역사에서 남성 주체主體가 지배하는 사회의 타자로 존재해왔다. 그러한 사회구조에서 여성은 세상에 나가 도움을 필요로 하는 사람들에게 자신의 능력을 발휘하여 도움을 주기란 쉽지 않다. 그러나 수로부인의 경우 지하세계 괴물에게 납치당함으로써 죽음의 세계를 경험한 후 조력자의 도움으로 지상으로 돌아와 새 생명으로 재탄생하는 특수성을 지니고 있다. 자신의 신이한 경험이나 극복노력을 외부인들에게 전달하고 재생과 부활의 주체가 되는 뛰어난 인물이다.

뛰어난 능력은 도술道術, 예지력豫知力, 지혜智慧, 용기勇氣 등으로 그 능력이 일상적인 것이라 하더라도 남들이 모두 그 방법을 생각해내지 못

---

31) 이은희, 「한국 설화 여성인물의 영웅성 연구」, 강원대학교 박사학위논문, 2012, 3쪽.

했거나 실패한 경우에 실천하여 문제를 해결했다면 그 역시 비범非凡한 것으로 간주할 수 있다.32) 많은 사람들과 곤란한 상황, 그리고 이를 해결하는 수로부인, 바다와 점심으로 상징되는 '물과 제물', 이어지는 노래, 개인의 노래와 많은 사람들의 집단 노래. 그리고 가뭄으로 힘든 상황. 이러한 모든 것들이 어려운 시련을 타개打開해 나가려는 노력과 관련이 있음을 알 수 있고 그 중심에 바로 '수로'가 있음을 확인할 수 있다.33)

〈수로부인〉 설화에는 상상력을 한껏 발휘하여 서사를 해석해야 하는 부분이 있다. 투영된 상징적인 사실들을 놓고만 본다면 수로부인은 표면적으로는 비현실적인 인물로 보일 수 있지만, 좀 더 세밀히 들여다보면 사실은 철저하게 현실을 기반으로 한 인물이라고 볼 수 있다. 문학작품 안에서 당대인이 이적을 희구希求할 때는 그 시대의 총체적 난국亂局상황을 역설적으로 드러낼 때이다. 말 그대로 기이한 행적을 요구한다는 것은 정도正道로 돌아가지 않는 세상이나 인물에 대한 역심을 그 힘이라도 빌어 바르게 잡고 싶은 바람이 크기 때문이다.34) 〈수로부인〉 설화에도 역시 여성을 내세워 사람들의 이목을 집중시키고 은폐되거나 해소하고 싶었던 문제를 드러내는 계기가 되고 있다. 수로부인은 현실에서 이루어졌으면 하는 바람이나 현실에서의 문제의 해결을 민중民衆들이 바라는 소망所望의 표상으로 현상적 인간이라는 제한을 넘어 초월적인 능력을 가진 여성인물로 형상화되었다. 다시 말해 신라인들이 소망하는 집단의 안녕, 다산, 사회의 화합과 공동체의 평안을 희구하는 염원을 간곡하게 대변할 수 있는 능력을 지닌 여성인물로 설정되었다.

오늘날의 여성주의는 남성중심적 이원론과 위계적인 동일시 즉 인간을 하나의 기준에 의해 환원시키는 동일성의 철학을 비판하는 데에서 출

---

32) 정경민, 『여성이인 설화연구』, 이화여자대학교 박사학위논문, 2000, 4쪽.
33) 강명혜, 「고전문학에 투영된 한국 여성 영웅의 담론적 특성」, 『한국문학과 예술』 제11집, 숭실대학교 한국문예연구소, 2013, 88쪽.
34) 김현화, 「홍계월전의 여성영웅 공간 양상과 문학적 의미」, 『한민족어문학』 제70집, 한민족어문학회, 2015, 245쪽.

발하여 남성과 여성의 차이 여성들 간의 차이 그리고 각 여성 개인들 안에서 발생하는 차이들을 계속해서 모색해가는 차이의 철학을 통해서 전개된다.[35] 여성은 여성으로서만 억압받는 것이 아니라 준수해야 할 당위로서의 '이미지'에 의해 억압받는데 이러한 '여성 이미지'는 남성들의 시선에 의해 편파적偏頗的으로 왜곡된 것이다.[36] 대체적으로 남성들은 외적인 힘의 발현자로 대변되는데 비해 여성은 지혜의 근원적 에너지로서 남성적인 것으로 인식되는 현상적 힘을 가동시키는 숨은 원리로 작용할 수 있다. 여성은 드러나지 않는 지혜의 대변자로 현실을 지탱하는 생산력의 근원이고, 풍요의 원천이기 때문이다. 여성과 남성의 활동 영역이 다르고 여성과 남성의 삶의 실상이 다른 현실에서 여성은 남성에 대응되는 인물로서가 아니라 여성의 삶과 여성의 활동영역 안에서 그 특수성을 찾아야 한다. 왕과 다수의 유명한 남성들의 무용담武勇談이 등장하는 삼국유사 기이편에 유독 독립성을 지니고 모험심을 발휘하여 외부세계를 경험한 여성 수로부인의 등장은 여성신들의 원초적 생명력을 계승한 유형이라고도 볼 수 있다.

여성성과 관련된 전형적인 특성들은 감성적感性的 · 감정적感情的 · 이타적利他的이고 관계중심적으로 표현된다. 하지만 이것들은 실제로 여성이 지니고 있는 면모라기보다는 지니고 있다고 여겨지는 강박관념에 불과하다. 이러한 측면에서 여성에게 기대되는 '여성다운' 행위들은 여성들로 하여금 남성에 대해 수동적이고 복종적인 역할을 하도록 강요하는 내용과 연결되기 때문에 결과적으로 남성에 대한 여성의 종속적인 측면을 강화한다. 그럼에도 불구하고 수로부인은 이러한 수동적인 고정관념을 탈피하여 능동적이고 적극적인 유연한 사고의 행동을 보여준다. 이를 통해 여성으로 자신이 경험한 것들에서 기인하는 여성성을 부각시키고 있

---

35) 노성숙, 「신화를 통해 본 여성주체의 형성: 바리공주 텍스트분석을 중심으로」, 『한국여성학』 제1권 제2호, 한국 여성학회, 2005, 6쪽.
36) 김혜숙 외, 『여성과 철학』, 철학과 현실사, 1999, 105~108쪽.

다. 결국 수로부인의 서사과정은 한 여성이 죽음과 납치, 빈곤이라는 시련에서 벗어나 풍요, 밝음으로의 회복과 가능성을 보여주는 일련一連의 과정으로 볼 수 있다. 다시 말해 수로부인이 지닌 독립성과 개체 지향성은 여성 자신이 지닌 근원적 여성성인 생산성과 풍요성에 대한 믿음과 자각을 바탕으로 하여 이루어지므로, 기존 사회의 질서에서 자발적으로 분리되어 스스로의 운명을 개척하게 하는 것이다.

5. 〈수로부인〉 조에 나타난 여성인물의 진단

이 논문에서는 수로부인의 서사 속에 투영된 여성적인 모습에 집중하고 사회적 · 문화적 문맥을 통하여 이해하고자 하였다. 또한 진취적이고 개성적인 여성의 면모를 특히 집중하여 서사가 지니고 있는 관계적 가치를 풀어보고자 모색하였다. 《삼국유사》 기이편에 수록된 서사들은 단순히 신이神異한 이야기가 아니라 그 시기의 사회상에 대한 해석과 의미가 담겨 있는 것들이 많아서 세심하게 살필 필요가 있다. 수로부인 설화 역시 마찬가지이다.

한국의 고대사회는 남성의 주도 하에 움직였으나 여성성을 존중하였으며, 주체적이고 능동적인 여성의 모습을 고전 서사문학 작품에 투영投影했다. 이 서사는 수로부인이라는 여성인물이 지닌 생활이나 시대상황을 충분히 보여주고 있으며 여성에게 필요한 사항들을 알려주는 한편 그 모습을 예상하기도 한다. 이 서사에서는 무력을 기반으로 하여 적대적인 상대를 무조건적으로 제압하고 굴복시키는 것이 아니라 여성이 지니고 있는 섬세함과 설득으로 문제를 풀어간다.

또한 이들이 지닌 문제들은 비단 신라에만 한정되는 문제가 아니라 지금의 현실까지도 연계할 수 있는 문제들로 구성되어 있다. 오랜 시간동안 수로부인 서사 속에 존재하는 다채로운 코드들은 배제되고 단순히 미모의 부인에 대한 노옹의 탐닉과 애정문제로만 집중하여 설명되었던 것은 부인할 수 없다. 그러나 이는 단순한 애정문제가 아니라 산신으로 현신現身한 노옹이 꺾어 준 척촉화躑躅花를 기반으로 하여 수로부인이 지닌 사회적 특수성과 관계망, 경험세계를 실제적으로 설명하는 계기가 될 뿐만 아니라 핵심으로 작용한다.

또한 이 서사를 통해 여성이 지닌 아름다움의 가치와 풍요의 의미, 모험의 양상을 점검할 수 있으며 여성을 통해 풍요豊饒와 번영繁榮을 기원하는 총체적인 사항이 곳곳에 숨겨져 있다는 사실을 주지할 수 있었다. 수로부인은 기존의 남성에 의해서 응집된 사회에서 숨겨진 여성의 능력과 의식을 활발하게 펼칠 수 있는 인물이면서 동시에 자신의 삶을 당당히 개척하는 깨어있는 진보적인 여성상이라고 설명할 수 있다. 아울러 수로부인 서사 속에는 신라인들이 갈구하는 민중의 기원과 희망이 내포되어 있다는 사실을 알 수 있다.

참고문헌

강명혜, 「고전문학에 투영된 한국 여성 영웅의 담론적 특성」, 『한국문학과 예술』 제11집, 숭실대학교 한국문예연구소, 2013.

강등학, 「수로부인 설화와 수로신화의 배경제의 검토」, 반교어문학회 편, 『신라 가요의 기반과 작품의 이해』, 보고사, 1998.

구사회, 「헌화가의 자포암호와 성기신앙」, 『국제어문』 제38집, 국제어문학회, 2006.

고운기, 「모험스토리개발을 위한 『삼국유사』 설화의 연구」, 『신라문화』 제41집, 동국대학교 신라문화연구소, 2013.

김은수, 「수로부인 설화와 〈헌화가〉」, 『고시가연구』 17, 한국고시가문학회, 2006.

김현화, 「홍계월전의 여성영웅 공간 양상과 문학적 의미」, 『한민족어문학』 제70집, 한민족어문학회, 2015.

김혜숙 외, 『여성과 철학』, 철학과 현실사, 1999.

김은수, 「수로부인 설화와 〈헌화가〉」, 『고시가연구』 17, 한국고시가문학회, 2006.

김열규, 『한국민속과 문학연구』, 일조각, 1975.

신배섭, 「향가 문학에 나타난 '갈등'과 '화해' 양상 연구: 『삼국유사』 소재 14수를 중심으로」, 수원대학교 박사학위 논문, 2008.

신현규, 「「수로부인」 조 '수로'의 정체와 제의성 연구」, 『어문논집』 32, 중앙어문학회, 2004.

신태수, 「수로부인의 다층적 주제와 그 역사적 의의」, 『국학연구논총』 제10호, 택민국학연구원, 2012.

송효섭, 『설화의 기호학』, 민음사, 1999.

이승남, 「수로부인은 어떻게 아름다웠나-삼국유사 수로부인조의 서사적 의미소통과 헌화가의 함의」, 『한국문학연구』 37, 동국대학교 한국문학연구소, 2009.

오세정, 「수로부인조의 원형성과 재조명된 여성상-『삼국유사』 〈수로부인〉과 극 〈꽃이다〉를 중심으로」, 『한국고전 여성문학연구』 제28권, 한국고전여성문학회, 2014.

이주희, 「'수로'부인 설화 창작의 시공간-「헌화가」를 중심으로」, 『어문논집』 제55집, 중앙어문학회, 2013.

엄태웅, 「『삼국유사』 「기이」 편 〈수로부인〉의 서술 의도-〈성덕왕〉과의 관련성을 전제로-」, 『국학연구논총』, 택민국학연구원, 2015.

이주희, 「수로부인의 신분」, 『영남학』 24, 경북대 영남문화연구원, 2013.

이유경, 『한국의 여성영웅소설』, 태학사, 2002.

이동철, 「수로부인 설화의 의미」, 『한민족문화연구』 18, 한민족문화학회, 2006.

임정식, 「한국영화에 나타난 '미녀 피랍/구출' 모티프의 수용과 변주-「수로부인」 설화와의 비교를 중심으로」, 『인문콘텐츠』 제31호, 인문콘텐츠학회, 2013.

이지하, 「주체와 타자의 시각에서 바라본 여성영웅소설」, 『국문학연구』 제16권, 국문학연구학회, 2007.

조태영, 「삼국사기 설화의 신화적 성층과 역사적 실재」, 『고전문학연구』 16, 고전문학연구학회, 1999.

정경민, 『여성이인 설화연구』, 이화여자대학교 박사학위논문, 2000.

표정옥, 「『삼국유사』에 재현된 여성의 양성성에 대한 현대적 문화 담론 연구」, 『인간연구』 제20호, 카톨릭대학교 인간학연구소, 2011.

하경숙, 「향가 「헌화가」에 나타난 기원의 표출양상」, 『문화와 융합』 제37권 제2호, 한국문화융합학회, 2015.

제 2 장

뺑덕어미의 인물형상과
현대적 변용양상

1. 뺑덕어미의 특질과 의미

인간 근원성에 대한 이해와 탐색을 바탕으로 하고 있다는 점에서 옛이
야기는 어떤 논리적인 추론으로도 다 규명할 수 없는 다면적인 풍요로움
과 깊이를 가지고 있다.[1] 뺑덕어미는 〈심청전〉 작품군 중 100여 종의
이본에 등장하고 있다.[2] 심봉사와 같은 마을에 사는 과부로, 재물에 눈이
어두워 잠시 심봉사의 후처後妻가 되었다가 그 살림을 거덜 낸 후, 다시
부유한 황봉사를 따라 가는 인물로 그려졌다. 그와 관련한 사연은 불분명
한데 다만 3·40대의 젊은 여자로 추정할 뿐 신원을 확인하기 어렵다.
각 이본異本마다 뺑덕어미를 다양한 방식으로 표현하고 있고 비중과 의미
도 다르게 설명하고 있다. 그러나 대체적으로 사건 전개에 힘을 실어주는
인물로 비극적인 성격을 지닌 〈심청전〉이라는 작품에 해학을 더해주는
역할을 수행한다.

무엇보다 뺑덕어미는 완판계 작품의 후반부에 등장하는데, 조선후기에

---

1) 브루노 베탈하임·김옥순 역, 『옛이야기의 매력』 1, 시공주니어, 1998, 36쪽.
2) 이대중, 「뺑덕어미 삽화의 더늠화 양상과 의미」, 판소리 연구 17, 판소리학회, 2004,
   261쪽.

확립된 유교적 가부장제와 판소리의 형성과정과 관련해서 비록 악역惡役이지만 대체로 희화적이고 현실적 인물로 규정할 수 있다.[3] 이런 상황에서 오늘날에도 뺑덕어미에 대한 관심은 사라지지 않고 있으며, 지속적으로 전승되어 현재에는 다양한 콘텐츠로의 변모變貌를 통해서 끊임없이 다양한 방식으로 재생산되고 있는데, 그 안에는 특수한 이유가 존재할 것으로 추정할 수 있는데 이 논의는 심화될 수 있다. 뿐만 아니라 그동안 주변인물로 인식되던 뺑덕어미에 대한 연구가 지속적으로 이루어지고 있다[4]는 사실에 집중해야 한다. 기존의 논의에서 뺑덕어미는 악인으로 규정하여 추악醜惡하고 부도덕함을 지닌 유랑流浪하는 서민으로 유형화하거나 혹은 반항과 보복적 성향을 지닌 인물로 설명했다.

또한 뺑덕어미는 현실집착의 세계관을 반영하는 인물로 작품 후반부의 골계미 획득을 위해 작용한다고 보는 경우와 이념형의 인물로 표상되는 곽씨부인과 대비를 통해 현실의 욕망에 충실한 인물로 지적한 논의도 있다. 그 외에도 뺑덕어미는 심봉사의 마지막 의지처依支處로서 단순한 오락적 기능을 하는 인물이 아니라 심봉사를 더욱 참담하게 만들고 개안開眼의 감동을 강화시키는 기능을 하는 여인으로 보는 논의가 이어지고 있다.[5] 소설 〈심청전〉에서도 뺑덕어미가 결혼 전 어떤 사람이었는지, 어

---

3) 윤종선, 「〈심청전〉의 현대적 수용 양상 연구」, 고려대학교 박사학위논문, 2011, 73쪽.
4) 정하영, 「심청전에 나타난 악인상-뺑덕어미론」, 최동현·유영대 편, 『심청전 연구』, 태학사, 1999 ; 길진숙, 「뺑덕어미와 괴똥어미의 일탈과 그 성격: 〈용부가〉·〈복선화음가〉·〈심청가〉의 일탈형 여성인물에 대한 고찰」, 『한국고전연구』 제19집, 한국고전연구학회, 2009; 정양, 「뺑덕어미 소고」, 『한국민속학』 제31권, 한국민속학회, 1999; 이대중, 「뺑덕어미 삽화의 더늠화 양상과 의미」, 『판소리학회지』 제17집, 판소리학회, 2004; 고종민, 「심청전의 보조인물 연구, 2: 곽씨부인, 뺑덕어미, 안씨맹인의 속뜻을 중심으로」, 『경상어문』 제13집, 경상어문학회, 2007; 김석배, 「〈심청가〉 결말부의 지평전환 연구」, 『판소리학회지』 제29집, 판소리학회, 2010; 김재용, 「가짜 주인공의 서사적 변주에 관한 연구」, 『한국고전연구』 제25집, 한국고전연구학회, 2012.
5) 유귀영, 「〈심청전〉에 나타난 인물형상화 연구」, 경북대학교 석사학위논문, 2009, 3쪽.

떤 행실을 했는지는 전혀 언급하지 않고 작품 속에서 그저 '저 건너 동네 뺑덕어미 상부하고' 혹은 '그 동네 뺑덕어미라 하는 홀어미', '저 부인', '남문 밖 뺑덕어미'로 불릴 뿐이다.[6]

대부분 작품속에서 뺑덕어미는 대체적으로 절대 선善의 존재로 표상된 심청의 목숨과 바꾼 심봉사의 재산을 탕진蕩盡하게 하고, 약자弱子인 심봉사를 이용하여 자신의 사리사욕을 채우는 전형적인 악인으로 묘사되고 있다. 그녀는 심청의 몸값으로 받은 남경 선인들이 준 전곡錢穀을 착실히 늘려가며 여유롭게 살아가던 심봉사에게 나타나 재산을 몽땅 탕진하게 함으로써 앞을 보지 못하는 그에게 고통을 안겨다주는 방해자로 볼 수 있다.[7] 이러한 여러 문제점을 가진 인물인 뺑덕어미와 관련하여 지속적인 논의가 이루어지는 것은 인물이 지니고 있는 특수성에 대한 점검이 필요하다는 사실을 알려주는 것이다. 그동안 주변인물로만 치부되었던 뺑덕어미에 대한 재해석과 다양한 콘텐츠로의 활용, 전승은 대중들에게 새로운 메시지를 전달하는 매개가 되는 동시에 변화된 문화적 환경을 알려주는 하나의 지표로 작용할 수 있다.

본고에서는 뺑덕어미와 관련한 다양한 논의를 통하여 인물이 지닌 가치와 의미를 점검하고자 한다. 이에 뺑덕어미와 관련한 전승과 현대적 변용사례를 통해, 인물에 대한 다각도의 이해와 뺑덕어미의 실체를 살펴보고자 한다.

2. 뺑덕어미의 수용 양상

뺑덕이란 '치사하고 매몰차고 표독스럽고 몰인정하고 부도덕스러운'

---

6) 길진숙, 「뺑덕어미와 괴똥어미의 일탈과 그 성격-〈용부가〉·〈복선화음가〉·〈심청가〉의 일탈형 여성인물에 대한 고찰-」, 『한국고전연구』 제19집, 한국고전연구학회, 2009, 90쪽.
7) 최윤자, 「〈심청전〉의 신성혼신화적 연구」, 단국대학교 석사학위논문, 2008, 90쪽.

부정적 측면을 내포한 여인상의 총칭으로 이를 함축하는 관용어처럼 사용되었다. 뺑덕어미 삽화가 수록된 〈심청전〉은 완결된 하나의 작품으로 존재하지 않고 판소리 창唱으로 지금까지 전승되는 구전문학이라는 측면과 기존에 문헌으로 정착된 소설본들이나 사설들로 이루어진 기록문학이라는 측면이 있다. 〈심청전〉의 전승 과정은 다른 고절소설에 비해 매우 복잡한 양상을 보인다. 판소리로 불렸는가 하면 어떤 이본은 소설 양식으로, 어떤 이본은 가사 양식으로, 어떤 이본은 무가巫歌 양식으로 유통·향유되었던 것이다.[8] 다양한 장르에서 필사자의 세계관 및 미적 판단에 의한 자유로운 첨삭과 개작이 일어나면서 다양한 방식으로 전승되었다. 〈심청전〉은 다른 판소리계 소설들과는 달리 '설화 → 소설〈심청전〉 → 판소리문학 〈심청전〉'의 과정, 곧 문장체 소설이 앞서는 전승 관계라는 주장이 설득력을 갖고 있다. 또한 뺑덕어미는 〈심청가〉에만 보이는 것이 아니다. 조선 후기에 향유되었던 가사 작품 〈초당문답가〉에서는 윤리의식이 결여된 반규범적인 인물이 다수 등장하는데, 이들 인물들의 행동 양태를 비판하며 그들이 올바른 길로 갈 것을 권유하는 교훈을 담고 있다. 뺑덕어미는 〈초당문답가〉 중 〈용부편〉에 등장한다.[9]

근대 사회로의 이행이 시작된 18세기 이후 유통경제의 발달, 신분 질서의 변동, 사회생산력의 발달 등은 서민 의식을 성장하게 하였고, 이는 집권층에게 큰 위기로 다가왔다. 이러한 상황에서 지배층은 자신들을 지지해주고 있는 봉건적 이념을 더욱 굳건하게 해야만 했다. 그리하여 충忠, 효孝, 열烈, 이념을 강요하였으며 이에 혼란을 가져오는 행위는 지탄의 대상으로 삼게 되었다. 이러한 사회적 분위기 속에서 자신의 인생을 위해 당대의 열烈관념에 반하는 선택을 한 인물들 역시 위협적 대상이었

---

8) 정출헌, 「〈심청전〉의 전승 양상과 작품세계에 대한 고찰」, 『한국민족문화』 제22권, 한국민족문화연구소, 2003, 144쪽.
9) 김기형, 「뺑파전의 전승 과정과 구성적 특징」, 『어문논집』 제67집, 민족어문학회, 2013, 48쪽.

음이 분명하다. 그러므로 이러한 여성들에 대한 기록 보다는 당대 지배계층의 이념에 합당한 인물들의 기록이 많은 것이 사실이다.[10] 이를 통해 지배계층은 자신들의 안위安危를 위해서 새로운 사회를 꿈꾸는 개혁이나 사상을 짓밟으며, 다른 한편으로는 혼돈의 사회질서와 백성들을 교화敎化하고 자신들의 이익을 강요하는 거짓 윤리·질서를 대변하는 문학으로 사용되었다. 따라서 〈심청전〉은 조선 후기 지배계층의 이익에 봉사하고, 피지배계층의 개혁 의지를 좌절시키는 지배 계층의 논리가 철저하게 계산된 일종의 방안이라고 할 수 있다. 현실의 억압과 모순을 상징적으로 드러내면서, 이를 통해 당대의 판소리 담당층이 구현하고자 했던 새로운 현실이 판소리계 소설을 통해 드러난다.[11]

그동안 〈심청전〉과 관련된 연구에서 판소리 심청가의 선행설, 경판 한남본계 〈심청전〉 선행설이 제시된 가운데 박순호 소장 필사본 19장본 〈심청전〉은 가사체 형태를 지닌 것이면서도 오늘날 연행되는 판소리 심청가의 모태母胎적 양상을 강하게 드러내는 이본이다. 또한 최재남본은 가사체적 특성을 지니면서도 초기 심청전의 특징을 강하게 드러내는 이본이다.[12] 〈심청전〉과 같은 판소리계열의 작품은 대중적 향유를 거친 만큼 다양한 판본이 존재한다고 할 수 있다. 〈심청전〉은 서사라고 해도 창으로 불리던 것이었다. 창으로 전달되는 사설은 소리로 표현하기에 적합한 3·4 혹은 4·4조의 율문을 갖고 있다.[13] 그동안의 연구에서 초기 심청가에서는 심봉사 및 심청의 신분이 하층민으로 설정되어 심청의 비극적인 특성을 드러내는데 초점을 맞추다가, 후대의 심청가에서 심청의

---

10) 박윤희, 「조선후기 여성 자의식의 형상화 양상: 판소리 소재 반열녀적 인물을 중심으로」, 동국대학교 석사학위논문, 2010, 6쪽.
11) 오세영, 「판소리계 소설의 심층심리학적 연구」, 대전대학교 박사학위논문, 2006, 162쪽.
12) 박일용, 「가사체 〈심청전〉 이본과 초기 판소리 창본계 〈심청전〉의 관련 양상」, 『판소리학회지』 제7집, 판소리학회, 1996, 49쪽.
13) 최동현, 『소리꾼』, 문학동네, 2011, 22~31쪽.

신분을 상승시키는 한편 관념적인 효孝 이념의 표현에 초점을 맞추는 쪽으로의 변화를 보였는데, 이러한 변화가 후기의 판소리에 양반층이 참여하면서 나타나는 변화라고 하였다.[14]

그러나 오늘날 우리가 알고 있는 판소리 〈심청가〉의 모습은 박순호 19 장본과 같이 적어도 중간층 이상의 지식인이 기존의 심청 이야기를 재창작한 가사체적 심청가로부터 비롯되었다고 추측할 수 있는 것이다. 판소리 심청가가 초기에는 광대에 의해 형성되었다가 후에 양반층의 개입에 의한 단순한 변모가 아니라는 사실을 알 수 있다. 박순호 19장본은 중국의 고사에 밝고 한자 숙어를 상당한 정도로 구사할 수 있는 중간층 이상의 식자층에 의해 가사체로 창작된 것으로 알 수 있다.[15] 〈심청전〉의 방각본은 크게 경판계열과 완판계열로 나눌 수 있다. 경판 계열에는 문장체 소설적 특성이, 완판계열에는 판소리적 특성이 두드러지게 나타난다.

일제 초기, 애국 계몽성이 있는 작품은 모두 금서禁書가 되는 상황에서 〈심청전〉은 활개가 돋친 듯 출판되었다. 1910년 경술국치庚戌國恥에서 불과 2년이 지난 1912년에 신소설 작가들에 의해 '완판본 계열'의 〈심청전〉이 활자본活字本으로 발행되어 광범하게 읽혔다. 따라서 20세기 초에 확산된 활자본 〈심청전〉은 정치적인 이해의 소산이라고 볼 수 있다.

뺑덕어미형 가사가 19세기에 형성되었으며, 판소리 〈심청가〉에 뺑덕어미 사설이 등장한 것도 〈심청가〉의 형성기를 지나서였다고 설명한다.[16] 중세에서 근대로의 이행기는 신분과 계급이 공존共存했던 사회로 볼 수 있다. 그렇다면 향유층 역시 특정 신분이나 계급에 치우쳐 있지 않았으며, 두 계층이 모두 개입되었을 가능성이 크다. 실제로 대중이라는 의미는 수적으로 많은 사람들이 개입되어 있다는 의미가 아니라, 사회의

---

14) 유영대, 「〈심청전〉의 계통과 주제」, 고려대학교 박사학위논문, 1990, 30쪽.
15) 박일용, 앞의 논문, 74쪽.
16) 정하영, 「심청전에 나타난 악인상」, 『국어국문학』 97, 국어국문학회, 1987, 5~29쪽 참조.

모든 계층이 개입介入되어 있다는 의미로 이해해야 할 필요성이 있다.[17] 신문관본의 뺑덕어미는 창본이나 완판본은 물론이고 대본으로 추정되는 송동본의 뺑덕어미와도 사뭇 다른 형상이어서 주목된다.

> 동리에힝실쌔슷지못흔뺑덕어미란년이이심봉ᄉ의젼곡이만히잇슴을알고
> ᄌ원ᄒ여심봉ᄉ의쳡이되여지닐ᄉ이년의버릇이량식주고쩍사먹기졍ᄌ밋혜낫
> 잠자기니웃집에밥붓치기남다려욕셜ᄒ고동늬허고싸홈ᄒ기산아희게담배쳥키
> 밤즁에우름울기온갓몹쓸힝실을가젓스니심봉ᄉ의셰간이ᄎᄎ로패ᄒ여그만튼
> 젼곡이다업서지고남은것이겨오삼일량식쑨이러니…(중략)…그년이싱각ᄒ디
> 서울잔치를참예ᄒ고도라온들먹을것이업스니진작뎌사롬을ᄯ라가신셰를편히
> ᄒ리라ᄒ고무졍ᄒ게반야삼경에심봉ᄉ잠들기를기드려왕봉ᄉ를ᄯ라가더라.
> 심봉ᄉ잠을쌔여뺑썩어미를더듬어보니다라난년이잇스리오. 여보어듸갓나
> 이리오소ᄒ여도아니오거늘의아ᄒ야쥬인불너무러도안에드러간일업다ᄒ는지
> 라그졔야다라난줄알고무수히칭원ᄒ다가도로풀쳐싱각ᄒ디너싱각ᄒ는늬가그
> 르다턴하잡년을몰나보고셰간만랑피ᄒ고간신ᄒ로수까지쌔앗겻스니도시너잘
> 못이라(〈심청전〉, 신문관, 38~40쪽)

신문관본에 등장하는 뺑덕어미 삽화揷話는 확실히 '경판적 정착'이라 볼 수 있다. '코큰총각유인하기' 등의 외설적 사설을 삭제했다든가, 심봉 사의 골계적 형상을 최소화했다든가 하는 점을 그 근거로 들 수 있다.[18]

> 건넌마을 뺑덕어미가 홀로 되어 지내더니 심청 죽을 때에 남경장사 선인들
> 이 백미 백석 돈 백냥을 주고 갔단 말을 듣고 청치 아니하여도 서로 살자고
> 청하여 심봉사 가실되어 전곡을 모두 먹고 그렁저렁 지내올 제, 맹인 잔치명을
> 듣고 뺑덕어미 앞세우고 발행하여 황성으로 가더니 뺑덕어미 무정하여 중도
> 에서 심봉사를 배반하고 나이 젊고 수족 가진 황봉사를 따라가네

초기본에서 드러나는 뺑덕어미에 대한 묘사는 이것이 전부인데, 간단

---

17) 박성봉, 『대중예술의 미학』, 동연, 1995, 6쪽.
18) 이태화, 「신문관 간행 판소리계 소설의 개작 양상」, 고려대 대학원 석사학위논문, 2003, 64쪽.

한 서사로 되어있지만, 뺑덕어미의 행실을 미루어 짐작할 수 있도록 설명되어 있고, 또 후대본도 위의 사건 설정에서는 크게 벗어나지 않음을 알 수 있다.[19] 또한 여타의 창본에 이르면 그 행실行實로 인해 뺑덕어미에 관한 인물묘사는 점차 극악해지고, 뺑덕어미를 중심으로 한 이야기가 길게 늘어남을 알게 된다. 이를 통해 양반의 품위를 지키려고 하는 노력이 많으면 많을수록 뺑덕어미의 비꼬기와 희롱戱弄하기는 더욱 심하게 드러나는데 이는 양반의 허세虛勢에 대한 풍자를 뺑덕어미를 통해 실현하고 있음을 알게 된다. 또한 도덕이 사회에서 오랫동안 시행되거나 지배 집단에 의해서 지배 이념으로 적극 활용되면 집단의 안정安定과 평화平和는 강화强化되지만 개인의 자유와 행복은 크게 위축된다.[20]

> 뺑덕엄미라 하는 계집이 있어 행실이 괴악한데 심봉사의 가세 넉넉한 줄 알고 자원하고 첩이 되어 심봉사와 사는데 이 계집의 버릇은 아조 인중지말이라 그렇듯 어둔 중에도 심봉사를 더욱 고생되게 가세를 결단내난데 쌀을 주고 엿사먹기 벼를 주고 고기사기 잡곡으로 낭초를 사서 술집에 술사먹기와 이웃집에 밥 부치기 빈 담뱃대 손에 들고 보는 대로 담배 청키 이웃집을 욕 잘하고 동무들과 쌈 잘하고 정자 밑에 낮잠 자기 술 취하면 한밤중의 울음 울고 동리 남자 유인하기 일 년 삼백 육십 일을 입을 잠시 안 놀리고 집안에 살림살이 홍시감 빨듯 홀작 업시하되[21]

이 대목에 나타나는 뺑덕어미는 기존의 조선시대의 여성과는 다른 면모를 보인다. 말 그대로 '일년 삼백 육십 일을 입을 안 놀리고' 끝없이 식탐을 채우는 소비의 주체로 보인다.[22] 본능적 욕구를 거부 하지 않으며, 감정의 충동을 조절하지 못하고 절제를 하지 못하는 여성으로 그려진다.

---

19) 최혜진, 「심청가 창본 비교 연구」, 숙명여자대학교 석사학위논문, 1994, 13쪽.
20) 김일렬, 『문학의 본질-고전문학의 이해를 위하여』, 새문사, 2006, 144쪽.
21) 김진영 외 편저, 『심청전전집』 7, 박이정, 1997, 59~60쪽.
22) 길진숙, 앞의 논문, 92쪽.

잇쩍의 심망인은 심청이을 이별ᄒ고 주야 근심으로 거니 쥬기 되앗스이 동늬어련들과 ᄉ하 임민들이 차마 보기 민망하여 동즁이 공회 붓쳐 홀노 인난 밍덕어미을 불너다가 달늬여 강권ᄒ되 기왕 ᄌ늬 이 동늬 홀노 잇고ᄽᄒ 빈쳔 ᄒ오니 심망인은 비가 십셕이 늬게다가 맛쳐시니 그 보닐 거시니 ᄌ늬일신 편할 거시니 그려ᄒ며 엇더하뇨 쎙덕어미 싱각하되 딕쳐 십셕 쌀이요족ᄒ나 이겻시로 탐흡되야 허락ᄒ니 심망인기 말ᄒ되 이 동늬 밍덕어미을지취ᄒ여시 니 서로 벗시나 ᄒ라 ᄒ즉 심망인 셜운즁 이 말 듯고 감격ᄒ야 ᄒ난 말이 날만한 ᄉ람을 ᄉ각ᄒ 고 이려초롬 ᄒ시니 은히을 엇더ᄒ리요 이왕 이러한 일이오니 밍덕어미을 보늬소서 말벗시나 ᄒ려ᄒ늬다 즉시 보늬거늘 심망인 벗슬 어더 심청 싱각도 덜ᄒ더라(정명기낙장 60장본)

비교적 초기 심청가 계열의 이본들에는 뺑덕어미의 등장 장면이 간략하게 서술되어 심봉사의 일탈은 거의 찾을 수 없는 점이 특징이다. 그렇지만 뺑덕어미 대목 자체가 탈락된 이본들과 비교해볼 때 동네사람들의 권유이건 어떻든 간에 뺑덕어미를 얻었다는 것, 특히 위의 예문에서 '서러운 중 이말 듣고 감격하였다'는 것은 심봉사의 내면안에 있는 여성에 대한 남성으로서의 본능本能적인 면이 감지되기도 한다.[23]

잇쩍 쎙덕어미 심봉사 눈 ᄯᅳ고 부원군이 된 말을 듣고 왕봉사 딸아가믈 잣탄하며 하난말이 심봉사은 부원군이 되엿건만 우리 왕봉사은 은졔나 부원 군 되나 하며 잣탄 자가하며 할로 한 번식 함박쪽박을 치며 한슘 진고 한난 말이 부원군을 딸아 갓데면 나도 부인이 될 걸 이게 웻 일이야 부부인도 팔자 로다 예이 졍칠 것 담비나 만이 먹고 슐이나 먹고 의관 반반한 사늬 보면 할로밤 지워 보고 십위 부부 도지 안이힛지 횃씹의 서방질이나 하리라 우리 나라 이쳔만 동포야 심청갓치 효힝 잇서 부모의 눈쓰게 하고 부귀장록을 누일 게 한이 우리 이와 갓치 효셩 잇시면 국타민안하고 셰화연풍 하난나라 등서한 ᄉ름이 만히셔 오ᄌ낙셔가 만한이 보시난 쳠군ᄌ 여ᄌ라도 슝보지 말르시오 슝보면 입이 곰난다 하더라.(국립중앙도서관 소장 23장본 〈심청전 권지단〉, 심청전 전집 3, 407쪽.)

23) 배영주, 「심청전에 나타난 골계의 이본별 특성 연구」, 서울여자대학교 석사학위논 문, 2001, 45쪽.

이처럼 뺑덕어미와 관련된 이야기는 설화로부터 시작되어 지금까지 지속적으로 전해지고 있다. 뺑덕어미 사설이 애초에 가사 장르로 시작해서 판소리 〈심청가〉에 삽입된 것인지 그 선후는 분명치 않다. 다만 뺑덕어미형 가사가 유행하다가 판소리 〈심청가〉에 전해진 것으로 보인다.[24] 무절제한 사람은 후회가 없고 치유가 불가능하다.[25] 위의 예문을 살펴보면 〈심청전〉을 기반으로 하는 뺑덕어미는 무절제하고 방탕하게 욕망을 표현하는 여자로 보인다. 또한 도덕적으로 일상에서 벗어난 인물로 보여지는데 소설장르에서든, 가사 장르에서든 〈뺑덕어미〉는 매우 부정적인 시선으로 형상화되어 있다. 이는 성적 욕망 자체가 당대사회에 긍정적인 것이 아니었을 것이므로 심봉사의 성적 욕망 또한 용인될 수 있는 것이 아닌 것으로 추측되므로 심봉사의 성적 욕망을 충족시켜 주는 대상인 뺑덕어미의 행실 역시 부정하다고 해야 설득력이 있게 되는 것이다.[26] 무조건적인 부정과 비판적인 시선이 담겨 있다. 그러나 일관된 구조로 심청의 영웅성과 심봉사의 시련을 부각하는 문장체 소설의 경우에는 뺑덕어미가 등장할 필요가 없어지게 되는 것이고, 등장한다고 하더라도 그 역할은 상당히 미약하다고 할 수 있다.[27]

그럼에도 불구하고 일탈의 인물이 독자성을 가지고 현재까지도 전달되고 있다는 것은 매우 흥미로운 사실이다. 여전히 규명하기는 어렵지만 그 안에는 '욕망'을 화두로 하는 인물로 형상화되어 있고 그 안에는 특수한 의미가 담겨져 있을 것으로 짐작된다. 이는 단순히 당대인의 생활상과 변모만을 짐작하는 것이 아니다. 그 안에는 면밀히 이어지는 작품을 근간

24) 길진숙, 앞의 논문, 105쪽.
25) 미셸 푸코 저, 문정자·신은경 공역, 『성의 역사: 쾌락의 활용』, 나남출판사, 1990, 80쪽.
26) 김동건, 「〈심청전〉에 나타나는 욕망과 윤리의 공존의식」, 『판소리연구』 제32권, 판소리연구학회, 2011, 45쪽.
27) 최혜진, 「판소리계 소설의 골계적 기반과 서사적 전개 양상」, 숙명대학교 박사학위 논문, 1999, 139쪽.

으로 하여 우리의 문학작품이 오랜 시간을 거쳐 오면서 그 소재의 선호도나 인물이 지향하는 바가 점차 변화되고 있다는 것을 알려준다.

3. 뺑덕어미의 현대적 변용과 특성

고전문학의 가치는 당대의 보편적인 가치추구와 공유共有에서 비롯된다고 할 수 있다. 시대를 막론하고 독자 계층은 자신들의 세계관이 반영된 작품을 수용한다.[28] 이런 상황에서 뺑덕어미와 관련된 작품은 지금까지도 여전히 활용되고 있는 가치 있는 텍스트이다. 앞으로 논의할 뺑덕어미를 변용한 현대소설·뮤지컬·마당놀이·영화에서 원 텍스트를 다양한 장르로의 변모와 양상을 서술하고자 한다.

1) 해체위기의 가족과 청소년의 불안: 배유안의 ≪뺑덕≫

배유안의 소설 ≪뺑덕≫은 기존의 〈심청전〉에서 다루지 않았던 '뺑덕'이라는 인물을 창조하고 그와 어머니의 관계를 역동적으로 그려냄으로써 효의 가치를 현대적으로 재해석한 작품이다. 소설 ≪뺑덕≫에서는 원텍스트에서 그동안 존재가 미비했던 뺑덕(병덕)이라는 새로운 인물을 서술하면서 뺑덕과 뺑덕어미에 비중을 두고 있다. 소설 ≪뺑덕≫에서는 공양미 삼백석 사건, 심청의 인당수제물 등 원텍스트를 충실히 이행移行하고 있다.

이 소설의 줄거리는 뺑덕어미는 가난한 아버지에 의해 자식이 없는 집에 첩으로 팔려 갔으나 아들을 낳은 후 정실부인의 모함으로 아들을 둔채 쫓겨나는 비운悲運을 겪게 된다. 그러나 그 친정오라비마저 돈만 빼앗고 쫓겨온 누이를 내쫓는 악독한 인물로 결국 뺑덕어미는 주막에서 살면서 세상에 대한 분노를 가지고 악행을 저지른다. 뺑덕은 어려서는 자신의 상황을 모르고 자라지만 정실부인이 아들을 낳으면서 그 처지가 변한다.

---

28) 전영선, 「고전소설의 현대적 전승과 변용」, 한양대학교 박사학위논문, 2000, 10쪽.

여기에 뺑덕의 아버지마저 죽고 정실부인은 노골적으로 뺑덕어미의 행실을 문제 삼으면서 뺑덕에 대한 학대가 심해지고 뺑덕은 자신의 출생에 대한 의혹을 키워간다. 이로 인해 뺑덕은 결국 가출을 하게 되고 존재조차 모르고 기억나지 않는 어미에 대한 감정으로 심리적 방황을 하던 중 동무 깡치의 죽음으로 뺑덕어미가 있는 주막으로 찾아가고 자신이 그의 아들이라는 사실을 숨긴 채 주막에 머무르게 된다. 주막에서 뺑덕과 뺑덕어미는 여러 사건을 통해서 부딪치고 뺑덕은 차츰 뺑덕어미의 고단한 삶에 대한 연민과 동시에 어미에 대한 이해를 하게 된다. 뺑덕이 심봉사에게 공양미供養米 삼백 석을 제안한 스님을 향해 보복성 폭력을 휘두르고 수감되자 때 뺑덕어미는 관가官家에 찾아가서 매질은 하지 말라면서 돈을 쥐어 주고 온다. 또한 청이가 인당수에 빠져 혼자가 된 심봉사의 곁을 변함없이 지켜 준 사람도 그녀였다. 한결같이 자신의 뜻을 향해 나아가는 뺑덕어미를 보며 뺑덕이는 마음속으로 낳아준 어머니에 대한 따뜻한 마음을 갖게 된다.

소설 ≪뺑덕≫은 〈심청전〉의 원전의 소재나 사건을 충실히 이행하고 있다. 그러나 주인공 뺑덕은 어미를 부정하며 자신의 정체성에 혼란을 겪는 성장기의 모습을 사실적으로 재현하면서 동시에 뺑덕어미의 억울한 사연과 분노의 표출을 중심으로 서술하고 있다. 또한 결말과 주제 역시 심청과 심봉사에게 집중하는 것이 아니라 뺑덕과 뺑덕어미라는 두사람의 관계에서 마무리가 되었다. 이 소설에서 심청과 심봉사의 서사는 원텍스트와 마찬가지로 효孝라는 문제에 집중하고 있지만 심청과 심봉사는 주변인물로만 그려진다. 그동안 화두에 떠오르지 못했던 뺑덕이라는 존재를 인식하고 인물에 대한 추리와 상상을 바탕으로 현대인들이 겪는 현실의 문제와 결합結合시켜 변용變容을 시도했다. 이는 이 소설이 가진 매우 의미있는 시도이다. 또한 대중소설의 긍정적 기능을 인정하는 입장에서는 그것이 독자로 하여금 현실에서 도망치듯 도피하게 하는 것이라기보다, 잠시 현실에서의 문제를 잊고 일상에 새로운 활력을 얻게 하는 것이라고 보게 된다.[29]

원 텍스트에서 온전한 가족의 모습을 보이지 못한 것과 마찬가지로 현대소설 ≪뺑덕≫에서도 역시 불안전한 가족공동체를 그리고 있다. 또한 모성과 희생의 결핍을 보이는 인물 뺑덕어미는 이 소설에서도 마찬가지로 초반에는 그 결핍의 상황을 여실히 보여주지만, 후반에 가서는 모성을 차츰 회복해가는 양상을 보인다. 이미 원 텍스트에서 경험했던 가정해체와 붕괴라는 상황을 현대인들의 시선으로 그 원인과 결과를 현장감있게 재조명한다. 또한 여전히 우리 사회의 심각하게 제기되는 청소년 문제를 뺑덕이란 인물을 통해서 보여주고 있는데, 그것이 단순히 개인적인 갈등이 아니라 사회 전반에 존재하는 갈등과 제도에서 비롯되는 사안임을 느끼게 해준다.

이 소설에서는 어머니의 존재를 부인하면서 겪는 청소년의 정체성혼란과 심적 고통을 표현하여 독자의 공감을 얻어 내고 또 부모에 대한 시각이 자기중심적이어서는 자신의 성숙과 자유로움을 기대할 수 없다는 것을 보여줌으로써 청소년의 정신적 통과의례를 제시했다.[30] 아울러 소설 ≪뺑덕≫은 주인공 뺑덕이 자신이 가진 사고의 틀에서 벗어나 내면에서 모성의 가치를 찾고, 그 수용과정을 통해 정체성을 알아가는 상황을 사실적으로 보여주면서 오늘의 청소년이 지닌 현실과 처지를 형상화하고 있다. 이를 통해 갈수록 심화되고 있는 가족위기와 해체의 모습을 재현하는 한편 현대인이 겪는 존재의 갈등을 현실적으로 거부감 없이 서술하고 있다.

원 텍스트에서는 어떠한 인과도 없이 자신의 욕망에만 집착하는 인물로 그려진 뺑덕어미가 이 소설에서는 그녀가 지닌 사연을 구체적으로 서사하여 대중에게 스토리 전반에 공감을 갖게 한다. 또한 이 소설에서는 뺑덕어미가 점차 모성애를 회복하고 따뜻한 가정을 이루고자 소망하는

---

29) 박상석, 「고소설 선악이야기의 서사규범 연구」, 연세대학교 박사학위논문, 2012, 147쪽.
30) 배영순, 「심청전을 변용한 아동청소년 서사 창작 연구」, 동아대학교 박사학위논문, 2012, 45쪽.

평범한 여성으로 그려지고 있다.

2) 욕망과 인간내면의 불안: 영화 〈마담 뺑덕〉

대중문화는 대중의 욕망을 충족시키는 대상이라는 점에서 소비문화의 성격을 드러내며, 물질적으로 소비되는 상품이면서 동시에 대중의 심리와 욕망을 담은 상징적 소비의 대상이라는 점에서 중요한 의미를 부여받고 있다.[31] 영화 〈마담 뺑덕〉(감독 임필성)은 2014년 영화사 동물의 왕국에서 제작한 치정멜로극으로, '효와 욕망'이라는 주제를 바탕으로 연출되었다. 효孝가 욕망慾望으로 뒤바뀌는 과정을 중심으로 하여 한 가정과 여인의 운명을 통해 서사하고 있다. 영화 〈마담 뺑덕〉은 주인공이 서로에 대한 욕망과 집착에 빠져들며 파멸하는 모습을 상세히 그려냈다. 이 영화는 크게 세 가지의 이야기로 구성되어 있다. 처녀 덕이와 학규가 욕망慾望에 사로잡히는 이야기, 그들이 8년이 지난 후 다시 만나게 되면서 덕이가 학규와 그의 딸 청이 사이에 깊숙이 자리하게 되는 이야기, 덕이와 학규, 그리고 청이라는 인물이 각자 집착執着에 눈을 뜨게 되는 이야기로 나눌 수 있다.

영화 〈마담 뺑덕〉은 기존 〈심청전〉의 단편적이고 기능적인 악녀로 표상되었던 뺑덕어미를 덕이라는 주인공으로 내세우며 원텍스트와는 전혀 다른 분위기와 설정으로 그 성격을 과감히 바꾸었다. 주인공 덕이와 학규의 관계를 중심으로 스토리가 전개되는데, 덕이가 악녀로 변모하는 과정을 섬세하게 형상화하였다. 특히 영화 전반부의 밝고 따뜻한 시선으로 연출되지만, 점차 욕망에 눈을 뜨기 시작하는 덕이의 변화는 영화의 핵심적 요소이다. 이 영화에서 여주인공 덕이는 학규에게 몸과 마음을 모두 사로잡혀 억제할 수 없는 사랑과 집착執着을 가진 인물로 관능적으로 표현되고 있다. 덕이의 순수한 첫사랑은 영화의 결말에 이를수록 두 사람의 관계를 걷잡을 수 없게 만드는 독毒이 된다.

---

31) 김창남, 『대중문화의 이해』, 한울, 2003, 36쪽.

영화는 후반부로 갈수록 파멸破滅을 보여준다. 심학규는 복직을 하자마자 덕이를 매몰차게 버리고 떠난 8년 후 작가로서 완벽히 성공하고, 명성과 부를 모두 얻은 그는 나날이 수위 높은 쾌락快樂을 탐한다. 그러나 방탕한 생활을 일삼던 그의 눈은 언젠가부터 서서히 멀어져간다. 그러던 어느 날, 점점 의지할 곳 없이 외로움과 두려움에 시달리는 학규 앞에 묘령妙齡의 여인女人이 나타난다. 그녀는 그를 멀리하는 딸 청이가 의지하는 옆집 여인 세정이다. 학규는 시간이 흐를수록 세정에게 모든 것을 의지하게 되지만, 결국은 그녀의 정체를 알게 된다. 세정은 지난 날 학규가 삶을 망가지게 했던 덕이였다. 그녀의 처절한 복수로 결국 모든 것을 잃기 시작한 학규는 무거운 좌절과 잘못된 애정이 섞인 감정으로 그녀를 바라보게 된다.

영화 〈마담 뺑덕〉은 복수와 욕망, 그리고 인물이 지닌 애정의 문제가 그들의 관계에 끝없이 혼란을 가져온다. 여기에 딸 청이의 갈등까지 더해져 기묘하게 완성된 삼각형 구도의 인물 관계가 현실의 위태로움을 가져온다. 끝내 서로 괴로워하면서도 포기하지 못하는 덕이와 학규의 파괴적인 관계는 현대의 대중들에게 사랑과 욕망의 문제에 대해 새롭게 정의한다. 영화 〈마담 뺑덕〉은 원 텍스트의 인물형을 참신하게 해석하여 그들이 가지고 있는 전형성에서 탈피하고, 입체적立體的으로 표현하였다. 이는 대중이 처한 지금의 현실과 다르지 않다. 또한 주제의 변용과 확장을 가져오면서 새로운 스토리를 가미하였다. 그러나 이야기가 전개 된 8년 후부터 청이의 등장은 원 텍스트를 부분적으로 이행한 것으로 볼 수 있다. 팔려간 청이, 돌아온 청이, 그리고 눈을 다시 되찾은 심학규의 설정은 원 텍스트를 충실히 보여준다. 그러나 영화 〈마담 뺑덕〉은 덕이라는 인물을 중심으로 서사가 새롭게 재창조되었다. 원 텍스트에서 효를 이야기하는 윤리倫理적 측면을 강조하고 있다면 영화는 철저히 개인적 욕망慾望에 대하여 집중하고 있다. 그 욕망은 다양한 형태로 표현되는데 현대 사회에서 남성 중심적이고 가부장적인 제도에서 벗어나 여성이 지닌 주체성의 확장擴張과 그들이 가지고 있는 욕망에 대한 담론談論을 당당하게 보여주고 있다. 또한 영화 속에서 보여준 덕이라는 인물이 원 텍스트와 마찬가지로 욕망을 지닌 인물로 표현되지만 그 욕망의 형상은 다소 왜곡 歪曲되고 엽기적인 방식으로 표출한다.

이 영화에서 덕이는 심학규에 대한 집착과 애정의 원인을 첫사랑의 좌절과 욕망의 변질로 보여주며 악녀로 변해가는 과정을 상세히 설명하고 있다. 이는 원 텍스트에서는 어떠한 규명도 없이 뺑덕어미를 악인으로 설정하고 있는데 이 영화는 원 텍스트에 대한 세밀한 정보나 선행이 없어도 작품을 이해하기 어렵다거나 개별적인 인물에 대한 공감이 이루어지지 않는 것은 아니다.

또한 이 영화에서는 심학규라는 인물에 대한 새로운 이해와 형상화를 흥미 있게 볼 수 있다. 그는 방탕한 생활 끝에 실명을 하고, 덕이의 복수로 큰 빚을 진 채 딸을 결국 술집에 팔게 되는, 스토리의 변용은 신선하다. 이를 통해 심학규 역시 뺑덕어미와 다르지 않은 욕망을 추구하다 결국 파멸에 이르는 인물이다. 원 텍스트에서 개안을 하는 결말과는 달리 무책임과 자신의 욕망추구로 인해 참혹한 결과를 맞이하고 그 속에서 사랑의 가치와 의미를 찾게 된다. 이 영화는 현대인이 지닌 불안감과 억눌림의 표출表出로 인해 변해가는 인간의 모습을 사실적인 욕구와 관련하여 여과 없이 보여준다. 영화 〈마담 뺑덕〉은 원 텍스트와 마찬가지로 욕망을 지닌 인물들이 출현하지만 그들이 지닌 욕망의 원인을 충분히 밝히는 한편 현대사회와 연결하여 실증적으로 형상화하였다. 이는 현대인이 지닌 내면의 불안과 결핍을 섬세하게 보여주고 있다.

3) 세속적 욕망과 가치의 희화화: 마당놀이 〈뺑파전〉

〈뺑파전〉은 고전에 기반을 두고 현대적으로 재창작된 작품으로, 지금까지도 지속적으로 활발하게 공연되고 있는 대중예술이다. 그동안 〈뺑파전〉은 대중들의 사랑을 받으며 뺑덕이네, 창극·여성국극·마당놀이·마당극 등 다양한 갈래와 형태로 공연되어 왔다.[32] 마당놀이는 열린 공간구조 위에서 생산성의 가치를 두고 행해지는데 서사적 구조의 공간으로 무대와 객석의 구분이 없는 특징으로 무대개념이 아닌 사방을 객석으로 하는 마당 개념의 공간을 말한다.[33] 판소리 〈심청가〉 '뺑덕어미 삽화'에 토대를 둔 마당놀이 〈뺑파전〉은 창극을 거쳐 토막극의 형태로 공연되다가, 1987년 공간사랑 공연을 구심점으로 삼아 독자성을 확보하고 완결성을 보완하여 독자적인 성격을 가지고 정착하게 되었다. 여기에 대중에게 익숙한 서사를 기반으로 하여 그들의 구미口味에 맞도록 스토리를 구축하여 극을 이끌어 간다는 점에서 전형적인 대중예술의 가치를 보여주고 있다.

마당놀이 〈뺑파전〉은 상황에 맞는 즉흥적 대사와 춤 그리고 해학이 넘치는 대사와 노래를 통해, 대중들의 관심의 대상이 되었다. 마당놀이에서 볼 수 있는 즉흥적 연기와 해학, 놀이 문화적 환경을 기반으로 하여 만들어지는 극의 장치는 배우나 관객은 물론 모든 참여자들에게 즐거움을 줄 수 있다. 이런 이유로 인하여 〈뺑파전〉은 1987년 이후 2011년까지 120회 이상의 공연을 선보였다. 〈뺑파전〉의 공연 주체와 공간은 매우 다양하다. 판소리 명창을 비롯해서 유랑극단에서 공연하던 배우 그리고 마당놀이 배우 등이 공연의 주체로 활동하고 대개 해학적인 몸짓과 극적 표현에 능한 소리꾼이 뺑파역을 담당했다. 그리고 〈뺑파전〉은 실내극장 뿐만 아니라 축제, 명절, 행사 등 다양한 공간에서 공연되어 전통예술이 지닌 가치와 의미에 대해서 많은 설명을 하고 있다.

〈뺑파전〉은 20세기에 들어와 여러 차례 공연을 통해 대중大衆들의 애정을 받으면서 독자적인 공연물로 인정받을 수 있었고, 그 명맥을 이어 왔다. 마당놀이에서 주인공 뺑파는 홀로 된 여성으로 윤리의식이나 사회 규범과는 거리가 먼 일탈적 욕망을 지니며 자기중심적으로 살아가는 세속적인 인간형이다. 이런 특성은 이미 판소리 〈심청가〉에서 보여주었고,

---

32) 김기형, 앞의 논문, 47쪽.
33) 서이숙, 「마당놀이에 나타난 전통연희의 전승양상 연구」, 중앙대학교 석사학위논문, 2008, 11쪽.

이를 토대로 마당놀이 〈뺑파전〉에서는 주인공의 특성을 더욱 과장된 형태로 보여주었다. 이는 마당놀이가 지닌 사회인식의 표출은 물론 현대의 윤리규범과 정치사회의 병리를 우화적 또는 은유적으로 풍자하고 있다. 이러한 풍자정신을 근간으로 하고 있기 때문에 마당놀이가 가진 연극적 역할 또한 대중의 가슴에 와 닿을 수 있으며 시대적 현실과 상황을 보여주는 것이 관객과의 호응을 얻을 수 있는 기반으로 작용한다.[34]

마당놀이 〈뺑파전〉에서 뺑파는 자신이 지닌 성적인 욕망을 적나라하게 진술하여 극적재미를 추구한다. 뺑덕어미는 원 텍스트에서 세속적 욕망을 가진 여인으로, 심봉사를 절망의 낭떠러지로 몰아가고 결국은 심봉사의 개안開眼의 의미를 극대화하는 인물이다. 그러나 마당놀이 〈뺑파전〉에서 뺑덕어미는 청중들에게 악인으로 낙인되어 기피하는 무거운 인물이 아니라 호응을 할 수 있는 인물로 그려진다. 마당놀이에서 그려지는 뺑덕어미는 외모가 뛰어나지는 않지만 애교와 감언이설, 과장과 해학으로 일탈된 세속적 욕망이 다양한 재미와 유머를 통해 부각한다. 〈뺑파전〉은 악인으로의 전형성을 탈피하여 해학을 중심으로 뺑덕어미의 다양한 성격을 제시하고 그 상황을 현대적으로 재구성하여 독자성을 확보하였다. 또한 그동안 중심인물로 다루지 않았던 뺑덕어미를 독창적이며 감각적으로 연출하였다. 마당놀이 〈뺑파전〉은 원 텍스트의 비극적인 내용을 경쾌하고 해학적인 스토리로 풀어간다. 이는 대중들의 내면에 자리잡고 있는 현실적이고 세속적인 욕망을 직설적으로 설명하는 한편 이를 심각하고 비극적인 요소를 통해 풀어가는 것이 아니라 희화하여 인간 본연의 가치와 삶의 의미를 설명하고 있다. 또한 〈뺑파전〉은 갈수록 심화되고 있는 자본의 위력 앞에 무기력無氣力하고 변질變質해가는 인간의 심상을 매우 사실적으로 보여준 작품으로 대중들의 열광적인 지지를 받고 있다.

---

34) 서이숙, 앞의 논문, 73쪽.

4) 현실의 인식과 세태풍자: 뮤지컬 〈新 뺑파전〉

2008년 12월 세종문화회관 대극장에서는 우리 전통예술의 새로운 창작을 장려하는 사업으로, 뮤지컬 〈신 뺑파전〉을 선보였다. 창극은 우리나라를 대표하는 연극적 판소리의 전통극으로서, 판소리 다섯 마당중 〈심청가〉의 일부분인 〈뺑파전〉이 새로운 모습으로 세종문화회관에서 공연되었다. 뮤지컬 〈신 뺑파전〉은 기존의 〈뺑파전〉과는 차별화된 전략을 보였다. 촌스러운 시골장터의 뺑파가 현대적이고 여성적 매력이 넘치는 유혹의 화신으로 변모되었다는 발상을 기반으로 하는 뮤지컬은 그 재미를 배가하고 있다. 이미 여러 차례의 공연을 통해 대중의 사랑을 검증받은 〈뺑파전〉을 뮤지컬 〈신 뺑파전〉에서는 뺑파라는 인물을 새롭게 재해석을 하였다. 기존의 〈뺑파전〉이 통쾌한 풍자와 해학으로 서민들의 울분을 달래주고 신명을 풀어내었다면 〈신 뺑파전〉 역시 뺑파의 익살스러운 대사와 심봉사의 순박한 어법, 난봉꾼 황봉사의 엉큼한 행동을 현대적인 대사와 퍼포먼스로 각색하여 해학적 요소를 여러 곳에 배치하여 대중들에게 다양한 볼거리를 제공하였다.

주인공 뺑파는 자신을 빗대에 트롯풍의 노래를 부르거나 다양한 세대들이 공감할 수 있는 세상살이의 이야기를 들려주는데 이때 명창들을 풍자와 해학으로 배열하여 극의 흥미를 증진하고 있다. 민요, 사투리, 트롯트 등의 연극적 요소는 새로운 웃음과 감동을 주는 한편 다양한 해학적 요소를 배열하여 경쾌한 느낌의 공연을 보여주었다.

뮤지컬이 주는 화려한 무대와 독특한 구성은 스토리를 더욱 빛나게 한다. 서민들의 일상의 모습을 담은 영상과 함께 40여명의 출연자가 등장하여 다듬이질을 펼치는 화려한 국악퍼포먼스와 비보이의 출연은 장르를 뛰어넘어 작품의 주제구현과 소통의 가치를 보여준다. 뺑파역의 정옥향 (국가지정 무형문화재 제5호 판소리 준보유자), 심봉사역의 송순섭(국가지정 중요무형문화재 제5호 판소리 '적벽가' 예능보유자), 황봉사역의 김학용(국립창극단 수석) 등 주연급 출연자들은 소리나 연기력이 뛰어난 명창들로 막힘없는 대사를 구사하여 주인공뿐만 아니라 다양한 인물을 사실적으로 연기하고 그들이 지닌 개성적인 특성을 면밀히 보여준다. 이들의 원숙한 연기력과 새로운 스토리의 결합은 관객들에게 재미를 주는 한편 고전古典에 대한 거부감을 누그러뜨리고 흥미를 부여한다. 이처럼 뮤지컬 〈신 뺑파전〉은 대중의 현실인식과 세태풍자를 사실적으로 보여주고 있다.

고전문학을 현대문화의 원천소재로 활용하려는 시도는 무척 주목할 만한데 작품이 원래 가지고 있던 주제와 지금 이 시대와의 간극間隙을 어떻게 메우면서 다시 살려낼 수 있을까 하는 점이 관건이라고 하겠다.[35] 뮤지컬 〈신 뺑파전〉은 기존의 원 텍스트가 가진 악인형을 차분하게 이행하는 것이 아니라, 대중들이 공감할 만한 스토리라인을 첨가하였다. 그리하여 원 텍스트에서 보여준 뺑덕어미의 전형성에서 탈피하여 인물이 가진 사연을 대중들에게 전달하고 해학적인 인물로 그려 현실에 대한 이해와 삶에 대한 진정한 소통을 하게 한다.

뺑덕어미와 관련하여 현대적 변용이 이루어진 작품은 단순히 악인惡人의 전형으로만 인물을 이해하는 것이 아니다. 지속적으로 전승되는 작품을 보면 그 안에는 분명 대중의 정서를 철저히 반영하는 공감의 요소가 존재하는데 뺑덕어미라는 인물 역시 특수성을 지닌다. 뺑덕어미는 단순히 세속적이고 자신의 욕망을 채우기에 급급한 인물이 아니라 시대적 사유思惟를 통찰하고 있는 중요한 인물이다. 또한 이야기를 통해서 대중이 추구하는 삶의 가치와 세계관을 추리할 수 있으며 지금의 대중이 밀접하게 겪는 위기의 상황에 대한 해법을 구체화하고 있다. 단순히 인간이 지닌 효의 이행이나 윤리적 부분을 강조하는 것이 아니라 복잡하고 어려운 현실을 살아가는 대중들에게 참다운 욕망의 실현과 동시에 다원화된 현실에 대한 깊은 소통의 의미를 이야기해주고 있다.

---

35) 김풍기, 「고전문학 작품의 정체성과 그 현대적 변용」, 『고전문학연구』 제30집, 한국고전문학회, 2006, 13쪽.

4. 뺑덕어미의 후대수용의 가치

이념화된 인물형상에서 일탈된 모습을 통해 현실적 차원의 인간상을 꾸밈없이 보여 주게 되는 것이다.[36] 뺑덕어미 역시 다양한 형상화를 통해 현실의 상황을 사실적으로 보여주고 있다.

1) 새로운 인물형의 제시

여러 이본에서 묘사된 뺑덕어미의 외모는 그야말로 추녀醜女이다. 그것은 악인을 추악하게 표현하는 고소설의 서술상 특징으로만 치부하기에는 다소 어려움이 따른다. 뺑덕어미는 추녀로 형상화되어 있기 때문에 대체로 타인들에게 사랑을 받거나 독립獨立하는데 큰 어려움을 겪었을 것으로 추정된다. 이러한 처지로 본다면 그녀의 성격과 삶이 순탄하지 않았을 것으로 예상된다. 그래서 뺑덕어미는 외모가 아닌 다른 방책으로 자신의 매력을 발산하였고, 그것은 심봉사를 유혹의 방책으로 삼아 삶을 이어나간 것이다. 타자他者를 의식하여 외롭고 불행한 삶을 살기보다는 과감하게 그 틀을 벗어나 자신의 욕망과 행복을 위하여 남성을 이용한 뺑덕어미를 악인으로만 규정할 것이 아니라 새로운 여성상으로 평가할 수 있을 것이다.[37]

뺑덕어미는 못생긴 외모를 가진 추녀지만 자신의 안정과 욕망를 위하여 성적 매력을 발산하는 등 남성을 유혹하거나 혹은 혼인을 한 여성임에도 불구하고 자신의 쾌락을 위해서는 성적인 욕망도 절제하지 않는 인물이다. 이는 고전소설에서는 흔히 찾을 수 없는 새로운 여성의 모습이다. 이는 욕망에 충실하면서도 자신의 삶을 주체적으로 개척하는 뺑덕어미의 모습이 후대에 와서도 다양한 측면으로 설명된다. 원 텍스트에서는 여성

---

36) 최혜진, 앞의 논문, 120쪽.
37) 박윤희, 앞의 논문, 52~53쪽.

의 삶 주위에 설정되어 있는 금기禁忌와 제한制限적 요소를 수동적受動的으로 받아들이지 않고 자신의 의지와 가치관에 따라 거부하거나 수정하는 자세를 보인다. 그러나 뺑덕어미의 감각적 쾌락과 욕망을 추구하는 태도는 비판의 표적이 되기도 한다.[38] 그러나 기존의 제도나 가부장의 덕목은 더 이상 뺑덕어미 자신의 운명을 결정할 수 없는 요소로 작용하고 욕망을 달성하기 위해 적극적인 자세가 필요하다. 또한 그는 획일적이거나 수동적이지 않고, 다양하고 능동적인 모습을 지닌 여성으로 가부장적 이데올로기 앞에서도 굴하지 않는 강인함을 보여준다.

뺑덕어미는 세속적 욕망과 자아실현을 두루 내포한 인물로, 그와 관련된 텍스트는 대체적으로 뺑덕어미를 악인으로 단정짓고 정형화하는 사실에서 자유롭지 못했다. 그러나 실상은 인간의 욕망을 달성하고 새로운 희망을 찾아가는 적극성을 가진 여성의 이야기이다. 그는 단순히 욕망을 드러내는 인물이 아니라 그것을 쟁취하기 위해서 적극적으로 방안을 모색하는 인물로 설명된다. 또한 자신의 처지에 안주하거나 좌절하지 않는 모습이 이 시대에 부합하는 새로운 인물이라고 할 수 있다. 이는 대중들을 자극하는 기제로 작용하여 삶의 의미와 가치를 풍성하게 한다.

뺑덕어미와 관련된 이야기는 오랫동안 대중들에게 전달되었고, 심청과 관련된 작품에서 뺑덕어미는 주변인물이고, 악인으로 형상화되어 올바른 판단을 내리기에는 다소 어려움이 있었다. 그러나 최근에는 콘텐츠로서의 가치를 인정認定받아서 다양한 장르에서 널리 사용되었는데, 원전의 뺑덕어미는 비극적인 인물 심봉사와의 의도적인 사랑과 변심變心을 다루는 악인惡人의 모습이었다면 후대에 와서 특히 현대적으로 변용한 작품 속에서는 적극성을 지닌 여성으로, 단순히 현실에 안주하지 않고

---

38) 최기숙,「돈의 윤리와 문화 가치-조선후기 서사 문학의 경제적 상상력」,『현대문학의 연구』32, 한국문학연구학회, 2007, 202쪽.

현대의 대중들에게 호기심을 자극했다. 지금까지 우리는 인물을 다각도로 바라보지 못하고 전형성典型性에만 주목하였는데 뺑덕어미와 관련된 작품은 이러한 우리의 약점을 수용할 수 있는 스토리로 다층적인 점검이 필요하다.

2) 대중의 현실 재현

사람들은 복잡하거나 이해하기 어렵고, 당연한 이야기에는 흥미와 관심을 갖지 않으며 기억 또한 단편적으로 머물며 전달의 의지 또한 미약微弱하다고 볼 수 있다. 그럼에도 불구하고 뺑덕어미가 오랜 세월을 거쳐서 현대의 대중들에게 전달된다는 것은 기본적으로 대중의 흥미와 정보제공에 대한 기대에 부응하고 새로운 콘텐츠를 지속적으로 생산하고 포섭할 수 있는 융합성, 대중의 자발적이고 유희적인 스토리텔링이 가능한 능동성, 참여성, 상호 작용성을 지니고 있다는 것이다.39) 무엇보다 현대까지 작품이 전승될 수 있는 것은 영원한 인간정신에 뿌리를 둔 '의미 있는', '귀감이 될 만한' 가치가 있으며, 이 가치를 통해 '삶의 질적 수준 높이기에 기여'하고 있다고 판단된다.40)

한편 문학은 시대와 더불어 시대정신을 반영하는 동시에 자율성을 추구하고 있는데, 현대의 독자들은 실증적인 이야기에 호응呼應하고 동조한다. 무엇보다 그 내면에는 자유를 추구하지만 일상에 길들여져 있는 현대인들은 지속적으로 변하지 않는 스토리들에 안정감을 얻으며 새로운 모색에 대한 호기심을 감추지 않는다. 뺑덕어미와 관련된 텍스트 역시 마찬가지이다. 반일상적으로, 반윤리적으로 살면, 반드시 응분의 대가를 받게 된다는 믿음은 본능에 민감하고 소비적이며 게으른 여성들을 결코 허용하지 않는 사회적 시선이 작동하고 있는 것이라 할 수 있다.41) 뺑덕어미

---

39) 이상진, 「문화콘텐츠 '김유정' 다시 이야기하기-캐릭터성과 스토리텔링을 중심으로」, 『현대소설연구』 제48권, 한국현대소설학회, 2011, 442쪽.
40) 설성경, 『구운몽 연구』, 국학자료원, 1999, 7쪽.

가 전승된 작품들은 대중이 처한 복잡한 현실속에서 자신들의 욕망과 삶의 가치가 무엇인지 알게 한다. 한편 해결의 실천적 방안과 욕망으로 인한 현실의 소외와 불행을 벗어나기 위해서는 무엇보다 실천적 용기와 적극적인 의지의 필요성을 주지시켜준다.[42]

통속적인 것은 해학적인 것, 관능적인 것, 선정적인 것, 환상적인 것, 감상적인 것이라 할 수 있다.[43] 뺑덕어미와 관련된 이야기에는 이러한 요소들이 철저하게 내포되어 있다. 무엇보다 철저하게 대중人衆과 소통하는 이야기이다. 뺑덕어미는 자신의 안위를 위한 애정의 문제를 담보로 하고 있는 것이 아니라 그가 주변상황으로 인해 겪는 차별과 좌절 그리고 부당함을 타파하고자 노력하고 그 속에 간절함이 담겨 있는 것으로 파악할 수 있다. 이것은 현대에 와서도 많은 장르를 통해서 보여지고 있는데 적극적이지 않고 수동적인 현대인들에게 제언의 메시지로 전달될 수 있다.

3) 욕망과 인간중심의 가치 형상화

오늘날 현대 사회는 욕망으로 점철되어 있다. 한 개인이 무엇을 욕망한다는 것은 그 개인이 지금의 자기 자신으로 만족하지 못해 자기 자신을 초월하고자 하는 것인데, 이때 초월은 자기가 욕망하게 되는 대상을 소유함으로써 가능하다는 것이다.[44] 이런 욕망을 가진 현대인들은 나태하고 일상적인 삶에 익숙해져있다. 그러나 뺑덕어미란 인물은 지금의 현대인과는 다른 양상을 갖고 있다. 무엇보다 복잡한 현실을 살아가는 개인들은 욕망을 지니고 있으면서도 기존의 윤리도덕에서 완전히 자유롭지 못하여 갈등한다. 그러나 이런 갈등을 깨고 자신의 욕망을 노골적으로 드러낸

41) 길진숙, 앞의 논문, 107쪽.
42) 하경숙, 「〈헌화가〉의 현대적 변용 양상과 가치」, 『온지논총』 제32집, 온지학회, 2012, 182쪽.
43) 박성봉, 『대중예술의 미학-대중예술의 통속성에 대한 미학적인 접근』, 동연, 1995, 56~62쪽.
44) 한길사 편집부, 『가자 고전의 숲으로』, 한길사, 2008, 205쪽.

인물이다. 뺑덕어미는 욕망의 추구와 윤리 사이에서 갈등했던 일련의 독자들은 뺑덕어미를 통해서 욕망을 분출함으로써 억압되었던 윤리의식에서 다소 해방감을 맛보았을 것으로 보인다.[45] 이런 뺑덕어미가 지닌 특성은 현대의 대중들에게 자신들의 욕망의 기제를 대리만족하게 하는 존재로 대변되어 수용되었다.

또한 뺑덕어미를 기반으로 후대에 와서 변용한 작품들은 대체적으로 인간에 대한 깊은 이해를 중심으로 하고 있으며, 여성도 자신의 욕망을 당당히 표출하면서 적극적으로 내면의 감정을 표현하고 있다는 것을 재현한다. 현대적 변용과의 주제와 관련된 작품은 모두 욕망과 관련되어 있다. 그러나 저마다 욕망의 성격이 다르다. 그럼에도 불구하고 이들 모두에게 공통적으로 나타나는 현상이 있다. 기존의 삶의 태도에서 벗어나 새로운 방식으로 표현하고 새로운 삶으로의 전환이 이루어지는 것이다.[46] 무엇보다 일상사에 대한 상세한 묘사와 현실생활에 대한 깊은 관심을 바탕으로 사실적이면서 구체적인 표현은 사실주의 정신의 매개媒介가 된다는 점에서 근대성이 반영되는 것이다.[47]

아울러 자신의 삶을 개척해나가는 여성의 모습을 강조하는 한편 뺑덕어미가 기존의 악인이라는 고정관념에서 탈피하여 자신의 진정한 행복추구와 나은 삶을 위해 노력하는 인간임을 보여준다. 또한 거기에 현대인이 겪고 있는 삶의 모습을 심층적으로 결합하여 작품에 대한 이해를 고양시키는 한편 대중은 작품 속에 다양하게 형상화된 인물을 통해서 정서적 교감과 삶에 대한 자극을 받을 수 있다.

---

45) 진은진, 「〈흥부전〉에 나타난 악과 세속적 욕망」, 『판소리연구』 26, 판소리학회, 2008, 245쪽.
46) 임완혁, 「입신출세의 상경길, 욕망의 길-야담을 통해 본」, 『고전문학연구』 제38권, 한국고전문학회, 2010, 100쪽.
47) 강명혜, 「고전문학의 콘텐츠화 양상 및 문화콘텐츠를 위한 수업모형」, 『우리문학연구』 제21집, 우리문학회 2006, 12쪽.

5. 뺑덕어미의 현대적 수용과 전망

이 글에서는 뺑덕어미의 실체를 파악하고 후대적으로 수용된 작품의 가치를 밝히고 특히 현대적으로 변용된 작품의 양상을 살펴서 그 속에 내재된 작품의 함의와 의미를 설명하고자 하였다. 이는 기존의 해석을 극복하여 다양한 감상의 경험을 제공하려는 시도이면서 삶과 감정의 원형을 추적하고 인간에 대한 이해를 증진하는 것이다. 뺑덕어미는 단지 악인의 전형으로만 설명하는 것이 아니라 다양한 장르로의 소통을 통하여 전달될 수 있다.

뺑덕어미가 전승되고 현대적으로 변용된 작품들은 여러 장르의 소통을 통하여 구체적이고 사실적으로 현실의 대중이 체감하는 문제들을 대변하고, 욕망을 화두話頭로 하여 인과를 보여줌으로써 주제를 견고하게 하고 있다. 그러나 고전문학을 수용하는 문제에 있어서 원 텍스트를 온전하게 이해하고 받아들이는 작업은 중요하고 많은 것을 고심해야 한다. 그러나 이를 기반으로 확대된 서사를 창출하고 그 수익을 얻는다면 대단히 가치 있는 일이지만, 사실상 다양한 작업이 선행되어야 하는 매우 어려운 작업이라고 할 수 있다.

소설 《뺑덕》의 주인공은 그동안 규명되지 않았던 뺑덕이라는 인물에 대한 관심에서 비롯된 것이다. 이 소설에서 주인공은 자신이 가진 사고의 틀에서 벗어나 자신의 정체성을 찾아가는 상황을 사실적으로 보여주면서 현재 우리가 겪고 있는 청소년문제와 가족위기라는 사회적 현실을 날카롭게 보여준다. 이는 현대인이 겪는 존재에 대한 갈등과 고민에 대한 서술이다. 영화 〈마담 뺑덕〉에서는 원 텍스트와는 달리 심학규라는 인물을 무책임하고 욕망으로 인해 갈등하는 인물로 설정하였다. 주인공이 구현하는 사랑의 가치와 욕망의 의미를 세밀하게 형상화하여 현대인이 지닌 불안감과 억눌림의 표출을 자극적으로 표현하였다.

마당놀이 〈뺑파전〉은 원 텍스트가 지닌 모호한 이야기의 성격을 대중이 공감할 수 있는 해학적 요소를 접목하여 대중의 지지를 받았다. 또한 뮤지컬 〈신新 뺑파전〉은 원 텍스트에서 보여준 뺑덕어미의 전형에서 탈피하여 인물의 사연과 호응을 기반으로 현대의 대중들이 뺑덕어미에 대한 다양한 판단을 가능하게 하였다.

이처럼 고전작품의 지속적인 생명력은 현대에 와서도 지속적으로 유지되고 있다. 고전작품은 이미 검증된 독자의 관심과 애정을 기반으로 그 변용의 주체에는 늘 독자가 중심이 되었다. 뺑덕어미와 관련된 텍스트는 여전히 현대의 대중들에게 삶의 가치와 의미를 고양高揚시키면서 다양한 장르로의 변용을 모색하고 있다. 또한 현대 대중들에게 삶을 집중하는 동시에 삶의 의미를 생각하는 대중들에게 새로운 인물형을 부여하여 다채로운 콘텐츠로의 활용을 시도하고 있다.

참고문헌

• 단행본
김창남, 『대중문화의 이해』, 한울, 2003.
김일렬, 『문학의 본질-고전문학의 이해를 위하여』, 새문사, 2006.
박성봉, 『대중예술의 미학』, 동연, 1995.
최동현, 『소리꾼』, 문학동네, 2011.
설성경, 『구운몽 연구』, 국학자료원, 1999.
한길사 편집부, 『가자 고전의 숲으로』, 한길사, 2008.

• 논문
강명혜, 「고전문학의 콘텐츠화 양상 및 문화콘텐츠를 위한 수업모형」, 『우리문학연구』 제21집, 우리문학회, 2006.
길진숙, 「뺑덕어미와 괴똥어미의 일탈과 그 성격-〈용부가〉·〈복선화음가〉·〈심청가〉의 일탈형 여성인물에 대한 고찰-」, 『한국고전연구』 제19집, 한국고전연구학회, 2009.
김풍기, 「고전문학 작품의 정체성과 그 현대적 변용」, 『고전문학연구』 제30집, 한국고전문학회, 2006.

김기형, 「빵파전의 전승 과정과 구성적 특징」, 『어문논집』 제67집, 민족어문학
　　회, 2013.
박상석, 「고소설 선악이야기의 서사규범 연구」, 연세대학교 박사학위논문, 2012.
박일용, 「가사체 〈심청전〉 이본과 초기 판소리 창본계 〈심청전〉의 관련 양상」,
　　『판소리학회지』 제7집, 판소리학회, 1996.
박윤희, 「조선후기 여성 자의식의 형상화 양상: 판소리 소재 반열녀적 인물을
　　중심으로」, 동국대학교 석사학위논문, 2010.
배영순, 「심청전을 변용한 아동청소년 서사 창작 연구」, 동아대학교 박사학위논
　　문, 2012.
오세영, 「판소리계 소설의 심층심리학적 연구」, 대전대학교 박사학위논문, 2006.
유귀영, 「〈심청전〉에 나타난 인물형상화 연구」, 경북대학교 석사학위논문, 2009.
유영대, 「〈심청전〉의 계통과 주제」, 고려대학교 박사학위논문, 1990.
윤종선, 「〈심청전〉의 현대적 수용 양상 연구」, 고려대학교 박사학위논문, 2011.
이대중, 「빵덕어미 삽화의 더늠화 양상과 의미」, 판소리 연구 17, 판소리학회,
　　2004.
이상진, 「문화콘텐츠 '김유정' 다시 이야기하기-캐릭터성과 스토리텔링을 중심
　　으로」, 『현대소설연구』 제48권, 한국현대소설학회, 2011.
이태화, 「신문관 간행 판소리계 소설의 개작 양상」, 고려대 대학원 석사학위논
　　문, 2003.
임완혁, 「입신출세의 상경길, 욕망의 길-야담을 통해 본」, 『고전문학연구』 제38
　　권, 한국고전문학회, 2010.
진은진, 「〈흥부전〉에 나타난 악과 세속적 욕망」, 『판소리연구』 26, 판소리학회,
　　2008.
정출헌, 「〈심청전〉의 전승 양상과 작품세계에 대한 고찰」, 『한국민족문화』 제22
　　권, 한국민족문화연구소, 2003.
정하영, 「심청전에 나타난 악인상」, 『국어국문학』 97, 국어국문학회, 1987.
최윤자, 「〈심청전〉의 신성혼신화적 연구」, 단국대학교 석사학위논문, 2008.

제3장

스토리텔링을 통한 역사인물의 특질과 양상
-소현세자빈 강씨의 문화콘텐츠를 중심으로-

1. 소현세자빈 강씨의 인물 형상화 방안

과거와 미래 모두 동일한 시간선상에 연결되어 있고, 나아가 과거가 미래를 조명하고 미래가 과거를 조명하여 우리들 앞에 출현하게 될 미래의 목적들과 대화를 하는 것이 역사이다.[1] 소현세자빈 강씨는 본관이 금천衿川으로 우의정 강석기碩期의 딸이다. 1627년(인조 5)에 가례嘉禮를 올려 소현세자빈이 되었다. 병자호란 뒤인 1637년에 세자와 함께 심양瀋陽에서 볼모로 생활하다가 1644년에 고국으로 돌아왔다. 그런데 세자는 환국 후 두 달 만에 급서急逝하였다. 그 이듬해 강빈은 왕의 수라상에 독毒을 넣었다는 혐의를 받게 되어 후원별당에 유치幽置되었다가 조정대신들의 간청에도 불구하고 1646년 3월에 사사賜死되었다. 이어 소현세자의 어린 세 아들은 귀양을 가게 되고, 강빈의 노모老母와 사형제는 모두 비극적인 최후를 맞이했다. 그리고 70여년이 지난 후 숙종에 의해 민회愍懷라는 시호와 아울러 다시 복위되었다.

이런 사연으로 인하여 그동안 강빈에 대한 올바른 해석이 이루어지지

---

[1] 허승일, 『다시 역사란 무엇인가?』, 서울대학교출판문화원, 2009, p.88.

못했으나 최근에 들어서 활발한 연구가 이어지면서 다양한 측면으로 평가하려는 움직임이 일어나고 있다. 특히 민회빈의 고향인 경기도 광명에서는 강빈을 지역의 대표적인 역사인물로 부각하여 강빈을 소재로 한 지역콘텐츠 개발방안을 모색하고, 영회원永懷園 종합정비계획을 세우는 등 다양한 방식으로 재조명하고 있다.2) 이는 지역사회가 나날이 발전하는 시민사회의 성장을 지켜보면서 지역사회가 지닌 문화적 가치의 중요성을 인식하는 한편 오늘날 대중들에게 고유의 정체성을 기반으로 하여 문화콘텐츠의 활용을 통해 문화적, 경제적 풍요를 주려는 필요에서 나온 것으로 짐작된다.

무엇보다 강빈이 심양의 볼모생활 중에 고난을 헤쳐 나가는 과정에서 보여준 국제적 경영감각, 선각자적 면모 등이 여성들의 사회참여가 활발해진 우리시대에 새로운 여성상을 구현하는 상징적인 인물로 새롭게 조명되고 있는 분위기와 무관하지 않는 것으로 볼 수 있다.3)

스토리텔링(story-telling)은 무엇보다 있는 그대로의 사실을 대중에게 알려주는 것이 아니라 스토리, 스토리텔러(storyteller), 대중이라는 이들이 모두 이해를 기반으로 할 때 의미전달의 효과를 높일 수 있다. 즉 유형문화재에 무형문화로서 잘 갖추어진 시나리오를 입혀 대중에게 역사적 인물을 다각적인 측면에서 이해하고 느낄 수 있게 하여 궁극적인 역사적

---

2) 2013년 6월 19일에 광명문화원 향토사연구소는 광명시와 공동으로 '우리가 알아야 할 민회빈 강씨' 학술대회를 개최했다. 광명시민 150여명이 참석한 가운데 진행된 학술대회에서는 김남윤 서울대학교 규장각 한국학연구원이 「조선 바깥의 세상을 본 소현세자빈 강씨」를 주제로 가례, 강화도 피난, 심양관 볼모살이, 험난했던 귀국과 죽음, 추복까지 민회빈 강씨의 삶을 정리하는 시간을 가졌다. 양철원 광명시 학예연구사는 영회원(강씨의 무덤) 복원 방향과 복원계획을 설명했고, 민성혜 광명문화원 향토사연구소장은 민회빈 강씨를 소재로 한 콘텐츠의 분석과 현재의 콘텐츠 현황조사를 발표했다. 신춘호는 「병자호란의 기억과 민회빈 강씨의 심양행적」을 주제로 실질적으로 병자호란 이후 민회빈 강씨의 행적을 되짚었다.
3) 신춘호, 「소현세자빈 강씨 역사문화콘텐츠 개발을 위한 소고」, 『인문콘텐츠』 제17호, 인문콘텐츠 학회, 2010, 395쪽.

인물의 보존과 활용의 기반을 구축해야한다.[4] 그동안 주목하지 않았던 소현세자빈 강씨에 대한 재해석과 문화콘텐츠로의 재창조는 대중들에게 새로운 메시지의 전달과 아울러 다양한 문화적 상황을 알려주는 한편 문화재의 보존과 활용의 기반에 대해서 설명해주는 것이다. 이는 무엇보다 문화적 환경이 변화하고 급속한 매체의 발달에도 불구하고 그 내용이 축소되거나 소멸되는 것이 아니라 오히려 변화와 자극에 민감하게 반응하여 적응하면서 주제가 확장되어 그 위치를 견고히 다질 수 있다.[5]

본고에서 이야기하고자 하는 것은 스토리텔링을 통한 역사인물의 가치와 의미를 찾는 것이다. 이에 소현세자빈 강씨라는 역사 인물의 스토리텔링의 기법과 현대적 적용사례를 찾아 보고, 인물에 대한 다각도의 이해와 새로운 문화적 환경에 대해서 살펴보고자 한다.

2. 소현세자빈 강씨의 생애와 스토리텔링의 필요성

소현세자빈 강씨의 본관은 금천衿川으로 우의정 강석기姜碩期의 딸이다. 1627년(인조 5) 17세의 나이에 세자빈으로 간택揀擇되어 한 살 아래인 소현세자와 가례嘉禮를 올렸다. 인조의 교서[6]에는 세자빈이 명문가 자손이라는 사실을 강조했다. 그러나 이때 조선의 상황은 그다지 좋지 못했

---

4) 한광식 · 강석훈, 「근대인물 문화재 가치창출을 위한 스토리텔링 방법-서울특별시 등록문화재 제269호 최순우 옛집을 사례로-」, 『서울도시연구』 제12권, 서울연구원, 2011, 100쪽.

5) 하경숙, 「헌화가의 현대적 변용 양상과 가치」, 『온지논총』 제32집, 온지학회, 2012, 175쪽.

6) 나는 태자를 세움에 먼저 배필을 구하는 것을 급히 여겼다. 선인의 교훈대로 덕을 기준으로 유순한 이를 힘써 구하였으며, 조정에서 세신世臣에게 물어서 명문가의 출신을 얻었다. 드디어 지난달 4일 정유에 병조 참지 강석기의 둘째 딸을 세자빈으로 책봉하였고, 27일 경신에 초계醮戒 친영의식을 마쳤다. 육례를 이미 갖춤은 만복의 근원이며 이것은 종사의 큰 목이니, 신민과 함께 경복하기를 원한다. (『인조실록』 권 17, 인조 5년 12월 17일)

다. 시기적으로 정묘호란丁卯胡亂 등을 겪으면서 극심한 혼란을 피할 수 없었다. 세자빈으로 입궐 한 후 궁에서 생활을 시작한 세자빈 강씨의 생애는 그다지 평탄하지 않았다. 27세의 병자호란이 일어나자 강화도로 피난하였고, 패전敗戰으로 황제에게 절을 해야하는 급박한 상황이 되었을 때 자신의 의복을 나인에게 내주고 대신하게 하는 기지를 발휘하였다.7)

강빈은 병자호란丙子胡亂 후 1637년 소현세자와 함께 심양瀋陽에 볼모로 잡혀 갔다. 서울을 떠나 심양에 도착한 세자일행은 청나라의 요구대로 왕세자는 말에서 내려 걸어 들어가고 세자빈과 대군부인 역시 가마에서 내려 말을 타고 들어갔다. 청나라는 이제 자신들의 문화를 따르라는 뜻을 표현한 것으로 세자는 심양에서의 생활을 통해 새로운 문화에 대한 태도와 인식을 가지게 되었음을 추측할 수 있다.8) 소현세자를 비롯한 조선 인질은 병자호란의 항복 조건을 이행하는 최후의 안전판이기도 하였지만, 다른 한편으로는 양국兩國 관계의 현안懸案을 조선에 신속하고 효과적으로 전달하는 교섭 통로이기도 하였다. 그는 청과 조선의 이해관계가 직접적으로 상충相衝하는 현장인 심양관瀋陽館9)에서 최대한 조선의 입장을 관철貫徹하려고 노력하였지만, 대명의리對明義의 의식이 팽배하였던 조선 내부로부터는 정당한 평가를 받지 못했다. 무엇보다 원元간섭기의 잦은 왕위 교체라는 경험은 인조와 소현세자 뿐만 아니라 조청 양국의 교섭을 담당한 관료들에게 역사적 상상력을 제공하였을 것으로 추측된다.10) 조선 땅을 벗어난 최초의 궁중 여인인 강빈은 27세라는 젊은 나이로 중국 심양에서 수많은 조선인 포로들의 비참한 삶을 직접 목격해야했

---

7) 박주,「조선후기 소현세자빈 강씨의 리더십에 대한 재조명」,『한국사상과 문화』제62권, 한국사상문화학회, 2012, 210쪽.
8) 김경미,「소현세자의 청 체험과 문화 수용」,『한국문화연구원논총』10호, 이화여자대학교 한국어문학연구소, 2006, 135~136쪽.
9) 심양관은 양국 간의 외교문제들, 세폐와 공물의 조정, 포로 속환 문제, 조선 사신의 접대, 인질의 송환, 교역 등을 처리하는 대사관과 같은 기능을 가지고 있었다.
10) 허태구,「소현세자의 심양 억류와 인질 체험」,『한국사상사학』제40권, 한국사상사학회, 2012, 169쪽.

다. 이에 강빈은 교역交易을 하고 농장農場도 경영하여 큰 재물을 모았고, 소현세자는 심양관의 재력을 바탕으로 조선과 청의 원만한 관계를 위해 청나라의 고관高官들과 교유를 하였고 이는 인조의 눈에 곱게 보일 리가 없었다. 강빈은 심양에서 뛰어난 리더십을 바탕으로 국제무역과 대농장 경영을 통하여 큰 재물을 축척하고, 이 자금으로 조선인 포로들을 속환贖還시켜 농장의 일꾼으로 고용하였던 것이다. 그리고 무엇보다 그녀의 경제활동이 성공할 수 있었던 것은 그녀의 경영능력 뿐만 아니라 당시 역관들의 헌신적인 도움이 있었기 때문이다.

이들은 만 8년만의 볼모생활을 마치고 1645년 귀국하였으나 인조의 환영을 받지는 못하였다. 그리고 귀국 2개월 만에 인조와 불화관계에 있던 소현세자가 갑자기 죽자 소현세자와 강빈 사이에 태어난 원손元孫이 폐위되고, 봉림대군鳳林大君이 세자로 책봉되어 강빈은 설 자리를 잃었다. 여기에 강빈과 반목하고 있던 소의昭儀 조씨趙氏의 무고誣告로 궁중에서 일어난 인조仁祖 저주사건과 왕의 음식에 독약이 들어갔다는 사건의 배후자로 지목되어 강빈이 1646년 3월 사사되는 불운을 맞이했는데 이를 강빈옥사라고 한다. 강빈옥사姜嬪獄事는 강빈이 인조의 어선魚膳에 독을 타고 저주했다고 해서 발생한 것으로 강빈의 시녀와 비복婢僕들은 강빈의 억울함을 주장하고 호소하다가 고문을 당해 죽었고, 강빈까지 사사되기에 이른 사건이었다. 이어서 강빈옥사의 증인으로 신생辛生을 내세워 강빈이 저주를 했다는 신생의 옥獄을 일으켜 소현세자의 세 아들을 어머니 강빈에 연좌시켜 제주도에 유배 보내고, 청나라 사신의 힐책詰責을 피하기 위해 두 아들이 죽었다고 하였다. 그 뒤 실제로 첫째와 둘째가 제주도에서 죽는다.[11] 1654년 김홍욱金弘郁은 이의 신원을 주장하다가 사사되었으며, 1717년(숙종 43)에야 영의정 김창집金昌集의 발의로 신원되어 민회빈 강씨로 봉해지고, 그의 아버지 석기碩期 등 관련자들도 복관復官되었다.

---

11) 나종면, 「소현세자의 죽음과 장례절차」, 『동방학』 제14호, 동양고전연구소, 2008, 190쪽.

소현세자와 소현세자빈 강씨는 심양에서 볼모생활을 하는 동안에 국내에서 극도의 반청反淸적 정치상황을 잘 이해하지 못한 나머지 귀국 후 정치적 뜻을 펼치는데 좌절하게 되고 결국 사인死因이 정확하지 않은 죽음과 사사라는 결과를 맞이했다. 정치적인 상황에서 본다면 소현세자빈 강씨는 병자호란 패전으로 인하여 억울하게 희생된 불운의 인물이다. 그렇지만 다른 시각으로 본다면 왕실여성으로서는 최초로 심양에서 볼모생활을 하며 청과 국제무역을 하고 대규모 농장을 경영하여 재물을 모으는 리더십을 가진 강인한 여성이었다. 그녀는 볼모라는 현실을 좌절하지 않고 오히려 적극적인 기회로 삼아서 총명하고 강인한 여성 리더의 모습을 보였다. 또한 당시 여성상에 대한 고정관념을 버리고 나약한 여인의 모습을 탈피하여 진취적이고 개방적인 삶을 살다간 조선 최초의 여성외교관이기도 하다. 그리고 무엇보다 그녀의 경제활동이 성공할 수 있었던 것은 그녀의 경영능력 뿐만 아니라 당시 역관들이 강빈을 위해 통역과 무역활동을 헌신적으로 도왔기 때문이라고 볼 수 있다.[12]

또한 강빈은 여성의 정체성正體性을 몸소 보여준 인물이라고 할 수 있다. 보통 정체성이란 사람이 환경이나 사정이 변해도 자기가 어떤식으로든 변하지 않고 독립적인 자신의 존재를 뜻한다. 즉 정체성이란 어떤 존재가 본질적으로 가지고 있는 특성이다.[13] 그런 의미에서 강빈과 관련된 문화콘텐츠들은 첨단 과학의 표현기술을 통해 이들을 다루는 것이 아니라, 콘텐츠에 담겨진 인간 내면의 가치를 형상화하는 데 있다. 이를 위해서는 통합적인 정체성을 구현할만한 스토리텔링의 확보가 필수적이다. 강빈을 모티프로 한 스토리텔링은 단순히 과거의 역사적 사실에만 국한局限하여 생각하는 것이 아니라 실제 지금의 현실에 필요한 리더(leader)의 모습과 자질, 특히 현대사회의 여성이 갖추어야 할 요건 등을 사실적

---

12) 박주, 앞의 논문, 222~223쪽.
13) 이종수, 「서울음식문화 정체성 스토리텔링」, 『인문과학』 제98권, 연세대학교 인문과학연구소, 2013, 151쪽.

으로 보여줄 수 있을 것으로 판단된다. 이로 인하여 사실적인 스토리의 탐색과 스토리밸류(story value)의 의미를 찾고 새로운 스토리의 구축이 시급하고 필수적이다. 특히 이런 측면에서 본다면 강빈의 스토리텔링은 여러 문화콘텐츠로의 활용에 적합하다고 할 수 있다. 문화콘텐츠로의 지속적으로 탄생하는 강빈이라는 인물은 단순히 역사 속의 인물로만 머무는 것이 아니라 생생한 캐릭터로 살아나 앞으로 우리의 삶이 나아가야 할 방향을 알려주는 좌표로 작용하게 될 것이다.

3. 소현세자빈 강씨의 스토리텔링의 현대화 및 특질

미래학자들은 21세기를 지배하는 새로운 국가의 힘은 그 국가만이 가질 수 있는 독창적인 문화생산력에 있다고 한다. 문화생산력이란 독자적獨自的으로 보유하고 있는 문화적 자산資産을 경제적 또는 산업적 가치로 바꿀 수 있는 역량을 의미한다. 문화콘텐츠 산업이란 문화의 원형原形 또는 문화적 요소를 발굴하고 그 속에 담긴 의미와 가치를 찾아 매체에 결합하는 새로운 문화의 창조과정이다.[14] 강빈이라는 역사인물의 의미는 최근 들어 활발하게 규명되고 있는데, 소설[15]과 연구서적[16], 다큐멘터리[17] 등 다양한 매체의 관심과 아울러 학문적 접근까지도 다양하게 이루어지고 있다.

1) 창작 뮤지컬 〈눈꽃의 여인 강빈〉

〈눈꽃의 여인 강빈〉은 2013년 11월 19일 광명동굴 예술의 전당에서

---

14) 서동훈, 김효정, 「문화콘텐츠 개발을 위한 스토리텔링 전략: '삼성현'을 중심으로」, 『민족문화논총』, 제43집, 영남대학교 민족문화연구소, 2009, 475쪽.
15) 박정애, 『강빈-새로운 조선을 꿈꾼 여인』, 예담, 2006; 김용상, 『별궁의 노래』, 생각의 나무, 2009; 박안식, 『소현세자』, 예담, 2008.
16) 이덕일, 『여인열전』, 김영사, 2003; 윤정란, 『조선의 왕비』, 차림, 1999.
17) KBS 한국사傳 11 「새로운 조선을 꿈꾸다-소현세자빈 강씨」, 2007.09.01. 방영; KBS 역사스페셜 「누가 소현세자를 죽였는가」, 2006.12.10. 방영.

열렸다. 이는 새로운 문물을 접하고 새로운 조선을 꿈꾸며 살다간 비운悲
運의 세자빈인 강빈을 소재로 만들어진 창작 뮤지컬이다. 이 공연은 광명
시가 주관하고 극단 한울이 공연하였는데, 강빈이라는 역사적 인물을 뮤
지컬 형식을 기반으로 하여 조선시대를 실제적으로 재현하는 동시에 현
실의 대중들이 이해하도록 세련된 곡과 스토리를 보여주었다. 공연 중간
에 광명시립농악단의 신명나는 사물놀이도 가미되었다. 이 뮤지컬의 연
출가 이기석은 기개氣槪 높은 개척정신으로 애국정신과 조선의 지혜를
청나라에 알린 강빈의 삶을 통해 역사적으로 반복되는 오류적 사고방식
을 지적하고 우리의 삶을 되돌아보자는 의미를 담아서 연출했다고 한다.
뮤지컬이 다른 여느 공연예술보다 사랑받으며 관객 향수鄕愁를 자극하는
이유는 뮤지컬이 지니고 있는 엔터테인먼트적(entertainmen) 자질과 문
화적 교환과 소통에 융통성을 지니는 것이다.[18]

〈강빈, 조선을 깨우다〉의 줄거리는 다음과 같다. 조선이 청나라와의
전쟁 후 인조의 장자인 소현세자와 그의 아내 강빈을 청나라에 볼모로
보내면서부터 시작된다. 그러던 어느 날 청나라는 이들에게 양식을 끊으
며 자립自立하라는 지시를 내린다. 이에 강빈은 농장을 경영할 계획을
세운다. 또한 농장에서 새로운 조선의 농법農法으로 질 좋은 곡식을 생산
하여 청나라 귀족들에게 팔게 된다. 그 이익으로 자본을 축척하고, 이를
바탕으로 청나라의 노예가 된 조선인들을 해방시켜 농장에서 일하게 돕
는다. 또한 청나라와 조선의 교역 실무를 맡아 청나라에 부족한 곡식과
일용품日用品을 공급하면서 많은 자본을 갖게 된다. 이에 명明나라가 망
하자 청나라는 수도를 북경으로 옮기게 되고, 이들도 북경으로 거주지를
옮긴다.

북경에서의 생활은 강빈과 소현세자에게 새로운 세계를 경험하게 한

---

18) 황윤이, 「스토리텔링 기법을 활용한 공연예술 소재의 공연콘텐츠 개발 연구: 뮤지
   컬의 OSMU를 통한 문화 리터러시 교육중심으로」, 단국대학교 석사학위논문,
   2011, 62쪽.

다. 서양의 새로운 문물과 과학 기술, 그리고 천주교天主敎를 접하게 되면서 이들은 새로운 시각을 갖게 되고 새로운 세상을 꿈꾸게 된다. 볼모에서 벗어나 귀국을 한 강빈은 조선으로 돌아올 때 서양의 새로운 문물을 가져 왔지만 그리 환영받지 못했다. 또한 인조와 조선의 대신들은 강빈이 조선의 위신을 떨어트리고 사대부의 체면을 상하게 하는 상업으로 자본을 축적했다는 이유로 인조와 많은 대신들에게 반감을 사게 되었고, 소현세자의 죽음으로 인하여 설 자리를 잃은 강빈에게 김자점金自點의 모략은 결국 강빈을 폐비廢妃의 신세로 만들고 궁궐에 쫓겨나게 한다. 곧이어 인조를 독살毒殺하려고 했다는 모함謀陷으로 인하여 사약을 받아 강빈은 결국 짧은 생을 마감하게 된다. 무엇보다 서양의 새로운 문물과 과학기구, 그리고 사람을 평등하게 대우하는 천주교로 조선을 깨우려는 그녀의 진취적인 생각은 그 빛을 보지 못하고 결국 조선은 다시 은둔隱遁의 나라가 된다.

이 뮤지컬은 청나라에서의 강빈의 애절한 애국심과 새로운 문물에 눈을 뜨게 되는 과정을 상세히 보여줌으로써 여성의 정치적 상황이나 위치를 설명하고 있다. 강빈의 공리적公利的이고 실리적實利的인 사고와 태도를 보여주는 한편 경제 활동에 중심을 두고 있는 새로운 조선의 여성상을 제시하여 대중들로 하여금 공감을 얻게 하였다.

뮤지컬 〈눈꽃의 여인 강빈〉은 스토리를 확장하여 진부한 내용을 설정하는 것이 아니라 역사적 사실을 그대로 재현하였다. 물론 전해져오는 역사적 사실을 기반으로 하면서도 그것을 훼손하지 않는 범위에서 스토리텔링에 중점을 두어서 대중들이 쉽게 이해할 수 있도록 노력하였다. 또한 강빈이 지닌 문화콘텐츠로서의 활용가치를 돋보이게 하는 계기를 마련하였다. 이 뮤지컬은 현대의 대중들에게 애국의 의미를 깨닫게 하는 한편 강빈이라는 인물에 대한 새로운 평가를 시도하였다. 그동안 역사의 뒤안길에 가려져서 잘 알려지지 않았던 인물인 강빈에 대해 새로운 시선으로 정의하면서, 그녀가 적극적이고 진취적인 여인의 모습을 갖고 있음을 재현하는 동시에 인간애를 지닌 인물로 부각하여 작품의 흥미를 더해주어 대중들에게 호응을 얻었다. 역사적인 측면에서 규명되지 않았던 강빈의 삶과 세계관을 재조명하는 동시에 현실적이고 사실적인 모습을 지닌 강빈의 삶을 통해 감동과 동시에 현실의 삶을 살아가는 대중들에게 여성의 역할을 다시 한 번 강조하는 계기를 주었다. 또한 과거의 인물이라는 이질감異質感에서 벗어나 역사적 인물이 현실과 별개의 삶을 살아가는 인물이 아니라 공통의 현실을 살아가는 인물로 인식될 수 있도록 이 뮤지컬에서 세심하게 보여주고 있다.

2) 드라마-〈궁중 잔혹사-꽃들의 전쟁〉

〈궁중잔혹사-꽃들의 전쟁〉은 JTBC에서 2013년 3월 23일~2013년 9월 8일에 방송되었던 주말연속극이다. 드라마 〈꽃들의 전쟁〉은 병자호란과 삼전도의 굴욕을 겪은 조선 16대 임금 인조의 파탄으로 얼룩진 후반부 치세를 인조의 총애를 받던 '소용 조씨'를 중심으로 이야기를 풀어간 사극이다.

그 줄거리를 살펴보면 병자호란으로 인조가 청나라에게 무릎을 꿇은 뒤 아우 봉림대군과 함께 볼모로 끌려간 소현세자는 그곳에서 만난 아담살(Adam Schall)과의 인연 등으로 서구 선진문물先進文物에 눈을 뜨게 된다. 소현세자는 조선으로 돌아와서는 청나라와 화친和親하여 서구 선진문물을 받아들일 것을 주장하게 된다. 그러나 그와 같은 소현세자의 행동은 오랑캐에게 무릎을 꿇은 것을 '최대의 치욕恥辱'이라 생각하고 있는 아버지 인조와 수구적인 조선의 대소신료大小臣僚들에겐 용납할 수 없는 일이었다. 결국 소현세자는 청나라에서 귀국한지 얼마 되지 않아 의문의 죽음을 당하게 되고, 그 아우 봉림대군이 세자가 되어 인조가 승하昇遐한 뒤 조선 17대 임금 효종孝宗으로 등극하게 된다. 소현세자는 물론 그 아내인 '민회빈 강씨'까지 비극적 죽음에 이르게 된 데에는 인조의 총애를 받던 '조소용'이란 후궁의 움직임이 있었음을 발견하게 된다. 소현세자의 죽음과 인조를 독살하려 했다는 모함을 받아 죽음에까지 이르게 된 소현세자의 아내 민회빈 강씨의 죽음의 배후에는 결국 인조의 총애를 받던 후궁 '소용 조씨'가 적극적으로 개입되어 있다는 것이다. 한마디로 '조소용'은 임금의 총애龍愛를 빌미로 세자와 세자빈까지 모함하여 죽음에 이르게 만든 '악의 화신'으로 표현되었다.

이 드라마에서 민회빈 강씨(송선미 분)는 조선에서 버림받은 아름다운 왕후로 표현되었다. 소현세자의 세자빈인 민회빈 강씨는 학식이 풍부하고 밝고 곧은 성품의 소유자로 미모와 지성을 모두 겸비했으며 사리분별이 뛰어나고 추진력이 뛰어난 인물로 그려졌다. 청나라에 남편인 소현세자와 함께 볼모로 잡혀갔지만 언제나 조선과 백성들의 안위를 걱정하는 소현세자를 사랑으로 감싸는 아내로, 때로는 독한 직언直言도 마다하지 않는 동지로 항상 남편의 곁에서 그를 보필하며 힘이 되어준다. 또한 소현세자와 함께 새로운 문물을 받아들여 조선에 새로운 세상을 열고자 하는 꿈을 공유한다. 9년 동안의 볼모생활을 끝내고 소현세자와 함께 조선으로 돌아오지만 그곳은 이미 그녀가 가슴에 간직했던 따뜻한 고향이 아니라는 것을 알게 된다.[19] 드라마 〈꽃들의 전쟁〉에서의 강빈은 매우 강인한 여성의 모습을 보여준다. 강빈은 자신이 번 돈으로 노예시장에서 조선 백성 수십 명을 구해 그들을 데리고 말을 타고 조선으로 달려오지만 시아버지 인조는 '사대부의 아녀자도 말을 타고 대로大路를 활보하지 않거늘 그게 무슨 해괴한 짓이냐'면서 '대궐 안에 한 발자국도 들어오지 못하게 하라'고 명령하여 대립하기도 한다. 드라마에서 강빈은 인조에 의해 궁에서 쫓겨나는 수모受侮를 당하며 냉철한 독기를 품기도 했다. 〈꽃들의 전쟁〉에서는 자존심 센 강빈이 무릎까지 꿇으면서 인조의 마음을 되돌리려 노력했지만 실패하고 인조와의 돌이킬 수 없는 갈등으로 치닫는다. 강빈은 소현세자를 청에 볼모로 보낸

---

19) http://drama.jtbc.joins.com/bloodpalace.

것이 인조의 무능함 탓이라고 인조의 열등감을 자극하기도 하고 격분하게 만들기도 하였다. 결국 강빈은 분노한 인조의 명령에 의해 대궐 밖으로 내침을 당하는 수모를 겪기도 하지만 냉철한 모습을 보이며 극적 긴장감을 선사했다. 또한 강빈은 극중에서 '천기가 흐른다'며 멸시하던 조소용에게 자존심을 굽히기도 하고 때로는 팽팽히 맞서면서 대중들의 흥미를 부여하기도 했다.

드라마 〈꽃들의 전쟁〉은 시대상황을 매우 상세히 풀어서 설명하였다. 전해져오는 역사적 사실을 기반으로 하면서도 사건의 순서를 변화시켜서 더욱 흥미를 주었다. 이는 억지스러운 스토리의 발굴이 아니라 역사적 사실을 함께 선善과 악惡, 실리實利와 관념觀念의 대결을 집중적으로 그려서 드라마의 갈등葛藤을 유발했다. 한편 이 드라마에서 강빈의 가치관과 강인한 모습을 형상화하여 대중들에게 감동을 주었고 동시에 강빈이 현실과 이상의 괴리에서 겪어야 했던 정치적 좌절과 이상국理想國건설에 대한 실패가 표현되어 호평을 받았다. 또한 이 드라마를 통해서 그동안 관심의 대상이 되지 않았던 강빈이라는 인물에 대해 관심을 갖고 현재 여성의 역할이 무엇인지를 돌아보게 하는 계기가 되었다.

3) 소설-김용상의 ≪민회빈 강씨≫

김용상의 소설 ≪민회빈 강씨≫는 소현세자가 아닌 소현세자의 아내 민회빈 강씨에 대한 소설이다. 역사소설이기는 하지만 역사적인 사실을 중심으로 하는 것이 아니라 민회빈 강씨라는 여인의 모습에 주목을 하고 조선의 여성상에 대해서 생각하게 하는 작품이라고 할 수 있다. 이 시기의 제도적 한계에 굴하지 않고 파란만장한 삶을 살았던 여인 강빈의 모습을 상세히 그리고 있다. 병자호란 후 심양으로 끌려가 8년 가까이 인질생활을 하다가 귀국歸國을 한 소현 세자 내외는, 소현 세자가 의문의 병으로 급사한 후 세자빈도 인조를 시해弑害하려고 했다는 무고로 인해 폐서인이 되어 친정으로 쫓겨난 후 사약을 받고 죽음을 맞이하였다. 소현세자와 민회빈 강씨를 죽음으로까지 몰고 갔던 인조와의 갈등은, 끊임없이 왕을 교체할 수 있다는 청나라의 압력으로 인조가 소현세자를 자신의 왕권王權을 위협하는 정적으로 의식하게 된데서 비롯되었다. 민회빈 강씨는 전쟁이 발발하기만 하면 수도와 백성을 버리고, 섬으로 산으로 도망치기에 급급했던 시아버지 인조와는 대비되는 인물이었다. 또한, 삼전도의 굴욕屈辱을 복수하겠다는 인조와 신하들과는 달리, 소현세자는 청의 문물을 받아들여 역량力量을 강화하는 것이 먼저라는 현실적인 입장을 보인다. 인조는 이러한 생각이 세자빈이 심양에서 농사를 짓고 무역을 하여 돈을 모아 세자를 조정하기 때문이라고 생각한다. 또한 세자빈이 친정 아버지를 조문弔問하지 못하게 막는 상황을 연출하기에 이른다. 강빈은 인조가 하는 의심은 실은 총애를 받던 후궁 조소용의 간계에서 비롯된 것이라고 보았다. 저자 역시 조소용의 모략에 더 무게를 두고 있는 것으로 보인다. 이 소설을 통해서 민회빈의 죽음이 큰 아쉬움을 주는 것은, 소현세자가 등극登極하여 백성의 배고픔을 달래고 과학과 기술에 바탕을 둔 실질적인 개혁改革이 시행될 수 있었던 절호의 기회가 무산되었다는데 있다. 인조의 뒤를 이은 봉림대군 효종의 북벌 준비가 집권 세력의 숭명배청崇明排淸 논리와 대국大國 청나라를 상대로 한 현실적인 한계를 보면서 더 큰 안타까움으로 남는다. 또한 이 소설 속에서 강빈의 인간적인 슬픔 역시 잘 표현되어 있다. 소현세자빈 강씨는 어린 나이에 소현세자의 아내가 되어 청나라의 볼모로 끌려가서 청나라의 멸시蔑視를 받으면서도 굳은 신념을 가지고 소현세자를 보필하면서 그의 옆에서 조선을 발전시켜 좋은 나라로 건설할 수 있을지를 고민하고, 그것을 실제로 실천에 옮기려는 전략가戰略家였다. '여인이라고 해서 못할 것은 없다. 내가 나서서 해결하지 않는 한 우리나라 조선의 발전은 없다.' 이것이 바로 민회빈 강씨의 삶의 지표였다.

적극성을 지니고 실천적 의미를 지닌 흥미로운 여성으로 당시에는 보기 어려운 깨어있는 인물이었다. 민회빈 강씨는 청나라의 볼모로 끌려가

의지할 곳 없는 소현세자와 같은 처지에 놓여 있는 볼모들에게 나약한 모습을 보이는 것이 아니라 조선인이라는 자부심과 자신감을 심어주었던 당당한 여성의 모습을 지녔다. 귀한 명문가에서 태어난 조선의 여인이었지만 누구보다 적극적으로 조선의 현실을 직시하고 다른 볼모들이 절망에 빠져서 현실을 저버리려고 할 때에도 끝까지 청나라와의 군신관계에서 벗어날 방법을 모색한다. 그녀의 비극이 극極에 달한 부분은 소현세자가 급사急死한 부분으로, 그가 정치적 음모에 의해 독살된 징후를 역사적 자료를 통해 진술하고 있다. 소현세자가 죽은 후 폐출廢黜당한 민회빈 강씨는 결국 시아버지 인조에 의해 사약을 받는다. 1646년 그녀의 검붉은 피가 산하에 스며들고 있었다. 역사적으로 볼 때 민회빈 강씨의 좌절은 조선중흥의 좌절이라고 할 수 있다. 이는 상실의 시대를 살고 있는 현재의 대중들과 맥을 같이 하면서 대중들에게 그녀의 삶은 더욱 강한 메시지를 전달한다.

이 소설은 역사속의 실제 사건과 인물들을 상세히 재현하고 있다. 무엇보다 철저히 고증된 역사적 사실과 소설적인 상상력이 조화를 이루어서 흥미를 주고 있다. 역사적 사실에 치중하기 보다는 민회빈 강씨를 중심으로 그가 이루고자 했던 업적과 세계관이 사실적으로 형상화되었다. 역사에서 그동안 주목하지 않았던 문제에 더욱 관심을 보이고 있다. 현실에 대한 관심이나 새로운 여성형에 대한 갈망으로 시선을 모으고 있다. 이 소설에서 작가는 '민회빈이란 이름 앞에 그 흔한 여걸女傑이나 여장부女丈夫, 요즘 자주 쓰이는 알파우먼(alpha woman)이라는 표현만으로는 오히려 뭔가 좀 부족하다는 느낌이 들 정도다.'[20]고 밝히고 있다.

소현세자빈 강씨 스토리텔링의 현대화된 작품들은 살펴보면 무엇보다 작품에 새로운 스토리라인을 구축하는 것이 아니라 역사적 사실을 바탕으로 상세히 설명하여 대중들로 하여금 작품에 대한 공감과 이해를 느끼

---

20) 김용상, 『민회빈 강씨』, 멜론, 2011, 5쪽.

게 하려는 적극적인 노력을 보이고 있다. 그러나 이들이 모두 원래적 사실에만 주목하고 있는 것이 아니라 역사적 사실을 수용受用하여 충실히 이행하고, 새로운 시각과 가치로 재구성하려는 노력을 보이고 있다. 아울러 현실에 있어 새로운 여성상의 구현을 갈망하고 있다.

4. 소현세자빈 강씨의 스토리텔링의 전략과 가치

문화는 공유되는 상징과 규범의 체계라는 고전적 의미만으로는 더 이상 정의되지 않고, 사람들의 실천을 통해 끊임없이 생성되며 또는 재확인 되거나 변형되거나 때로는 부인되는 것이다. 이러한 문화의 역동성과 가변성이 문화콘텐츠 영역을 통해 포착되고 끊임없이 시험된다. 실제로 문화콘텐츠는 다양한 사회구성원들 사이에 문화가 어떻게 서로 다르게 이해되고 그러한 이해가 실천을 통해 복원復原과 재현의 모습이 중요한 과정이 된다. 이 점은 문화콘텐츠가 다양한 문화가치의 창출創出 기반인 동시에 현실적 적용과 구현이라는 활용성을 본질로 하고 있는 사실을 잘 보여준다. 그런 의미에서 문화콘텐츠는 실용학문의 허브(hub)인 동시에 21세기형 실학實學이라는 실천적 가치를 함의한다.[21] 조선관살림을 맡아야 했던 과정에서 강빈이 보여준 국제무역활동과 농장경영을 통해서 자본을 축척하는 방식의 여성 CEO적 면모와 서양문물을 통해 새로운 눈을 뜨고 새로운 국가를 건설하려고 했던 여성개혁가改革家로서의 이미지를 문화콘텐츠를 통해 보여주고 있다. 역사의 비운을 맞이했던 불운의 이미지에서 벗어나서 새로운 사회에 대한 강한 열망과 열정을 보여주었던 강빈의 가치관을 계승하기 위해서 그녀의 삶과 행적을 복원하려는 노력을 하고 있다. 그런 측면에서 광명시는 강빈의 묘역墓域인 영회원을 복원 정비하는 과정을 통해서 그녀의 삶과 이미지를 새롭게 재현하려는 움직

---

21) 심승구, 「문화콘텐츠의 정의」, 인문콘텐츠학회 학술 심포지움, 2005.

임을 보이고 있다.

문화콘텐츠에 대한 관심이 높아지면서 '스토리텔링'이 부각되고 있다. 스토리텔링은 '스토리(story)'와 '텔링(telling)'이 결합된 합성어로 텔링은 '말하다'의 의미 뿐만 아니라 '나타내다, 표시하다'의 의미도 지니고 있다. 인간은 수많은 것을 이야기로 엮어 낸다. 자신이 직접 겪은 일로부터 남으로부터 들은 것, 더 나아가 상상력을 발휘하여 새로운 이야기를 꾸며내기도 한다. 인간의 삶이 다양한 만큼 무수히 많은 이야기가 존재한다. 이야기에 집약集約된 무수한 경험과 다양한 상상력은 인간의 삶과 밀접한 관련이 있다. 이러한 이야기는 문자文字가 없던 먼 옛날부터 존재한다.[22] 인류 보편적 정서인 평등, 소통, 적극성의 면모를 갖춘 강빈은 진정한 이야기의 소재가 된다. 강빈의 전全 생애가 다양한 스토리텔링의 소재로 제공될 수 있도록 이를 토대로 시놉시스(synopsis)형 구조의 시나리오가 개발될 필요가 있다.

오늘날 강빈에 대한 재조명의 시작은 바로 심양의 조선관에서 보여준 그녀의 여장부적 기개와 새로운 사고를 받아들이려고 노력했던 개혁적인 여성상을 높이 평가하고자 하는 것에서 기인하고 있다. 그러나 지금까지 강빈을 모티프로 한 문화콘텐츠는 극히 빈약貧弱한 것이 사실이다. 그나마 강빈을 다루고 있는 것은 드라마나 창작뮤지컬에 한정되어 있는데 이는 강빈에 대한 연구가 여전히 활발하지 않은 데 그 원인이 있다. 흔히 역사적으로 우위에 있는 인물의 경우, 역사적인 리얼리티(reality)를 중시하는 경향이 있다. 역사적인 리얼리티는 실증적이고 객관적인 사실에 의해서 보장된다. 스토리텔링은 사적私的인 담론이라고 말할 수 있다.

강빈이 대중들에게 친숙하게 다가가기 위해서는 거대담론巨大談論에 억지로 이야기를 맞추는 것이 아니라, 개별적인 인간으로 특히 현재의 여성의 모습과 관련지어서 설명해야 한다. 즉 역사적인 사건에 대응한

---

22) 서동훈, 김효정, 앞의 논문, 476쪽.

개인사에 따라 일대기를 구성하는 것이 아니라 현실적 인간으로서의 세계관과 이에 따른 심리적 갈등에 따라 서사를 구성하는 것이 바람직하다. 문화콘텐츠 개발의 궁극적인 목표는 하나의 성공된 원작을 통해 다양한 장르로 재창조하는 '원 소스 멀티 유즈(One Source Multi Use)'에 있다. 원소스 (One Source)가 대중성이 검증된 소재이거나 텍스트를 일컫는다면 멀티 유즈 (Multi Use)는 미디어, 장르, 관련 상품 등이 영역에서 각각 이루어질 수 있는 포괄적인 개념으로 사용되고 있다. 강빈과 관련된 원소스를 확보하기 위해서는 강빈에 대한 총체적總體的 연구를 지속적으로 정립하고 체계적이고 전문적인 조사가 이루어져야 한다. 문헌조사 작업을 중심으로 강빈의 출생지를 바탕으로 이와 관련된 장소를 적극적으로 발굴하는 동시에 다양한 콘텐츠를 담을 수 있는 지역적 특색이 드러나는 스토리텔링을 개발해야 한다. 실제로 광명시 역시 문화산업을 핵심 산업으로 내세우고 있지만 공원조성이나 테마파크(Thema park)에만 열을 올릴 뿐 스토리텔링을 위한 전문 인력 양성에는 적극적이지 않다.

일단 원 소스가 개발된 후에는 이를 토대로 OSMU(one source multi use)를 모색해야 한다. 무엇보다 '스토리텔링 공모전'을 통해 강빈에 대한 관심을 불러일으키는 한편, 우수한 작품을 발굴하여 제작 지원을 하는 것이다. 지역사회에서 적극적으로 원 콘텐츠를 개발하여 드라마나 영화로 제작을 유도할 경우 성공적인 콘텐츠로의 역할을 충분히 할 수 있어 창구화, 장르전환, 관련 상품 판매, 브랜드(brand) 창출효과 등을 가져올 수 있다.

또한 강빈 캐릭터를 활용하여 브랜드화를 해야 한다. 브랜드화는 콘텐츠의 성공을 통해 확보한 브랜드 가치를 국가나 지자체 혹은 기업 등이 자신들의 이해와 상관하여 활용하는 것을 말한다.23) 이러한 브랜드화는 지역에 대한 인지도 및 이미지 제고提高에 크게 기여하며 경제적 부가가

---

23) 박기수, 「서사를 활용한 문화콘텐츠 간 원소스멀티 유즈 활성화 방안연구」, 『한국 언어문화』, 한국언어문화학회, 2008, 10쪽.

치를 극대화하기도 한다. 브랜드화는 콘텐츠 성공 이후의 부가적인 효과처럼 보이기도 하지만, 실제로는 스토리텔링 기획단계부터 전략적으로 구성한 결과이다.

　무엇보다 체험콘텐츠의 활성화가 필요하다. 광명시 국가지정문화재중 하나는 영회원[24]이라고 할 수 있다. 광명시는 강빈의 세계관과 진취적인 여성성을 재조명하고 역사적 중요성을 일깨우기 위한 체험관광지가 필요하다. 이미 상당수 지자체에서 체험공간을 조성하여 지역 정체성, 지역 브랜드 개발, 지역 경제 활성화 등을 꾀하고 있다. 그러나 이들 체험 문화 공간들이 지역문화 및 지역 경제 활성화에 기여하고 있는지에 대하여 의문이다. 광명시는 바로 강빈이 묻힌 묘역을 정비하는 계획을 갖고 있으며, 영회원 아래에 위치한 애기능저수지 역시 수변공원水邊公園으로 조성하여 영회원과 연계連繫한 테마공원화를 통하여 광명시의 명소로 만들어 갈 계획을 갖고 있다.[25] 영회원은 여타의 왕실王室 능원陵園에 비해 규모도 크지 않고 상대적으로 알려지지 않았던 부분이 있다. 그러나 조선의 왕릉王陵이 세계문화유산으로 등재되면서 왕실능원에 준하는 관리 및 복원이 진행 중이고 관광수요 또한 적지 않다는 점에서 영회원 종합정비계획 역시 더욱 탄력을 받을 가능성이 높다고 생각된다. 여기에 강빈의 파란 많던 삶과 행적의 궤를 따라 다양한 역사적 사실들이 함께하고 있기 때문에 그 현장을 살펴보는 것은 책을 통한 역사의 이해 못지않게 유의미한 면을 갖고 있으리라 생각된다. 강빈의 볼모노정과 관련된 답사프로그램의 개발 역시 강빈과 영회원 역사문화콘텐츠 개발과정에서 관심을 두고 살펴볼 수 있는 부분이다.[26]

　이처럼 강빈과 관련된 문화콘텐츠의 개발과 활용 역시 강빈에 대한

---

24) 민회빈 강씨의 묘는 처음 '민회원'으로 추존되었다가 1903년(고종 40년)에 다시 '영회원'으로 개칭하였다.
25) 신춘호, 앞의 논문, 401쪽.
26) 신춘호, 위의 논문, 411쪽.

새로운 조명이라는 점에서 가치가 있다. 향후 여러 기회를 통하여 구체적인 방안과 경험사례들을 상세히 고찰할 필요가 있다.

5. 소현세자빈 강씨의 스토리텔링의 진단과 발전방안

소현세자의 아내인 강빈은 조선시대의 여성상을 타파打破한 적극적인 행동력과 결단력으로 병자호란과 볼모생활의 어려움을 슬기롭게 이겨나간 여성이었고 귀국 후 소현세자의 불분명한 사연으로 인한 죽음으로 그녀 역시 역사적 피해자로 생을 마쳤던 비운의 세자빈이었다. 그러나 최근 강빈에 대한 재조명이 진행중이다. 강빈이 가장 전투적이고 열정적으로 생을 살았던 8년간의 심양 북경에서의 볼모생활이 다시금 주목을 받고 있다. 여성들의 활동성이 증대增大되고 사회적 영향력이 커지고 있는 지금 우리가 강빈의 삶과 행적 그녀가 보여준 '가치'들을 다시 되살리고 있는 이유는 바로 강빈이 보여 주었던 시대를 앞서 간 선각자적 면모와 여성 리더로서의 당찬 면모들이 현시대에 여전히 필요로 하기 때문일 것이다. 강빈을 역사인물로 부각시키고자 하는 이유는강빈이 심양에서 볼모 생활 중에 역경 을 극복해 나가는 과정에서 보여준 뛰어난 경영능력, 선각자적 면모등에 있다. 이는 여성들의 사회활동이 활발한 현실의 분위기 속에서 새로운 여성상을 구현하고자 하는 상황에서 상징적인 인물로 새롭게 조명되고 있는 상황과 맥을 같이 한다. 본고에서는 강빈이라는 역사인물을 새롭게 인식할 수 있는 기회로 삼았고, 역사공간의 적극적인 활용이라는 측면에서도 매우 의미 있다. 강빈과 관련된 문화콘텐츠의 개발과 활용 역시 시급하며 이는 강빈을 다시보기에 대한 관점의 확대라는 점을 설명할 수 있다.

소현세자빈 강씨의 스토리텔링의 현대화된 작품들은 무엇보다 작품에 새로운 스토리라인을 구축하기 보다는 역사적 사실을 바탕으로 세밀히 설명하여 대중들로 하여금 작품에 대한 공감을 넓혔다. 그러나 이들이 모두 원래적 가치에만 집중하고 있는 것이 아니라 역사적 사실을 수용하여 충실히 이행移行하는 한편 새로운 시선으로 강빈을 조명照明하고 재구성하려는 노력을 보이면서 현실에 있어 새로운 여성상의 출현을 갈망渴望하고 있는 것이다. 강빈의 캐릭터를 활용하여 브랜드화를 해야 하며 아울러 그녀의 세계관과 진취적인 여성성을 재조명하고 역사적 중요성을 일깨우기 위한 체험관광지가 필요하다. 이미 상당수 지자체에서 체험공간을 조성하여 지역 정체성, 지역 브랜드개발, 지역 경제 활성화 등을 꾀하고 있듯이 강빈을 중심으로 심화된 문화콘텐츠의 개발은 시급하다.

역사인물인 강빈의 문화콘텐츠의 사례로 한 스토리텔링의 의의는 다음과 같이 정리할 수 있다. 미시적微視的 접근을 통해 강빈의 가치관과 활동을 바탕으로 한 스토리텔링을 통한 문화콘텐츠 가치의 상관성을 효과적으로 이해할 수 있다는 점을 들 수 있다. 나아가 강빈의 시대정신時代精神과 여성의 참여에 따른 현대적 가치를 스토리텔링에 포함시킴으로써 대중을 문화재 보존保存주체의 일원으로 참여시키고, 궁극적으로는 대중의 참여와 지원을 바탕으로 새로운 문화의 향유로 거듭나게 하는 계기가 될 수 있다. 이를 통해 소현세자빈 강씨가 구현具現하고자 했던 생의 철학을 그의 관점에서 느끼고 이해할 수 있는 기회가 되었다. 아울러 향후 강빈 중심의 다양한 이야기들이 한층 심화된 스토리텔링의 과정을 거친다면 더욱 풍요로운 콘텐츠로의 변모를 기대할 수 있다. 이는 다큐멘터리, 드라마, 영화, 연극의 원천소스가 되는 것은 물론, 강빈 볼모노정 답사踏査와 같은 현장체험 프로그램의 확대까지도 가져올 수 있을 것으로 짐작된다.

역사는 단순히 기억에만 머무는 것이 아니라 지속적으로 발전한다고 본다면 측면에서 본다면, 영회원을 복원하거나 이를 바탕으로 하는 문화콘텐츠를 개발하는 과정들 역시 역사 발전 과정의 방법이라고 할 수 있다. 스토리텔링을 통한 소현세자빈 강씨의 이야기를 우리사회의 상황과 문화에 맞도록 적용하려는 시도는 매우 의미 있는 일이다.

참고문헌

• 단행본

『조선왕조실록-인조실록』

김용상, 『별궁의 노래』, 생각의 나무, 2009.

_____, 『민회빈 강씨』, 멜론, 2011.

박안식, 『소현세자』, 예담, 2008.

박정애, 『강빈-새로운 조선을 꿈꾼 여인』, 예담, 2006.

윤정란, 『조선의 왕비』, 차림, 1999.

이덕일, 『여인열전』, 김영사, 2003.

허승일, 『다시 역사란 무엇인가?』, 서울대학교출판문화원, 2009.

• 논문

김경미, 「소현세자의 청 체험과 문화 수용」, 『한국문화연구원논총』 제10호, 이화
　　　여자대학교 한국어문학연구소, 2006.

나종면, 「소현세자의 죽음과 장례절차」, 『동방학』 제14호, 동양고전연구소, 2008.

박기수, 「서사를 활용한 문화콘텐츠 간 원소스멀티 유즈 활성화 방안연구」, 『한
　　　국언어문화』, 한국언어문화학회, 2008.

박　주, 「조선후기 소현세자빈 강씨의 리더십에 대한 재조명」, 『한국사상과 문화』
　　　제62권, 한국사상문화학회, 2012.

서동훈, 김효정, 「문화콘텐츠 개발을 위한 스토리텔링 전략: '삼성현'을 중심으로」,
　　　『민족문화논총』 제43집, 영남대학교 민족문화연구소, 2009.

신춘호, 「소현세자빈 강씨 역사문화콘텐츠 개발을 위한 소고」, 『인문콘텐츠』 제
　　　17호, 인문콘텐츠 학회, 2010.

심승구, 「문화콘텐츠의 정의」, 인문콘텐츠학회 학술 심포지움, 2005.

이종수, 「서울음식문화 정체성 스토리텔링」, 『인문과학』 제98권, 연세대학교 인
　　　문과학연구소, 2013.

하경숙, 「헌화가의 현대적 변용 양상과 가치」, 『온지논총』 제32집, 온지학회,
　　　2012.

한광식·강석훈, 「근대인물 문화재 가치창출을 위한 스토리텔링 방법-서울특별
　　　시 등록문화재 제269호 최순우 옛집을 사례로-」, 『서울도시연구』 제12
　　　권, 서울연구원, 2011.

허태구, 「소현세자의 심양 억류와 인질 체험」, 『한국사상사학』 제40권, 한국사상
　　　사학회, 2012.
황윤이, 「스토리텔링 기법을 활용한 공연예술 소재의 공연콘텐츠 개발 연구: 뮤
　　　지컬의 OSMU를 통한 문화 리터러시 교육중심으로」, 단국대학교 석사학
　　　위논문, 2011.

제4장

스토리텔링을 통한 여성 인물의 가치와 의미
-운초 김부용의 문화콘텐츠를 중심으로

1. 운초 김부용의 소개와 예술정신

역사 인물의 삶에 관심을 갖고 끊임없이 이야기하는 것은 역사 인물의 삶이 일회적이고 특수한 개인적인 삶에 그치는 것이 아니라 그의 삶 속에서 많은 사람들이 이해하고 인정할 수 있는 보편적인 가치가 있기 때문이다.[1] 또한 역사 인물을 이해한다는 것은 무엇보다 인물의 삶의 의미와 가치를 수용한다는 것과 연관되어 있다.

주목해야 할 것은 역사적 인물은 삶의 공간에 따라 다양한 이야기를 보여준다. 인물의 삶의 궤적에 따라 이야기의 배경이 바뀌고, 따라서 각 장소에 남겨진 이야기는 다른 곳과는 다른 차별성을 갖는다.[2] 김부용金芙蓉은 조선시대의 여류 문인이다. 호는 운초雲楚이고 정조 때 평남 성천成川에서 유명한 기생이었으나, 후에 김이양金履陽(1755~1845)의 소실로 들어갔다고 전해진다.[3] 다만 정확한 생존연대를 알기가 어려워서 대략

---

1) 윤유석, 「역사 문화자원의 소통과 스토리텔링 방안 연구: 자서전 『백범일지』의 서사를 중심으로」, 한국외국어대학교 박사학위논문, 2010, 318쪽.
2) 조서현, 「제주유배인 추사 김정희 스토리텔링 콘텐츠 개발 방안」, 제주대학교 석사학위논문, 2011, 30쪽.
3) 운초 김부용은 성천사람으로 호를 운초라 한다. 황진이 이후에 처음 보는 詩妓로 정조(1777~1800) 때에 시인으로 유명했던 연천 김이양(1755~1845)의 소실이다. 叔

1800년 초에 태어나서 1850년대 이후까지 살았던 것으로 추정된다. 그는 춤과 노래, 시문에 뛰어난 것으로 알려졌다. 황진이, 이매창과 함께 조선시대 3대 여류 시인 중 한 명으로 손꼽힌다. 김부용은 350여수의 시를 남겼는데, 유고집遺稿集으로는 《운초집雲楚集》이 있고, 일제강점기 때 김호신金鎬信이 편찬한 《부용집芙蓉集》이 있다. 여기에 수록된 시 30여수는 규수문학의 백미로 추앙받는다. 김부용의 시의 내용을 살펴보면 향수鄕愁 및 내적갈등에 대한 작품이 22수로 가장 많고 자연풍광에 대한 시詩가 21수, 酬唱贈別의 시작품이 20수로 비교적 많은 비중을 차지하였다. 사회에 대한 바람 및 자아조명 10수, 애정시 11수, 도道·불 사상 6수이다. 유명한 작품으로는 〈유회遺懷〉, 〈대황강노인待黃岡老人〉, 〈오강루소집五江樓小集〉, 〈억가형憶家兄〉, 〈증별금영贈別錦營〉, 〈삼호정만조三好亭晚眺〉, 〈증령남노기贈嶺南老妓〉 등이 있다.

그동안 운초 김부용은 불분명한 생존生存연대와 신분상의 사연으로 인하여 사람들에게 그다지 많은 주목을 받지 못하였으나 연구는 꾸준히 시도되었다.4) 최근에 들어서는 운초 김부용을 다양한 방면으로 평가하려는 움직임이 일어나고 있다. 특히 김부용의 무덤이 남아있는 천안지역

父가 本代 文章이라, 부용은 그 숙부에게 글을 배워 일찍 詩鋒을 노출하여 成川郡 백일장에서 詩로 壯元하던 때가 겨우 十六歲 이었으며 그는 성천부사 金履陽의 문학에 심취하여 당시 白髮紅顔의 老少差異가 아주 현저함에 불구하고 김이양의 妾이 되어 15년간을 함께 同居하다가 김이양이 죽으매 부용이 三年喪을 마친 후에 다시 다른 사람에게 가지 아니하고 束身하더니, 死後에는 그 遺言에 따라 金履陽 墓 옆에 埋葬하였다. (문일평,『湖岩全集』第三卷, 조광사, 1940, 330쪽.)

4) 김용숙,「조선조 여류문학의 특질」,『아세아여성연구』제14집, 아세아여성문제연구소, 1975; 김지용,「삼호정시단의 특성과 작품」,『아세아여성연구』제16집, 아세아여성문제연구소, 1977; 박종수,「운초 시가에 대하여」,『우리문학연구』제6·7집, 1987; 김여주,「김운초의 한시연구」, 성균관대학교 박사학위논문, 1991; 김미란,「19세기 전반기 기녀, 서얼시인들의 문학사적 위치」, 한국고전문학회 편,『문학과 사회집단』, 집문당, 1995; 이혜순 외,『한국고전여성작가연구』, 태학사, 1999; 김경미,「조선후기의 새로운 여성문화공간 삼호정 시사」,『여성이론』제5호, 여성문화이론연구소, 2001.

에서는 그녀를 지역의 역사인물로 부각하려는 노력으로 묘지墓地를 새롭게 조성하는 등 지역콘텐츠 개발방안을 모색하고 있으며, 다채로운 방식으로 재조명을 시도하고 있다. 또한 매년 4월 말에는 김부용의 추모제追慕祭를 열어 다양한 문화콘텐츠의 활용을 보여주는 한편 대중들의 관심을 증폭시키고 있다. 이는 지역사회가 나날이 발전하는 시민사회의 성장을 지켜보면서 지역사회가 지닌 문화적 가치의 중요성을 인식하는 한편 오늘날 대중들에게 고유의 정체성正體性을 기반으로 하여 문화콘텐츠의 활용을 통해 문화적, 경제적 풍요를 주려는 필요에서 나온 것으로 짐작된다.5) 지역콘텐츠개발은 침체된 지역의 문화산업을 부흥시키면서 한편으로 개발 콘텐츠를 활용하여 경제적 효과를 창출創出한다. 그래서 빈곤한 상상력과 식상한 콘텐츠는 외면 받고 설 자리를 잃어가는 대신에, 새로움과 창의력으로 무장한 콘텐츠는 상품성과 브랜드 가치를 가지고 힘을 확장해갈 수 있다.

무엇보다 운초 김부용이 보여준 시대를 앞선 뛰어난 문학적 재능이나 시선, 김이양과 한시漢詩로 소통하며 서로의 '지기지우知己之友'가 되었다는 인식은 우리시대에 다양한 스토리의 원천이 될 수 있다는 사실과 무관하지 않다. 스토리텔링(story-telling)은 단순히 존재하는 사실만을 대중에게 전달하는 것이 아니라 스토리, 스토리텔러, 대중이라는 이들이 모두 이해를 기반으로 할 때 의미전달의 효과를 높일 수 있다. 그동안 관심의 대상이 되지 않았던 운초에 대한 새로운 해석과 문화콘텐츠로의 재창조는 대중들에게 다양한 스토리의 전달과 여러 문화적 가치와 소통하는 동시에 문화재의 활용방안과 의미에 대해서 상세히 알려주는 것으로 판단된다. 현대의 문화상황은 과거의 문화상황과 현저하게 다른 환경에 처해있다. 매체의 다양성과 비혼용성, 디지털 기기의 발전 및 융합성 등이 그러한 변화된 상황을 말해준다. 이러한 상황의 변화는 인간

---

5) 하경숙, 「스토리텔링을 통한 역사인물의 가치와 의미-소현세자빈 강씨의 문화콘텐츠를 중심으로」, 『온지논총』 제39권, 온지학회, 2014, 242쪽.

의 사고와 감성의 변화뿐만 아니라 문화의 생산과 유통의 변화를 초래했다.[6]

본고에서 이야기하고자 하는 것은 스토리텔링을 통한 역사인물의 가치와 의미를 찾는 것이다. 이에 운초 김부용이라는 역사인물의 스토리텔링의 기법과 현대적으로 적용이 가능한 특질을 찾아보고, 인물에 대한 다각도의 이해와 새로운 문화적 환경에 대해서 살펴보고자 한다.

2. 운초 김부용의 생애와 스토리텔링의 필요성

운초는 "기생이었으나 권세가權勢家의 첩이 되어 기생이 향유할 수 있는 최고의 자리에 오른 여성, 득의得意의 삶을 산 여성"으로 평가되고 있다.[7] 이는 오직 지배층 남성의 쾌락을 위해 존재 해야만 했던 여성 집단인 기생에게 있어, 그들의 섹슈얼리티와 기예, 교양은 남성권력의 소유물이자 유희遊戲적 대상으로의 기능할 수밖에 없었다.[8] 이런 의식이 팽배한 상황에서 운초에 대한 평가는 제대로 이루어지지 않았다. 운초는 평안도 성천의 관기 시절, 연천 김이양金履陽(1755~1845)을 만나 인연을 맺었다. 김이양은 안동 김씨 세도가勢道家의 일원으로서 각 조의 판서·한성부판윤·함경도관찰사 등의 고위관직을 두루 거쳤고, 취임한 뒤에는 봉조하의 지위를 누렸다. 운초는 김이양이 치사한 뒤 그의 첩이 되어 한양을 중심으로 생활하다가 세상을 떠난 뒤에는 태화산太和山에 있는 연천 가문의 선산에 묻혔다.[9] 지금까지 운초에 대한 연구는 운초와 연천의

---

6) 조극훈, 「동학 문화콘텐츠 개발을 위한 인문학적 기반 연구: 해월 최시형과 '영해 동학혁명'의 발자취를 중심으로」, 『동학학보』 제18권, 동학학회, 2014, 303쪽.
7) 박영민, 「운초, 관기와 기생첩의 경계에 선 하위주체」, 『한국고전여성문학연구』 제11권, 한국고전여성문학회, 2005, 238쪽.
8) 서지영, 「조선시대 기녀섹슈얼리티와 사랑의 담론」, 『한국고전여성문학연구』 제5집, 한국고전여성문학회, 2002, 298쪽.
9) 『평안남도지』, 성천도악부, '인물' 조

애정문제에 집중하여 운초가 기생[10]과 첩이었다는 신분적인 특수성을 주목하기 보다는 운초가 지닌 작가의식과 창작행위에 집중하고 있다. 운초는 현재까지 전해지는 350여수의 풍부한 한시漢詩를 통해 기생 혹은 첩으로서의 삶을 살았던 자신의 처지와 사회적 상황을 사실적으로 보여준다. 이처럼 양가집 출신에서 기생으로, 기생에서 첩으로의 계층 이동을 했던 운초의 삶은 다양한 스토리의 원천이라고 볼 수 있다.

문화콘텐츠는 시간과 공간空間의 제약制約을 받지 않고 폭넓게 유통될 수 있기 때문에 역사인물의 가치를 알리는데 효과적인 수단이 된다. 문화콘텐츠로 제작된 다양한 프로그램은 스마트폰을 비롯한 각종 전자기기에 의해 어느 때나 어느 장소에서나 자유롭게 유통되고 소비될 수 있다. 이는 일반인들에게도 거부감이 없이 수용되고 사람들의 의식에도 영향을 미칠 수 있을 것이다.[11] 콘텐츠는 경험으로 만들어진 체험 상품이기 때문에 그것을 개발한다는 것은 인간의 경험요소를 구조화화는 것이라 정의할 수 있다.[12]

운초의 시집 ≪芙蓉集≫에 題跋을 쓴 〈흑서류하동오주인黑鼠榴夏桐塢主人〉은 운초의 삶에 대해 묘사하며, 운초의 인물됨의 정수로 시재詩才를 들고, 관기시절의 운초가 명승지와 강산을 두루 노닐며 다닌 경험을 짚어내고 있다. 운초의 삶에서 시재와 여행은 매우 중요한 부분을 구성하였다.[13] 그 이유를 본다면 운초는 이곳저곳을 다양하게 자유롭게 다닐 수

---

10) 조선시대에 기생은 신분이 일패一牌, 이패二牌, 삼패三牌로 분류되었다. 일본의 문예평론가인 가아무라미나토는 한국의 기생문화에 대하여 설명하면서 기생妓生은 "일패一牌 관기라고 하여 지위가 매우 높았으며, 일패一牌 기생은 시와 예술분야에서 상당한 예술적 경지에 도달한 여성을 일컫는다. 나중에는 '정삼품正三品', '종사품從四品' 등과 같은 관직명이 붙는 기생도 출연했다"고 주장한다. (가아무라미나토 · 유재순옮김, 『기생妓生』, 소담출판사 2002, 51쪽.)

11) 조극훈, 앞의 논문, 285쪽.

12) 인문콘텐츠학회, 『문화콘텐츠 입문』, 북코리아, 2006. 14쪽.

13) 박영민, 「관기의 연회와 시회」, 『코키토』 제62호, 부산대학교 인문학연구소, 2007, 51쪽.

있었던 관기 출신이었던 소실이었다. 관기들은 하나는 관아官衙의 연회宴會에 참여하여 기역妓役을 수행하며 자신이 속해 있는 고을 주변의 명승지와 누대樓臺 등을 두루 다니며 여행을 하였고, 궁궐의 의례儀禮에 동원되어 때로는 한양까지도 진출하기도 하였다. 이러한 관기들의 풍부한 여행의 경험은 그들의 사고와 문화를 형성하는 데에 기반이 되었을 것으로 추측된다.14) 또한 신분적인 상황에서 운초는 자신의 위치를 보전하기 위해서 매우 절제되고 제한된 삶을 살아야 했던 첩이라는 불운을 지녔다. 운초 역시 처한 상황이 다른 첩들과 별반 다르지 않았을 것으로 예상된다. 첩들이 겪는 외로움, 향수, 소실小室이라는 소외감, 시재에 대한 갈망渴望 등의 감정들은 그녀가 자유롭게 풀어낼 수 있는 시상의 원천, 다시 말해 스토리의 근원根源이 되었다. 아울러 운초는 김이양·이정신·김덕희·서기보 등이 교유한 주변의 권세가들, 서유영·홍한주 등 정치에서 소외된 사대부 문인층, 박윤묵·김평묵 등 중인층의 다양한 문사들과 소통하며 그들의 작품세계의 영향을 받았다.

　운초는 문학적인 자부심이 대단하여 자신을 천상天上에서 내려온 선녀仙女라고 했다. 활발하고 다채로운 작품을 써서 문학적 재능을 인정받기도 하였지만 시적 재능으로 자신의 정체성에 대하여 많은 고민을 하였다.15) 그의 작품집인 ≪운초집≫에 실려 있는 대부분의 시는 규수문학閨秀文學의 핵심으로 손꼽히고 있다.16) 성천 관기 운초는 1831년 20대 중후반의 나이로 77세인 김이양의 소실이 되어 한양漢陽에 정착하였다. 당시

---

14) 박영민, 위의 논문, 52쪽.
15) 雲楚,『芙蓉集』,「自嘲」, "詞難華蕊倂, 文豈景樊同, 浮譽眞欺我, 頻繁到洛中/針筐兼筆架, 蠶事代蝌書, 意到披緗帙, 還嫌獺祭魚.
16) 雲楚,『芙蓉集』,「一碧亭小集」, "黃花丹葉已高秋, 何不提燈續舊遊, 鷗鷺眠深沙上月, 蜻蜓舟過霧中樓, 鄕思驚枕難爲夢, 病肺當樽半是愁, 西海佳人同所好, 侍郎元自富風流.";「屬瓊山」, "月虜荷香不染泥, 海仙來自玉欄西, 五江一碧聯詩社,且待春光日共携.";「一碧亭詩會」, "洞房悄悄月橫斜, 秋入關河路更賒, 好是良朋論素抱, 那堪芳酒對黃花, 休將幻境爲眞境, 競以无涯混有涯 吾輩餘生安所慕, 祗從苕雪老漁家."

관직에서 물러나 봉조하를 지낸 김이양은 자주 한양성 안을 떠나 한강 가의 별장 일벽정—碧亭에 머물거나 경치 좋은 곳으로 여행을 다녔다. 운초는 관기官妓시절 평소 간절하게 원하던 바대로 김이양의 소실이 되어 김이양을 따르며 함께 다녔다. 운초가 일벽정을 무릉도원武陵桃源으로 표현한 것은 그가 김이양과의 삶에서 느낀 다채로운 감정 중의 하나일 것이다.17) 또한 33세의 젊은 나이에 남편과 사별한 후 쓴 그녀의 시는 대중들의 마음을 움직이기에 충분했다. 운초는 다양한 문학적 가치관을 보여준다. 연천을 향해서는 활발하고 적극적인 정서와 절제의 미를 보여주는 반면 다른 소실小室과의 교류한 작품에서는 존재의 의미와 자기 절제의 가치를 강조하였다. 또한 그들과 주고받은 시에는 존재의 허무함과 어두움의 정서를 강하게 보여준다. 아울러 자아의 서사가 강화되고, 자아自我에 대한 성찰이 두드러진다. 그러나 운초는 첩이라는 신분적 한계에 좌절하지 않고 오히려 다양한 이야기의 소스로 삼아서 예술인의 면모를 보였다. 또한 성, 사회, 제도가 여성의 몸을 타자他者화하여 쾌락을 향유하는 방식에서 완전히 벗어난 것이 아니었지만 결국 남성의 사회, 사회적 제도가 소실을 타자화하는 방식에 대한 거리두기의 강력한 표현이 되었다. 또한 19세기의 사대부 및 중인층도 운초의 회화 활동을 기록하였다. 그러나 화가 운초의 모습은 현재까지 연구된 바가 미비하다. 운초의 한시 및 운초 관련 기록에서 우리는 19세기 전반기에 활동했던 여성 화가 감상가 및 비평가 수장가로서의 운초의 모습을 우회적迂廻的으로 재구성할 수 있는 근거를 찾을 수 있다.18) 운초의 예술가로서의 명성은 식민지 시대에도 이어졌다. 그리하여 운초의 시집 필사나 간행은 어느 여성작가보다 활발하게 전개되었다. 이후 1930년대에 ≪삼천리≫에서는 시화뿐만 아니라 서부書賦도 능했다는 것19)을 실을 만큼 그 위치는 확고했다. 이처럼 운초는 실로

---

17) 박영민, 「19세기 여성화가 운초의 회화활동과 그 성격」, 『한국고전여성문학연구』 제17권, 한국고전여성문학회, 2008, 207쪽.
18) 박영민, 위의 논문, 16쪽.

주목할 필요가 있는 여성예술인이다. 그와 함께 활동했던 이들을 운초그룹[20]이라 명명命名하고 세기世紀 여성 예술공동체의 존재를 확고히 하였다. 또한 운초그룹은 세기의 하위주체가 당대의 주류예술을 담당한 사대부 및 중인층의 문화 예술과 소통 교류하고 나아가 자신들만의 문화예술을 생산하였다는 데에 그 의의를 둘 수 있으며, 무엇보다 운초는 세기 문화예술계의 지형도地形圖에 변화를 일으킨 주역主役이라고 할 수 있다.

그런 의미에서 운초와 관련된 문화콘텐츠들은 첨단 과학의 표현기술을 통해 단순히 보여주는 것이 아니라, 콘텐츠에 담겨진 운초의 예술성과 시대에 좌절하지 않는 도전의식을 형상화할 필요가 있다. 이를 위해서는 무엇보다 이해를 바탕으로 한 대중이 공감할 수 있는 스토리텔링의 확보가 가장 절실하다. 운초를 모티프로 한 스토리텔링은 단순히 과거의 신분이나 사회적 상황에만 한정限定하여 생각하는 것이 아니라, 실제 지금의 상황과 결부지을 수 있는 예술적이고 독창적인 여성의 모습과 자질, 특히 현대사회의 여성에게 필요한 도전의식과 열린사고 등을 사실적으로 보여줄 수 있을 것으로 판단된다. 탄탄한 스토리텔링을 기반으로 한 원천콘텐츠의 개발은 원소스멀티유즈(One Source Multi Use)의 경쟁력을 결정짓는데 가장 큰 요인이 된다.[21] 이로 인하여 흥미로운 스토리의 탐색과 스토리밸류(story value)의 탁월한 소재를 확보하고 스토리텔링의 완성도를

---

19) 김부용은 호를 추수라 하여 260년 전 성천명기成川名妓로서 서화시부書畵詩賦를 잘하여 한시 문단에 명성을 날리든 분이다. 더구나 「사상」의 차일편此一篇은 자유시형自由詩形을 본떠 그 暢達한 시상을 마음대로 담은데 더욱 뜻이 깁다. 본지는 매월 계속하야 이 명기名妓의 시가를 연재코저 하노라. (미상, 「사상」, 삼천리, 6권 제5호, 1934년 5월 1일, 132~134쪽 참조.)
20) 19세기 전반기에 한양에서 운초雲楚, 경산瓊山, 금원錦園, 경춘瓊春, 죽서竹西 등이 한그룹으로 문학활동을 하였다는 점은 이미 '삼호정시사'라는 명칭으로 알려진 바이다. 운초그룹의 구성원들은 여행, 놀이, 시회, 시사활동을 통해 그들은 자신들에게 주어진 문화나 관습을 적극적으로 활용하고 자신들만의 공간과 문화를 형성하였다.
21) 서동훈·김효정, 「문화콘텐츠 개발을 위한 스토리텔링 전략: '삼성현'을 중심으로」, 『민족문화논총』 제43집, 영남대학교 민족문화연구소, 2009, 474쪽.

높이는 작업이 가장 시급하다. 특히 이런 상황에서 살펴본다면 운초의 스토리텔링은 여러 문화콘텐츠로의 활용이 가능할 것으로 판단된다. 문화콘텐츠로의 다양한 모색은 운초 김부용이라는 인물을 단순히 과거 속의 인물로만 설정하여 과거에 한정하는 것이 아니라 현실의 인물로 수용하여 앞으로 우리의 삶과 연계 가능성을 찾고 그 방향을 모색할 수 있는 중요한 의미로 활용하게 될 것이다.

3. 운초 김부용의 스토리텔링의 현대화 가능성 및 가치

스토리텔링의 가치는 매우 중요하다. 이야기의 원천소스가 되는 주제의 선택은 무엇보다도 신중해야한다. 따라서 각계각층에서는 원천소스가 되는 서사 발굴에 특히 주목하고 있는데, 이중에서도 최근의 추의는 원천자료를 우리의 '전통문화' 속에서 찾고자 노력한다는 점이다.[22]

운초雲楚 김부용金芙蓉을 기리는 움직임은 부용의 묘가 있는 천안시를 중심으로 이루어지고 있다. 연극, 추모제 등을 통해서 운초 김부용을 재조명하려는 시도가 일어나고 있다. 추모제는 매년 4월에 지내게 되는데 광덕산 운초묘역에서 열린다. 한국문인협회 천안지부가 주관하고 천안예총이 후원한 추모제는 분양시, 운초문학 의의와 천안, 운초의 생애, 운초시, 출연자 소개, 운초 김부용의 약력 및 추모사업 경과보고, 운초 추모시 낭독 순으로 진행되었다. 운초의 추모제를 지내게 된 것은 1974년 소설가 정비석이 천안 광덕사 인근에서 부용의 묘를 찾아낸 이후 매년 4월이면 부용의 추모제를 운초묘역에서 지내고 있다.[23] 또한 천안시는 2013년 5월 25일 시 승격昇格 50주년 관광객 유치를 위한 '여행작가 팸투어'를 실시하였다. 이는 천안 관광자원의 우수성을 알리기 위해 고유의 전통문화가 보존돼 있는 주요 관광지와 유적지 등을 둘러보고 주요 축제, 행사

---

22) 강명혜, 『한국 문학, 문화와 문화콘텐츠』, 지식과 교양, 2013, 47쪽.
23) http://www.ggilbo.com/news/articleView.html?idxno=124660.

등을 소개하고 설명하는 시간으로 마련했는데, 이때 운초 김부용의 묘墓
역시 방문지로 지정하였다. 이처럼 운초 김부용은 지역인물로 인식될 뿐
만 아니라 고유의 전통문화의 의미를 살필 수 있는 중요한 원천소스로
인정되고 있다. 그럼에도 불구하고 조선시대 3대 기생妓生 중 황진이와는
달리 공연예술적 소재로는 여전히 활용되지 못하고 있는 것은 사실이다.
이는 매체의 변화에 능동적으로 수용될 수 있는 서사적 흡인력이 운초
김부용의 스토리에 숨어있기는 하지만, 다른 한편으로는 대중의 새로운
요구에 작가들이 변화된 매체를 통해 발빠르게 대응하고 있지 않다는 증
거이기도 하다.[24]

기생을 소재로 하는 영화와 드라마, 뮤지컬과 오페라, 마당극 등의 공
연예술을 살펴보면 '황진이'라는 인물은 지속적으로 대중들에게 관심의
대상이 되고 있다. 그 이유는 요부에서 진정한 자유인으로, 천재적인 예
술가 혹은 여성 해방론자解放論者, 지식인知識人, 구도자求道者, 심지어 계
급투쟁의 선봉에 선 혁명가 등으로 끊임없이 재 발견되어 온 황진이를
드라마 방영 이후 현대 여성들이 자신들의 이상적 모델로 삼고 있다는
점은 주목할 만한 사실이다. 사랑과 일 모두에 있어 치열하게 도전하고
성취하는 기생이라는 직업을 지닌 황진이의 모습이 현대를 살아가고 있
는 여성들의 지향점과 맞아 떨어지고 있기 때문이다.[25] 이는 남자를 선택
하고 자신이 원하는 삶에 대한 결정권을 갖고자 하는 욕망이 크다는 뜻으
로 기생 캐릭터가 여성들에게 인기를 얻는 이유이다.[26] 기녀들은 소외되
고 구속받는 여성으로 살면서도, 한편 자유로운 여성으로서 의식이 확산
된 여성성을 보여준 존재들이다.[27]

24) 김병길, 「황진이 설화의 문학적 수용과 변주에 관한 담화적 연구」, 『한국어교육학
회지』 제132호, 한국어교육학회, 2010, 109쪽.
25) 신원선, 「드라마 〈황진이〉의 대중코드 읽기」, 『민족문화논총』 제35집, 영남대학교
민족문화연구소, 2007, 242쪽.
26) 표은영·뮤지컬 〈황진이〉 예술감독, 『주간동아』, 2006.12.12, 56~57쪽.
27) 하경숙, 「기녀시조속에 나타난 섹슈얼리티 양상」, 선문대학교 석사학위논문, 2004,

이런 맥락에서 본다면 운초 김부용 역시 공연예술로 전환하기에 충분한 다양한 스토리를 보유하고 있다. 관기출신이라는 특수성, 고향을 떠나 있는 이방인의 향수, 기생첩으로서 겪어야 하는 외로움, 시재詩才에 빼어난 인재라는 자긍심, 사회적 관계에서의 소외감, 서로의 마음을 알아주는 교유들과의 동지의식과 작품세계, 여행旅行과 산수山水를 경험할 수 있는 상황, 당대명문가의 소실이 되어 살고 있다는 자부심, 한강변에 이웃하여 정자를 가지고 있었다는 것 등은 다양한 스토리의 원천源泉이 된다.

무엇보다 극은 한정된 범위 내에서 총체總體性의 인상을 불러일으켜야 하므로, 인물들과 줄거리에서 나타나는 모든 특징들은 즉각 이해되어야 하고 명백한 작용력을 가져야 할 뿐 아니라 동시에 집중적 의미를 지녀야 한다. 또한 극은 삶을 거대한 갈등의 형상화에 집중해서 반영하면서, 모든 생활의 표출表出들을 이러한 갈등의 주위에 모이게 하고는 이들을 오로지 이와 같은 갈등관계 속에서만 생동生動할 수 있게 하면서, 인간이 자신들의 삶의 문제에 대해 취할 수 있는 모든 가능한 입장들을 단순화하고 일반화한다.28) 스토리를 확장하여 과장된 내용들로 공연하는 것이 아니라 과거의 사실을 바탕으로 사실적으로 보여주는 것들이 필요하다. 물론 전해져오는 이야기들을 기반으로 그것을 훼손하지 않는 범위에서 스토리텔링에 중점을 두어서 대중들이 쉽게 공감할 수 있도록 노력할 필요가 있다. 또한 운초가 지닌 문화콘텐츠로서의 활용가치를 돋보이게 하는 계기를 마련할 필요가 있다. 이때 공연예술의 장르로 창작뮤지컬을 선택하는 것도 좋은 방안이라고 할 수 있다. 이야기가 실현되기 위해서는 ① 스토리와 매체가 결합된 이야기(Text), ② 화자와 청자와 상호적인 이야기(Narrating), ③ 이들이 행위할 공간과 시간인 이야기판(Champ)이 갖추어져야한다. 세 요소를 포함한 스토리텔링은 '서사적 줄거리와 전승력을 갖춘 언술적인 것들의 집합'으로 재개념화 되는데, 여기서 '서사적 줄거리

44쪽.
28) 루카치, 이영욱 옮김, 『역사 소설론』, 거름, 1999, 108~130쪽.

는 서사구조를 갖춘 의미화를 말하며, '전승력'은 이야기하기(Narrating) 작업에 참여하는 주체들이 이 이야기를 의미 있다고 생각하여 또 다른 수용자들에게 전달할 수 있음을 의미한다.[29] 뮤지컬은 이야기와 음악音樂이 결합되어 '무대'라는 공간을 통해 '현재'를 공연하며 관객들과 소통하는 스토리텔링의 한 방식이다. 다시 말해 뮤지컬의 대사와 노래는 보다 구체적인 스토리텔링의 기능을 담당한다. 이에 뮤지컬의 배우와 관객들은 한 공간에서 함께 호흡하고 공감대를 형성하여 활발한 상호작용이 가능하다.[30] 2007년에는 총 160여 편의 뮤지컬 가운데 무려 72%가 한국 창작 뮤지컬의 범주에 속하였다.[31]

운초 김부용은 현대의 대중들에게 애정의 의미를 알게 하는 한편 그동안 기생과 첩이라는 신분상의 문제로 인물에 대한 올바른 시선을 두지 않았던 대중들에게 다양한 스토리의 발굴을 통해 친근하고 흥미 있게 다가갈 수 있게 하는 기회를 제공할 것으로 예상된다. 그동안 부각되지 않았던 인물인 운초에 대해 새로운 시선으로 정의하면서, 그녀가 적극적이고 진보적인 여인의 모습을 가지고 있음을 설명하는 동시에 자기애自己愛를 지닌 긍정적 인물로 부각한다면 작품의 흥미가 더해져서 대중들에게 쉽게 호응을 얻을 수 있을 것으로 판단된다. 역사적인 측면에서 규명되지 않았던 운초의 생존연대나 애정문제, 사회적 상황 등을 재조명하는 동시에 현실적이고 사실적인 모습을 지닌 운초의 삶은 현실의 대중들에게 여성의 역할에 대한 상세한 설명을 가능하게 한다. 한편 문학과 회화에 재능을 지닌 예술인의 면모와 예술세계를 강조할 필요가 있다. 또한 과거의 인물이면서 특수한 신분에 놓였다는 시선을 버리고 현실과 별개의 삶을

---

29) 김광욱, 「스토리텔링의 개념」, 『겨레어문학 』 제41집, 겨레어문학회, 2008, 251쪽.
30) 홍숙영·정지영, 「뮤지컬의 갈등 스토리텔링 구조-뮤지컬 '바람의 나라'의 텍스트와 악곡을 중심으로」, 『예술과 미디어』 제12권 제2호, 한국영상미디어협회, 2013, 203쪽.
31) 김광선, 「한국 창작 뮤지컬의 현황-뮤지컬 「사춘기」를 중심으로」, 『한국연극학』 제36호, 한국연극학회, 2008, 5~9쪽.

살아가는 인물이 아니라 다양한 계층과 소통할 수 있었던 열린 사고와 재능을 지닌 인물로 인식될 수 있도록 자유로운 시선을 뮤지컬 장르를 사용하여 세심하게 장치를 할 수 있다. 다만 일부 한국의 창작 뮤지컬에서 창조의 자유보다는 내용과 주제에 무게중심을 두어 관변官邊 뮤지컬의 성격이 강하게 드러난다는 비판이 일고 있다.[32] 지역문화콘텐츠의 발굴發掘과 문화산업 육성育成차원에서 지역의 전설이나 인물을 소재로 한 뮤지컬의 제작이 활발해지고 있으나, 지역을 홍보하고 지역 주민의 공동체 의식을 고취시키고자하는 목적의식이 지나치게 부각되어 창조성創造性과 자율성自律性을 훼손한다는 것이다.[33] 그런 의미에서 부용과 관련된 문화콘텐츠들은 첨단 과학기술을 통해 이를 표현하는 것이 아니라 콘텐츠에 내재된 인물의 내적 가치와 의미를 설명하는 것에 주력해야 한다. 부용을 모티프로 하고 있는 스토리텔링은 단순히 과거의 사실에서 자유롭지 못한 것이 아니라 현실의 대중과 관련된 여러 가지 방안을 모색해야 한다.

이런 점을 기반으로 하여 새로운 스토리라인의 구축과 과거의 사실을 적절히 수용하여 이행하는 작업이 필요하다는 것을 상기시켜준다. 또한 운초라는 인물에 대한 새로운 시선과 의미로 재구성하려는 노력과 동시에 그녀가 지니고 있는 적극적이고 창의적인 여성상의 구현을 실현할 필요가 있다.

4. 운초 김부용의 스토리텔링의 전략과 가치

운초와 관련된 문화콘텐츠 개발은 문화＋콘텐츠＋인문학의 3요소가

---

32) 수원화성을 배경으로 정조의 도전과 좌절을 그린 뮤지컬 「화성에서 꿈꾸다」를 비롯해 「성웅 이순신」, 「영웅(안중근 의사)」 등이 있다. 각 지역의 역사적 사건 또는 인물을 중심으로 내세운 뮤지컬을 문화상품화하려는 움직임이 일면서 곳곳에서 뮤지컬 공연이 활발해지고 있는 상황이다.
33) 홍숙영·정지영, 앞의 논문, 202쪽.

유기적有機的인 관계 속에 결합結合됨으로써 가능하다. 근대이후 20세기 중반까지는 인간에게 유리한 물질과 기계에 대한 관심을 강조하던 '물질 기계' 중심의 시대였다면, 20세기중반 이후에는 정보와 생명이 강조되는 '물질 기계＋정보＋생명' 중심의 과학기술 단계라고 할 수 있다. 오늘날에 와서는 과학기술은 '물질기계＋생명＋정보＋인간마음' 중심의 인문학, 사회과학, 예술학 영역을 포괄하는 통합 융합문화시대로 변화하고 있다.34)

특히 문화콘텐츠 개발에 인문학적 사유思惟와 안목眼目이 필요한 이유는 문화콘텐츠 창출이 그 특성상 "창안-기획-제작-유통의 과정이 긴밀하게 연관된 작업이기 때문이다. 문화콘텐츠가 문화적 내용을 산업화시킨 것이라는 점을 전제할 때, 한 시대의 형이상학이라는 공통된 시대정신을 어떻게 공유하고, 어떻게 차별화해서 표현할 수 있는가"35)에 대한 성찰이 필요하기 때문이다. 더구나 "문화콘텐츠에 담겨 있는 문화적 요소와 이 요소에 내재하는 정신적 혹은 정서적 속성은 필연적으로 인간과 인간의 문화에 관심을 갖는 인문학과 연결되36)어 있다"는 점도 그 배경이 된다. 따라서 문화콘텐츠 연구자들은 "열린사고와 쌍방향적 인식"을 가져야 한다.37)

문화콘텐츠는 문화기술과 인문학의 융합이 전제되기 때문에 인문학적 지식뿐만 아니라 문화기술에 대한 전문지식도 필요하다. 또한 문화는 공유되는 상징과 규범의 체계라는 고전적 의미만으로는 더 이상 정의되지 않고, 사람들의 실천을 통해 끊임없이 생성되며 재확인되어 변형되거나 때로는 부인되는 것이다. 이러한 문화의 역동逆動성과 가변可變성이

---

34) 유동환, 「문화콘텐츠 기회과정에서 인문학 가공의 문제」, 『인문콘텐츠』 제28호, 인문콘텐츠학회, 2013, 56쪽.
35) 인문콘텐츠학회, 『문화콘텐츠 입문』, 북코리아, 2006, 14쪽.
36) 김기국, 「문화콘텐츠의 인문학적 분석과 비판」, 김영순·김현 외, 『인문학과 문화콘텐츠』, 다할미디어, 2006, 228쪽.
37) 박홍식, 「이야기학의 정립을 위하여」, 인문학콘텐츠학회, 경제 인문사회연구회, 『인문콘텐츠의 사회적 공헌』, 북코리아, 2013, 56~57쪽.

문화콘텐츠 영역을 통해 포착되고 끊임없이 시험된다. 실제로 문화콘텐츠는 다양한 사회구성원들 사이에 문화가 어떻게 서로 다르게 이해되고 그러한 이해가 실천을 통해 복원復原과 재현再現되는지가 중요한 과정이 된다.[38] 이 점은 문화콘텐츠가 다방면의 문화가치를 극대화 시키는 근원이 되는 동시에 현실적 활용과 적용이라는 실용성을 본질로 하고 있다는 것을 보여준다. 그런 의미에서 문화콘텐츠는 실용학문의 허브(hub)인 동시에 21세기형 실학實學이라는 실천적 가치를 함의한다.[39]

운초 김부용은 관기와 첩이라는 신분이 가진 한계에서 탈피하여 자유로운 사고와 문화예술에 대한 열망과 열정을 보여주었던 예술인으로서 모습은 콘텐츠로 활용하기에 충분하다. 또한 이런 콘텐츠로의 활발한 활용을 위해서 그녀의 삶과 행적을 복원하려는 노력이 절실하다. 오늘날 운초에 대한 재조명의 필요성은 조선시대의 철저한 신분계급 사회 속에서 결코 좌절하지 않고 새로운 시선과 활발한 문학文學활동과 회화繪畫활동을 한 여성예술인으로 높이 평가할 필요에서 시작된다. 김부용은 시를 짓지 않을 수 없는 것, 대상의 정수를 깨달아 표현할 수 있어야 한다는 것으로 파악하였으며 이것은 시에 대한 적극적인 인식에서 나온 것이며 자신의 신분적인 상승을 꾀하기 위해 상황에 맞추어 하는 수동적인 자세가 아니다.[40] 그녀의 이런 적극적인 성격에도 불구하고 지금까지 운초를 모티프로 한 문화콘텐츠는 그 사례를 찾아보기가 힘들 정도로 미비하다. 앞에서 사례를 제시한 황진이 외에도 3대 기생으로 불리는 이매창 역시 부안사람들이 그녀의 부안에 대한 사랑을 기억하기 위해 해마다 매창축제를 열어 매창梅窓의 시세계를 알리고 있다. 그러나 운초에 대한 콘텐츠 개발이나 프로그램은 여전히 미진하다. 지역문화콘텐츠 개발은 개별성 혹은 특수성을 지닌 지역문화를 소재로 탈지역

---

38) 하경숙, 앞의 논문, 255쪽.
39) 심승구, 「문화콘텐츠의 정의」, 인문콘텐츠학회 학술 심포지움, 2005.
40) 김여주, 「운초 시의 특징」, 『한국한문학연구』 제15권, 한국한문학회, 1991, 377쪽.

화의 단계를 거쳐 보편성을 확보한 세계적 콘텐츠로의 실현을 의미한
다. 나아가 새롭게 탄생한 콘텐츠는 지역정체성의 표상으로 브랜드가
됨으로써 다시 지역문화로 환원되고, 이를 기반으로 또 다른 콘텐츠의
생성을 유도한다.[41] 그런 상황으로 본다면 천안시는 광덕산에 있는 운
초의 묘역墓域을 재정비하고 다양한 프로그램을 개발해야 한다. 그래서
그녀의 생애와 이미지를 새롭게 재현하여 적극 활용해야 한다.

  스토리텔링은 현재 '서사'를 빠르게 대체하고 있는 용어이다. 스토리텔
링은 'story'와 'telling'의 합성어로서 '이야기하기'로 번역한다. 사전적 정
의는 '자신이 경험한 바나 마음 속 생각 혹은 어떤 사실에 관하여, 또는
있지 않은 일을 사실처럼 꾸며 재밌는 말로 전달하는 소통행위'이다. 내
러티브 즉 서서와 문학적 요소를 공유하지만 텍스트와 향유자 사이에서
유발되는 '작의作意성'과 '소구訴求력'에 초점이 모아진다는 점에서 변별된
다.[42] 이야기에 집약된 다양한 경험과 상상력은 인간의 삶을 풍요롭게
발전하게 한다. 열정적인 애정, 예술에 대한 열망, 다양한 경험을 가지기
위해 노력한 여성 운초는 풍요로운 이야기의 보고가 된다. 운초의 전 생
애가 다양한 스토리텔링의 소재로 전달될 수 있도록 이를 토대로 시놉시
스형 구조의 시나리오가 개발되어야 한다.

  그동안 운초를 모티프로 한 문화콘텐츠가 활성화되지 않은 것은 운초
가 과거의 인물이기 때문으로 추측된다. 과거의 인물의 사례는 역사적
인 리얼리티(reality)만을 강조하는 경향이 짙다. 그러다보니 실증적이
고 객관적인 사실에 몰두하게 되고, 자칫 계발의 어려움을 겪게 된다.
그러나 스토리텔링은 사적인 담론이라고 할 수 있다. 운초가 다양한
콘텐츠로 대중들에게 친숙해지기 위해서는 무엇보다 억지로 스토리를

41) 김용환, 「경남권 킬러 콘텐츠 소재 연구: 가야 설화를 중심으로」, 『인문논총』 제28
   권, 경상대학교 인문학회, 2011, 136쪽.
42) 박명숙, 「스토리텔링을 통한 극문학 교육」, 『배달말』 제47집, 배달말학회, 2010,
   206~212쪽.

맞추는 것이 아니라 운초가 가진 진정성과 관련하여 지금의 현실을 살아가는 여성의 모습과 관련지어서 설명해야 한다. 운초는 천부적으로 뛰어난 시적 재능을 갖고 있었고 이는 문학에 대한 열정을 통해 표현하였다. 이는 단순히 인간 본연적인 감정에만 충실하여 감상적인 차원에만 머무르는 것이 아니라 객관적인 경물景物을 섬세하게 묘사하는 등 소극적이고 종속적從屬的인 여성상에서 벗어나 긍정적이고 강건하며 밝은 주체적인 문학세계를 구축하였기에 충분히 다양한 스토리의 근원이 될 수 있다.

또한 운초 김부용이라는 테마관광도 가능할 것이다. 운초라는 인물을 중심으로 문화관광자원과 연계할 프로그램의 구축을 위해 다양한 방면에서 추진될 수 있다. 운초와 관련된 스토리를 현존하는 유·무형 문화유적지와 연계하여 평상시의 관광패키지를 마련할 수 있고 천안문화축제와의 연계를 통하여 천안지역의 관광이 활성화될 수 있도록 유도할 수 있다. 무엇보다 운초를 활용한 테마관광은 운초의 묘가 있는 천안의 명승지로 손꼽히는 광덕산廣德山 코스와 더불어 운초의 러브스토리(love story) 요소를 필수적으로 삽입시켜야 할 것이다. 여전히 러브스토리는 대중의 관심의 대상이기 때문이라고 할 수 있다. 여기에 광덕산의 운초 묘역의 둘레길을 정비하여 호젓한 산책을 할 수 있도록 분위기 있는 길을 조성하는 것도 느림(slowness)을 추구하는 현대인들에게 좋은 문화관광적 요소를 제공할 수 있을 것이다.[43] 문화원형文化原形은 산업적 관점에서는 한국의 정체성과 고유성을 지닌 문화원형을 다양한 결과물을 구현해 낼 수 있는 One Source-Multi Use 방식으로 개발해야 한다.[44] 우리나라에서는 한국문화콘텐츠진흥원을 중심으로 문화원형을 발굴하여 문화콘텐츠로 개발하는 사업이 국가적인 차원에서 정책적으로 추진되고 있다. 2002년도부터 세 차례의 공모사업 결과 시나리오 소재 분야, 시각 및 청각 소재 분야, 전통문화 및

---

43) 김용환, 앞의 논문, 147쪽.
44) 김교빈, 「문화원형의 개념과 활용」, 『인문콘텐츠』 제6호, 인문콘텐츠학회, 2005, 7~22쪽.

민속자료 소재 분야 등 3개 분야의 총 41개 과제가 선정되었다. 41개의 과제는 신화, 국악, 건축, 문양, 미술, 복식, 역사적 사건, 인물 등의 다양한 테마로 구성되어 있다.[45] 여성의 지위가 향상되고 보다 많은 분야에서 여성의 역할이 요구되는 현대사회에 1000년 전, 폐쇄된 신분사회를 살아냈던 씩씩하고 야무진 당찬 여성, 훌륭한 예술가였던 여성인물에 대하여 문화자원으로서의 활용은 시기적으로도 매우 적절하다고 볼 수 있다. 운초라는 인물자체만으로도 잠재성이 큰 문화관광자원이지만, 여성인물인 운초와 관련되는 스토리와 다양한 요소를 엮어 내어 문화관광패키지의 형성전략의 완성이 시급하다. 일회적이 아닌 지역문화유산으로서 운초의 스토리와 인물의 의미는 충분히 가치가 있고 지속적으로 발굴하여 테마관광의 대상으로 손색이 없을 것으로 판단된다. 운초의 거리를 조성造成하거나 기념관 또는 박물관을 조성하는 것도 장기적으로 검토해 볼만한 일이다. 예술의 도시라고 불리는 천안天安지역을 홍보하기 위하여 다양한 특색을 살린 거리를 조성함으로써 많은 수익을 창출할 것으로 전망된다.

운초 김부용을 소재로 에니메이션이나 캐릭터를 개발하여 OSMU형 문화콘텐츠로서의 수월성 확보가 필요하다. 굳이 유명한 외국의 애니메이션을 수용하지 않더라도 이미 보유하고 있는 역사적인 이야기를 바탕으로 다양한 유형의 애니메이션이나 캐릭터비지니스로의 연계는 무궁무진할 것이다. 운초를 소재로 애니메이션이나 캐릭터를 개발할 경우 이를 이용하여 다양한 콘텐츠로 전개하는 것이 가능해질 것이다. 게임의 소재를 제공하거나, 모바일콘텐츠 및 역사, 인물, 지역문화 등을 포함한 플래시 애니메이션 소재 및 축제에 활용될 수 있는 영상 및 기타 콘텐츠로 활용, 가공이 가능할 것이다. 신분의 특수성보다는 운초가 지닌 문학적 재능과 노력에 초점을 맞추면 될 것으로 판단된다. 이는 다양한 문화콘텐츠개발로의 활용성에 대한 의미라고 할 수 있다. 또한 운초

---

45) http://www.kocca.kr/cop/contents.do?menuNo=200955

를 활용한 축제 프로그램개발이 가능할 것이다. 우선, 시민이 참여하는 프로그램을 확산하는 것이 필요한데, 운초의 문학성 만큼이나 역량을 갖춘 여성인물을 찾아 부용문학상芙蓉文學賞을 수여授與함으로써 운초의 문학성이나 예술적 업적을 기리는 일이 필요하고 인물의 홍보수단으로 가장 합리적으로 인식된다. 아울러 그녀의 일생 중 가장 큰 영향을 미친 김이양과의 러브스토리를 발굴하여 '연인과 함께 하는 글쓰기', '아름다운 시짓기 대회' 등을 개최하고 그녀의 이름을 딴 부용미인대회美人大會를 만들어 젊은 여성들이 지역에 관심을 갖고 축제에 참여토록 하는 것이 필요하다. 예술을 중심으로 한 국제행사유치도 가능할 것으로 예견된다. 천안지역의 특성을 살려서 국제행사프로그램을 유치하여 여성을 주제로 한 프로그램을 구성할 수 있다. 이는 국내외 저명인사를 초청하고 여성의 예술성 및 문화적 가치를 중심으로 강연 및 포럼으로 이어질 수 있다. 또한 운초를 소재로 한 여성의 예술적 집념이나 열정, 혹은 시대를 앞선 주체적 예술정신을 가진 여성의 삶을 바탕으로 한 연극이나 거리축제, 퍼포먼스 등도 가능할 것이다. 이는 운초 김부용에 대한 재평가라는 점에서 의미가 있다. 또한 향후 다양한 기회를 통해 운초 김부용과 관련된 콘텐츠의 발명과 경험사례들을 다양하게 고찰할 수 있다는 점을 시사해준다.

5. 운초 김부용의 스토리텔링의 모색과 발전방안

전통적 이야기담談이나 문화, 서사 등이 대중성을 획득하거나 현대인의 공감대를 이끌어내기 위해서는 무엇보다도 시공간적 차이에서 오는 생경감을 극복해야 하며, 그 외에도 가치관이나, 사회·문화적 이질성을 극복해야 하는 문제점이 대두된다.[46] 지역콘텐츠는 앞으로 단순한 관광

---

46) 강명혜, 앞의 책, 47~48쪽.

자원 차원에서 논의 될 것이 아니라 경제, 인문, 사회 분야에서 다각도로 논의되어 개발되고 활성화 되어야 한다. 이렇게 개발된 콘텐츠는 지역민의 만족을 가져오고 나아가 외부인에게도 매력적인 콘텐츠로 기능을 할 수 있을 것이다.[47]

역사 인물이 가지고 있는 보편성 뿐 아니라 그 인물이 가지는 특수성은 현재 우리의 삶에서 다양하게 활용할 만한 가치가 있는 것이 사실이며, 지금 이 순간에도 여러 인물들의 삶이 콘텐츠화의 과정을 거치고 있다. 운초 김부용은 조선시대의 철저한 신분사회 속에서 적극적인 행동과 예술정신으로 자신만의 작품세계를 만들어간 여성이었고, 여러 가지 불분명한 사연으로 인해 많은 훌륭한 작품을 남겼지만 올바른 평가를 받지 못한 비운悲運의 인물이었다. 그러나 최근 김부용에 대한 재조명이 진행 중이다. 김부용의 문학과 회화의 세계, 동인이었던 운초그룹까지 열정적으로 생을 살았던 부분들이 높이 평가되기 시작했기 때문이다. 여성들의 활동성이 증가하고 사회적으로 그 파급波及효과가 증대되고 현실에서 운초의 삶과 행적은 삶에 안주하거나 좌절하지 않은 그녀의 적극성 등을 보여줄 수 있다.

운초가 보여 주었던 시대를 초월하고 좌절하지 않았던 강인한 모습과 투명한 예술정신은 창의성을 지닌 여성으로 현시대에 필요한 여성에게 요구되는 것들이 모두 내포되어 있기 때문이다. 운초를 지역인물로 부각시키고자 하는 이유는 운초가 어려운 가정환경으로 인해 관기가 되었으나 그 안에서 좌절하지 않고 문학을 통해서 해법을 얻었고 결국 예술의 혼魂으로 역경을 극복해 나가는 과정에서 보여준 면모 등이 여성들의 사회활동이 활발한 지금의 분위기 속에서 새로운 여성상을 구현하는 상징적인 인물로 새롭게 조명되고 있는 상황과 불가분의 관계라고 할 수 있다. 본고에서는 운초라는 여성인물을 새롭게 인식할 수 있는 기회로 삼았

---

47) 진상란, 「진주시 역사콘텐츠 소재 활성화 방안에 관한 연구」, 경상대학교 석사학위논문, 2012, 4쪽.

고, 역사공간의 적극적인 활용과 운초와 관련된 문화콘텐츠활용이 시급하다는 것을 논의하였다. 이는 운초를 새롭게 해석하는 넓은 의미의 관점의 확대라는 것을 설명할 수 있다.

운초 김부용의 스토리텔링의 현대화된 작품들은 무엇보다 필요하다. 작품에 새로운 스토리라인을 구축하고 역사적 사실을 기반으로 세밀히 설명하여 대중들로 하여금 작품에 대한 공감을 넓혀야 할 필요가 있다. 한편 관기, 첩이었다는 신분적 시선으로 부용을 수용할 것이 아니라 자유로운 예술의 혼을 가진 예술인이고 지순한 사랑을 했던 여인으로 조명할 필요가 있다. 다시 말해 운초는 관기출신으로 겪는 신분상의 특수성, 이방인으로 고향에 대한 그리움, 기생첩으로서 겪어야 하는 고독과 슬픔, 시에 대한 열정, 교유들과의 예술적 작품세계의 구축, 여행과 산수에서 얻은 감동, 당대명문가의 소실이라는 한계성 등을 보유한 그야말로 다양한 스토리의 보고寶庫이다. 운초의 캐릭터를 활용하여 브랜드화를 해야하며 아울러 그녀의 세계관과 진취적인 여성성을 형상화하고 체험관광지가 필요하다. 이미 상당수 지자체地自體에서 체험공간을 활용하여 지역 정체성, 지역 브랜드 개발, 지역 경제 활성화 등을 모색하고 있듯이 운초를 중심으로 심화된 문화콘텐츠의 개발은 시급하다.

김부용이 지닌 시대를 앞선 적극성과 여성의 문화참여라는 가치를 현대적 의미의 스토리텔링에 범주화시킴으로써 대중을 문화재 참여의 핵심 주체로 자리매김하게 하고, 궁극적으로는 대중의 적극적인 활동과 지원을 기반으로 새로운 문화의 가치를 드러나게 하는 방법을 모색할 수 있다. 아울러 향후 운초 김부용 중심으로 생성되는 이야기들을 더욱 발전시켜 스토리텔링의 의미를 심화시킨다면 다양한 콘텐츠로의 확대를 할 수 있을 것이다. 이는 다큐멘터리, 드라마, 영화, 연극의 원천소스가 되는 것은 물론, 운초의 문학관을 이해할 수 있는 실용적인 프로그램의 생성 창조될 수 있을 것으로 짐작된다. 이를 통해 문화콘텐츠로의 지속적인 탄생을 하는 운초는 단순히 과거의 인물이 아니라 현실에서 살아 움직이는 인물로 우리의 삶을 풍요롭게 하는 좌표로 활용할 수 있을 것으로 기대된다.

역사는 단순히 고정된 사실에 집착하는 것이 아니라 지속적인 변모를 모색한다는 측면에서 본다면, 부용의 묘를 정비하거나 이를 바탕으로 하는 문화콘텐츠를 개발하는 과정들 역시 역사를 새롭게 해석하는 적극적인 방안이라고 할 수 있다. 스토리텔링을 통한 운초 김부용의 이야기는 우리사회가 지닌 특수성과 문화적 사안을 점검해 볼 수 있는 매우 의미있는 작업으로 판단된다.

참고문헌

• 단행본
雲楚, 『芙蓉集』
강명혜, 『한국 문학, 문화와 문화콘텐츠』, 지식과 교양, 2013.
미 상, 「사상」, 삼천리, 제6권 제5호, 1934.
루카치, 이영욱 옮김, 『역사 소설론』, 거름, 1999.
인문콘텐츠학회, 『문화콘텐츠 입문』, 북코리아, 2006.

• 학회지
김광욱, 「스토리텔링의 개념」, 『겨레어문학』 제41집, 겨레어문학회, 2008.
김광선, 「한국 창작 뮤지컬의 현황-뮤지컬 「사춘기」를 중심으로」, 『한국연극학』 제36호, 한국연극학회, 2008.
김기국, 「문화콘텐츠의 인문학적 분석과 비판」, 김영순·김현 외, 『인문학과 문화콘텐츠』, 다할미디어, 2006.
김교빈, 「문화원형의 개념과 활용」, 『인문콘텐츠』 제6호, 인문콘텐츠학회, 2005.
김병길, 「황진이 설화의 문학적 수용과 변주에 관한 담화적 연구」, 『한국어교육학회지』 제132호, 한국어교육학회, 2010.
김여주, 「운초 시의 특징」, 『한국한문학연구』 제15권, 한국한문학회, 1991.
김용환, 「경남권 킬러 콘텐츠 소재 연구: 가야 설화를 중심으로」, 『인문논총』 제28권, 경상대학교 인문학회, 2011.
윤유석, 「역사 문화자원의 소통과 스토리텔링 방안 연구: 자서전 『백범일지』의 서사를 중심으로」, 한국외국어대학교 박사학위논문, 2010.

• 논문
박홍식, 「이야기학의 정립을 위하여」, 인문학콘텐츠학회, 경제 인문사회연구회, 『인문콘텐츠의 사회적 공헌』, 북코리아, 2013쪽.
박영민, 「운초, 관기와 기생첩의 경계에 선 하위주체」, 『한국고전여성문학연구』 제11권, 한국고전여성문학회, 2005.
_____, 「관기의 연회와 시회」, 『코키토』 제62호, 부산대학교 인문학연구소, 2007.
_____, 「19세기 여성화가 운초의 회화활동과 그 성격」, 『한국고전여성문학연구』 제17권, 한국고전여성문학회, 2008.
박명숙, 「스토리텔링을 통한 극문학 교육」, 『배달말』 제47집, 배달말학회, 2010.
서동훈 · 김효정, 「문화콘텐츠 개발을 위한 스토리텔링 전략: '삼성현'을 중심으로」, 『민족문화논총』 제43집, 영남대학교 민족문화연구소, 2009.
서지영, 「조선시대 기녀섹슈얼리티와 사랑의 담론」, 『한국고전여성문학연구』 제5집, 한국고전여성문학회, 2002.
신원선, 「드라마 〈황진이〉의 대중코드 읽기」, 『민족문화논총』 제35집, 영남대학교 민족문화연구소, 2007.
유동환, 「문화콘텐츠 기회과정에서 인문학 가공의 문제」, 『인문콘텐츠』 제28호, 인문콘텐츠학회, 2013.
진상란, 「진주시 역사콘텐츠 소재 활성화 방안에 관한 연구」, 경상대학교 석사학위논문, 2012.
조서현, 「제주유배인 추사 김정희 스토리텔링 콘텐츠 개발 방안」, 제주대학교 석사학위논문, 2011.
조극훈, 「동학 문화콘텐츠 개발을 위한 인문학적 기반 연구: 해월 최시형과 '영해 동학혁명'의 발자취를 중심으로」, 『동학학보』 제18권, 동학학회, 2014.
하경숙, 「기녀시조속에 나타난 섹슈얼리티 양상」, 선문대학교 석사학위논문, 2004.
_____, 「스토리텔링을 통한 역사인물의 가치와 의미-소현세자빈 강씨의 문화콘텐츠를 중심으로」, 『온지논총』 제39권, 온지학회, 2014.
홍숙영 · 정지영, 「뮤지컬의 갈등 스토리텔링 구조-뮤지컬 '바람의 나라'의 텍스트와 악곡을 중심으로」, 『예술과 미디어』 제12권 제2호, 한국영상미디어협회, 2013.

제 5 장

〈해녀 노 젓는 소리〉에 나타난
에코페미니즘 양상

1. 〈해녀 노 젓는 소리〉의 내용과 특질

자연은 인간이 끊임없이 살고자 하는 일련一連의 의지의 과정이다. 그 중에서 해녀海女는 예로부터 자연 속에서 살아가는 강한 힘을 지닌 여성의 집단이다. 이들은 가냘픈 여성임에도 불구하고 거친 바다와 싸우며 바다를 작업장으로 삼아 다양한 해산물을 채취한다는 점과 특수한 장비가 없이 상황에 따라서 20m까지 들어가는 초인간적인 힘을 지니고 있다는 점에서 매우 위대한 존재이다.

〈해녀 노 젓는 소리〉는 제주도 출신 해녀들이 뱃사공과 함께 돛배를 타고 본토로 출가出稼하거나 해산물을 채취하기 위해 뱃물질하러 오갈 때, 부르는 노래이다.[1] 이들의 노래는 오늘날의 에코페미니즘과 연결 지어서 생각할 수 있다. 오늘날 여성주의(feminism)는 남성 위주의 권력투쟁과 전쟁의 양상이 아니라 여성성과 바로 연결되는 에콜로지(ecology)의 중요성을 깨닫게 하는 환경環境으로 전환되었다. 그래서 '환경여성주의'로 번역되는 에코페미니즘이 새로운 가치체계로 주목된다. 에코페미니즘은 보다 근

---

1) 이성훈, 『해녀의 삶과 그 노래』, 민속원, 2005, 41쪽.

본적인 생명의 재생산의 핵심인 여성을 중심에 두는 사고이다. 여성은 단순히 여성이 아니라 만물萬物의 근원根源이다. 이는 남성들이 가져온 생산주의에 대한 여러 면에서의 한계를 보여주는 측면이기도 한다. 에코페미니즘은 유행의 사조가 아니라 오늘날 절실한 가치이다. 생태학이란 용어에서 에코(eco)어원이 "가정" 또는 "가계"를 의미하는 그리스어 오이코스(oikos)에서 나왔다는 것은 시사하는 바가 크다. 페미니즘은 다양한 사상들이 혼합되어 있고, 그것이 장점으로 설명되기도 하지만 자연 지배와 여성 억압을 근대 이분법적 사고에 따른 남성중심적, 인간중심적으로 나누어 생각한다. 그러나 크게 문화적/급진적/영성적 에코페미니즘과 사회적/사회주의적 에코페미니즘으로 나뉘면서 각각의 문제 의식을 지니고 있다.

〈해녀 노 젓는 소리〉는 바다를 배경으로 그들의 강인한 생활력과 의식이 그대로 드러난다. 17세기 후반에는 해녀들이 전복 채취의 역할을 주로 담당하게 되었다. 이처럼 해녀들은 바다라는 공간을 통해 다양한 삶의 형상을 보이고 있다. 이들에게 바다라는 공간이 지니고 있는 의미는 매우 넓다. 바다라는 공간은 단순한 의미가 아니라 그들의 모성과 연계하여 생각할 수 있고, 또한 순환과 상생이라는 가치의 자연공간이다. 또한 이들이 지어 부르는 노래 〈해녀 노 젓는 소리〉를 통해서 그들의 삶의 특질과 성찰을 엿볼 수 있다. 〈해녀 노 젓는 소리〉는 시공을 초월하면서 이어지는 장르임과 아울러 그 때 그 순간 새롭게 창조되고 있는 공통적이면서 개별적인 매우 가치 있는 작품이라고 할 수 있다. 이 논문에서는 에코페미니즘에서 다루는 몇몇 주장과 요소를 요약하여 소개하고, 〈해녀 노 젓는 소리〉에 나타난 자연과 여성의 의미를 통해 에코페미니즘의 입장을 확인하고 분석하고자 한다.

2. 〈해녀 노 젓는 소리〉와 에코페미니즘의 의미

에코페미니즘(ecofeminism)은 생태학(ecology)과 여성주의(feminism)

의 합성어로, 1974년 프랑스 작가 프랑수아즈 드본느(Francoise d'Ea-ubonne)에 의해 처음으로 사용되었다. 드본느는『페미니즘 또는 파멸』이라는 저서에서 여성과 자연이 억압과 직접적인 연관성이 있다는 가설을 제시하며 에코페미니즘을 출발시킨다. 그리고 생산의 토대로 작용하면서도 문명의 중심에서 소외되어 온 자연과 여성의 공통점을 발견함으로써 생태주의와 페미니즘 논의를 통합적으로 진전시킨다.2) 본격적으로 시작된 에코페미니즘도 두 가지 경향으로 나뉠 수 있다. 하나는 급진적, 문화적, 영성적 에코페미니즘이고, 다른 하나는 사회적, 사회주의적 에코페미니즘이다.3) 다시 말해 여성과 자연의 연관성에 주목하여 논리를 심화시킨다는 견해와 정의의 실현을 위한 잠재력을 가지고 있다는 견해로 볼 수 있다.4)

여성의 몸은 근본적으로 남성과 큰 차이가 있다. 에코페미니스트의 입장에서 본다면 남성은 정복과 지배를 특성으로 삼으면서 도덕적 측면에서 정의와 권리를 내세우며 인간관계를 계급적, 기계적 원자론적으로 파악한다. 반면 여성은 임신을 하고 출산을 하며 양육하는 등 주로 생식과 깊게 관련되어 있으므로 생리적인 모태母胎지향성을 특징으로 삼으며 도덕적 측면에서 보살핌이나 돌봄의 윤리를 여성성으로 내새우게 된다. 인간관계 또한 그물이나 거미줄처럼 보면서 사물을 종합적이고 전일적으로 파악한다고 주장한다.5)

이처럼 에코페미니즘에서는 여성의 억압과 자연의 위기가 동일한 억압구조에서 비롯되었다고 파악하며 이 문제를 동시에 해결해야 한다고 본다. 에코페미니즘의 주장에 따르면 자연의 위기나 여성의 억압은 모두

---

2) 로즈마리 퍼트남, 이소영 옮김,『페미니즘 사상』, 한신문화사, 2000, 25쪽.
3) 박이문,「녹색의 윤리」,『녹색평론』제15호, 녹색평론사 1994, 41~51쪽.
4) 김임미,「에코페미니즘 논리와 문학적 상상력」, 영남대학교 박사학위논문, 2003, 5쪽.
5) 이지엽,「에코페미니즘의 시학을 위하여: 90년대 여성시인 작품 분석」,『시조시학』, 고요아침, 2007, 235~236쪽.

남성중심 서구중심의 가치관으로 비롯된다고 본다.[6)]

〈해녀 노 젓는 소리〉가 형성된 시기는 언제부터이고, 본토에 전파되어 본격적으로 가창歌唱되기 시작한 시기를 규명하는 것은 어려운 일이지만, 적어도 15세기 말 이전에 형성되었다고 볼 수 있다. 그 안에는 에코페미니즘적인 사유思惟와 관심觀心이 분명히 나타나고 있는 것으로 설명할 수 있다. 〈해녀 노 젓는 소리〉의 서정적 사설 유형은 '신세한탄 · 이별 · 연모 · 인생무상 · 가족걱정 · 기타(전설)' 등을 주제로 하면서 다른 유형의 민요와 시가 작품의 사설과 교섭되거나, 개인적 창자의 능력에 따라 새롭게 생성되고 있다.[7)] 노 젓는 노동과 물질 작업 실태와 부합되는 게 대부분으로, 사설 내용이 노 젓는 일을 독려하고 지시적 기능을 수행하기 위한 하나의 방편이 될 수 있기 때문이다.[8)] 해녀들은 점차 그 기술이 발전하고 인원이 늘어감에 따라 도내에만 머물리 않고 도외로 속속 진출하기 시작했다.[9)]

에코페미니즘의 시각으로 〈해녀 노 젓는 소리〉를 검토하는 것은 생태주의적 · 여성주의적 관점을 포괄하면서 그 속에 내재된 충만한 생명의 정신에 접근하는 방법이 될 수 있다. 〈해녀 노 젓는 소리〉에는 에코페미니즘에서 제기하고 있는 문제의식과 감수성, 대안 등이 다양하게 축척되어 있는 것으로 판단된다. 그 이유는 여성이 생계 노동을 통한 자연과의 직접적인 교류, 자녀의 양육과 보살핌 노동을 통해 자연에 대한 이해에 인식론적 특권이 있는 것으로 이해하는 관점을 생물학적生物學的 본질주의로 간단히 치부하는 태도를 벗어날 수 있는 노래이기 때문이며, 여기에 여성의 경험과 사회 · 역사적 현실을 간과하는 담론적인 주장으로부터 반

---

6) 김상진, 「생태주의 관점에서 본 기녀시조」, 『시조학논총』 제36집, 한국시조학회, 2012, 19쪽.
7) 변성구, 「해녀노래의 사설 유형 분석」, 현지 김영돈박사 화갑기념논문집 간행위원회편, 『제주문화연구』, 도서출판 제주문화, 1993, 81~134쪽.
8) 「〈해녀 노 젓는 소리〉 사설의 현장론적 분류와 유형」, 『고전과 해석』 제6집, 고전한문학 연구학회, 2009
9) 강대원, 『해녀연구』, 한진문화사, 1973, 43쪽.

성할 수 있는 계기가 될 수 있기 때문이다.[10] 또한 기존의 이분법적二分法的 세계를 극복하여 자연을 통한 화합和合과 공존共存의 세계를 내포하고 있다는 것은 생명존중의 정신이 지니는 가치를 알 수 있다. 에코페미니즘은 사상이라기보다는 형성중인 경향으로서 이론의 치밀성 보다는 분화성, 다양성, 과정성 등을 전개의 특성으로 한다. 따라서 에코페미니즘의 분석을 통해 그 특성을 본질주의, 친자연주의, 사회적 성체계의 극복으로 구분 할 수 있다.[11]

에코페미니즘에서의 자연 친화적親和的 이미지는 자연과 인간이 서로 조화를 이루며 서로 상호 의존적 관계 속에서 인간과 자연의 관계를 불균형적으로 변화시키고자 하는 것이다. 그리고 자연의 생태적 균형과 회복, 인간사회에서의 계급과 성에 따른 불평등한 사회관계를 변화시키는 의미이다. 이러한 에코페미니즘의 자연 본질적 아름다움에 대한 추구는 생명체에 생명력을 갖게 하고 인간과 융화된 자연의 본질성에 의한 이미지를 순수의 추구와 함께 생성되는 생명력으로 표현하는 것이다.[12] 다시 말해 에코페미니즘은 생명의 풍부함과 다양함을 가치 있는 것으로 여기고 인간사회에서의 이원론과 자연에서의 이원론을 극복하는 것이 자연의 생태 위기 해결 뿐 아니라 인류 생존을 구원하는 것이라고 강조하고 있다. 여성과 자연의 생태를 동일하게 보고 그 본래적 의미를 알고 에코페미니즘에서의 자연성이 모든 것이 파괴되기 전 원래의 모습을 회복하고자 하는 것에서 그 본질을 추구하는 것이다.

---

10) 김임미, 「에코페미니즘과 지혜의 언어」, 『여성이론』 제10호, 여성문화이론연구소, 2004, 227쪽.
11) 김은희, 「에코페미니즘적 관점에서 본 제주도 칠머리당 영등굿춤 연구」, 경희대학교 박사학위논문, 2011, 53쪽.
12) 김은희, 위의 논문, 56쪽.

3. 〈해녀 노 젓는 소리〉에 나타난 에코페미니즘적 특성

'해녀노래'를 현지에서는 '해녀 뱃노래', '해녀질 소리', '해녀질 ᄒ는 소리', '잠녀 소리', '잠수질 하는 소리' 등으로 부르는데, 'ᄌᆞᆷ녀'는 '잠녀潛女', 'ᄌᆞᆷ수'는 '잠수潛嫂'로 불리는 것은 노동요勞動謠 같은 본원적인 노래는 고정된 노래명謠名이 있을 수 없고, 노래하는 상황을 요약하는 말로서 조사자와 제보자 사이에 뜻이 소통되는 표현이 곧 민요 이름이 되기 때문이다.13) 〈해녀 노 젓는 소리〉는 해녀들이 '뱃물질'하러 오갈 때 돛배의 '젓걸이노'를 저으며 주로 부른다. 간혹 'ᄀᆞᆺ물질' 나갈 때 테왁 짚고 헤엄치면서 〈해녀 노 젓는 소리〉를 부르기도 하는데, 사설辭說이 같고 가락이 조금 빠른 편이다.14) 서해안 지역은 동해안 및 남해안에 비해 노 젓는 소리가 가장 많이 조사된 지역이다. 서해안 지역의 노 젓는 소리는 평안북도 3곡, 평안남도 1곡, 평양시 1곡, 남포시 2곡, 황해도 1곡, 인천시 13곡, 경기도 2곡, 충청남도 11곡, 전라북도 7곡으로 모두 41곡이 분포되었다.15) 해녀 노 젓는 소리는 일반민요와는 다른 특수성을 지닌 것으로 볼 수 있다. '노를 젓는다'는 특정노동의 형태로 인하여 기능적으로는 폐쇄성을 보이지만, 담당계층인 해녀들이 여성이라는 측면의 정서적 보편성 혹은 열린 모습을 보여준다.16) 해녀들이 바다라는 공간속에서 노동을 통해 삶을 이어가는 동안 그 안에는 에코페미니즘에서 강조하는 여러 가지 사항들을 저절로 익히고 완성하고 있다.

이에 가장 기반이 되는 것은 남녀사이에 존재하는 차별을 차이의 존중으로 변화시켜야 하며, 여성과 자연의 동질성이라 할 수 있는 '억압의 상

---

13) 김영돈, 『제주도 민요연구』, 민속원, 2002, 72쪽.
14) 이성훈, 「민요 가창자의 시간과 공간 의식」, 『온지논총』 제17권, 온지학회, 2007, 388쪽.
15) 문봉석, 「노 젓는 소리의 지역별 차이와 의미-음구조를 중심으로」, 『한국 민요학』 제35집, 한국민요학회, 2012, 40쪽.
16) 조규익, 「'해녀 노 젓는 소리' 사설 구성 및 전승의 원리」, 『탐라문화』 제31권, 제주대학교 탐라문화연구소, 2007, 89쪽.

황'으로부터 벗어나야 가능해진다.[17] 해녀들의 삶은 바다라는 자연공간과 이원화할 수 없다.

흔히 에코페미니즘에서는 '남성 = 문명 = 자본 = 소비', '여성 = 자연 = 명 = 생산'의 의미로 성차性差를 파악한다. 그리고 남성 중심의 문명이 이룩한 서구의 물질문명이나 자본주의의 문제를 해결하는 데에 자연에 가까운 여성이 대안으로 제시될 수 있다고 본다.[18] 에코페미니즘은 근대 가부장제에서 도외시되었던 여성적 관점과 능력을 강조하고 실천함으로써 근대가 지닌 많은 갈등과 차별의 문제를 극복할 수 있는 대안으로서 설명 할 수 있다. 여기에는 남성지배 여성종속의 근원이 자연에 대한 인간의 지배논리와 같다는 인식이 자리 잡고 있다. 에코페미니즘에서의 자연은 여성과의 동일이자 하나의 커다란 생명력을 가진 힘이라고 생각한다. 자연이 단순히 인간에게 언제나 이롭고 감싸는 존재만이 아닌, 인간의 선택가치를 넘어선 끊임없이 유동하고 변화하는 격동적인 에너지 잉태하고 낳고 기르는 생명력을 가진 하나의 유기적인 힘이다.[19] 또한 자아自我와 타자他者를 구분하고 독립성과 독자성, 분열과 분리를 강조했던 문화로부터 벗어나기 위해서는 여성의 여성다운 시각이 중요하게 부각될 수 있다. 남성들을 닮아 이성적이고 폭력적인 발전논리에 빠질 것이 아니라 그동안 폄하되었던 상호 의존적이고 비폭력적인 여성들의 공존 윤리를 재건설하자는 것이 에코페미니스트들의 생각이다.[20] 이런 점에 비추어 〈해녀 노 젓는 소리〉에 나타난 에코페미니적 요소를 점검하고자 한다.

---

17) 김미영, 「신경숙의 장편소설에 나타난 에코페미니즘 글쓰기와 다문화시대의 논리」, 『동아시아문화연구』 제35집, 한양대학교 동아시아 문화연구소, 2013, 248쪽

18) 한국여성문학회, 『한국 여성문학 연구의 현황과 전망』, 소명출판사, 2008, 468쪽.

19) 전혜정, 「에코페미니즘 관점에서의 미야자키 하야오의 작품세계」, 『애니메이션연구』 제4권 제1호, 한국애니메이션학회, 2008, 95쪽.

20) 미라이 미스·반다나 시바, 손덕수·이난아 역, 『에코페미니즘』, 창작과 비평사, 2000, 150~168쪽.

1) 자연과 생명의 열망

에코페미니즘에서의 모성 회귀回歸적 표현은 모태를 동경하는 감성을 표현하는 이미지로 모성과 자연의 생명력을 표현한다. 자연 안에는 무한한 생명성과 독립성이 잠재되어 있음을 포함하고 있다.

> 물론이오, 바다에 대하여서까지 욕심을 부리게 되것슬것입니다. 그리하여 바다가도 해물 구하려 나가는 사람들은 날로 자젓고 날로 만힛슬것이니 그 때문에 여튼갓에 잇는 해물은 하로 이틀 사람의 손에 다 거치엿슬것이오, 소감사잇는 생물은 사람의 손이 미치지 못하는 깁흔 바다로 슬금슬금 뺑소이를 첫슬것입니다. 그리되면서부터 사람들은 다리만 것고 들어가서 잡듭것을 바리를 벗고 드러 깁히 들어가야 잡게 되었고 나종에는 온복을 다 벗고 들어가야 잡도록 되었고 맨 나종에는 키가 넘는 깁흔 물속가지 들어가야 참말 욕심나는 해물을 만히 엇게 될 것을 알엇습니다. 이와가티 먼 바다에까지 나갈 수 있는 헤엄치는것과 물속으로 자유롭게 들락날락하는 잠수의 필요를 늣기고 그런 일을하여 성공한 것이 오늘날 우리「잠네」의 유례라고 생각합니다. 그러나 물위를 헤엄처나가는 것과 물속으로 들어가는 것만으로는 아직도 미비한 것이 만습니다.[21]

모두가 먹기 위한 값진 노동을 하고 순수하게 자연에서 난 것을 먹는, 이렇게 자연과 유기적으로 상생하는 그런 공동체를 에코페미니즘에서는 자급적 관점에서 이상적인 모델로 본다.[22] 그런 측면에서 본다면 해녀들은 에코페미니즘에서 언급한 자연과 더불어 상생相生하는 소규모 공동체의 모습을 상세히 보여준다고 할 수 있다. 위의 글을 통해 알 수 있는 것은 해녀들 스스로가 필요에 의해 자연발생적으로 생긴 직업職業이라는 사실을 인식하고 자신의 업에 대해 비하된 시선을 갖지 않는다. 해녀들은 바닷가에 사는 사람은 해산물을 채취할 수밖에 없기에 이는 아주 자연스러운 직업이며 일이라고 언급하면서 자급적 자세를 취하고 있다.[23] 해산

---

21)『매일신보』1931.9.12(토), "「해녀생활 보고」-최학송 제2신", 강명혜 최초 발굴
22) 전혜정, 앞의 논문, 96쪽.
23) 강명혜,「〈해녀 노 젓는 소리〉의 통시적·공시적 고찰 1-서부 경남 지역의 본토

물이 많을 때에는 물가에서 옷을 약간 걷거나 하면서 채취했지만, 해산물이 깊은 바다에 숨고부터는 옷을 점차 벗으며 점점 깊은 데로 들어갈 수 밖에 없는 상황에 대하여 자신들의 삶을 영위하는 모습에 대해서 비하卑下의 시선으로 바라보지 않기를 바라는 순수한 의미가 담겨있다.

> 해산海産에는 단지 생복生鰒, 오적어烏賊魚, 분곽粉藿, 옥두어玉頭魚 등 수종이 있고, 이외에도 이름 모를 수종의 물고기가 있을 뿐으로 다른 어물魚物은 없다. 그 중에서도 천賤한 것은 미역을 캐는 여자를 잠녀潛女라고 한다. 그들은 2월 이후부터 5월 이전에 이르기까지 바다에 들어가서 미역을 채취한다. 그 미역을 캐낼 때에는 소위 잠녀가 빨가벗은 알몸으로 해정海汀을 편만遍滿하며, 낫을 갖고 바다에 떠다니며 바다 밑에 있는 미역을 캐어 이를 끌어올리는데, 남녀가 상잡相雜하고 있으나 이를 부끄러이 생각하지 않은 것을 볼 때 놀라지 않을 수 없다. 생복을 잡을 때도 역시 이와 같이 하는 것이다.[24]

17세기 전반까지만 하여도 전복을 따는 것은 잠녀들이 전적으로 담당해야 할 몫은 아니었다. "잠녀潛女는 미역을 캐는 여자"이면서 부수적으로 "생복을 잡는 역"도 담당하였다.[25] 또한 조선후기에 이르자 포작의 수는 절대적으로 감소하고, 그들이 맡던 전복 채취의 역은 잠녀들이 주로 맡게 되었다.[26] 여기에서 자연은 모든 생명체의 창조, 재생, 지탱의 순환 구조 속에서 활동하고 생산적인 힘이 된다. 해녀들에게 바다라는 공간은 생명을 창조하는 공간이고 그들을 유지하게 하는 근원적이고 생산적인 곳이다.

따라서 여성적 원리의 화신이자 창조적 표현으로서의 자연은 창조성創

출가 해녀를 중심으로」, 『온지논총』 제12집, 온지학회, 2005, 121쪽.
24) 이건 저 · 김태능 역, 「제주풍토기」, 『탐라문헌집耽羅文獻集』, 제주도교육위원회, 1976, 198쪽.
25) 이성훈, 「해녀 노 젓는 소리의 형성과 본토전파」, 『우리문학연구』 제24집, 우리문학회, 2008, 57쪽.
26) 박찬식, 「제주 해녀의 역사적 고찰」, 『역사민속학』 제19호, 한국역사민속학회, 2004, 146쪽.

造性, 활동성活動性, 생산성生産性, 형태 및 형상의 다양성多樣性, 인간을 포함하는 모든 존재 사이의 연결성과 상호관련성, 인간적인 것과 자연적인 것 사이의 연속성連續性, 생명의 신성성神聖性을 그 특징으로 한다.[27] 무엇보다 에코페미니즘이 추구하는 궁극적 목표는 "인간과 인간, 인간과 자연 사이의 조화요 균형"[28]인데 해녀 노 젓는 소리에는 이러한 사안들이 잘 형상화되고 있다. 여기에서 의미하는 조화는 모든 생명성의 공존이라고 볼 수 있다.

        너른바당   앞을내연
        흔 질두질   들어가난
        저승질이   왓닥갓닥[29]

        너를 바당   앞을 재연
        흔 질 두 질   들어가난
        홍합대합   비쭉비쭉
        미역귀가   너훌너훌
        미역에만   정신 들연
        미역만   흥단 보난
        숨 막히는 중   몰람고나[30]

위의 노래는 해녀들이 창망滄茫하고 드넓은 바다에 나가 해산물을 채집하기 위해 무자맥질하는데 목숨을 건 투지가 분명히 드러난다. 또한 이처럼 위험이 도사린 바다 속에 뛰어 들어 목숨을 걸고 잠수작업을 하는 해녀들의 삶의 모습은 매우 구체적이고 사실적이다. 해녀들의 작업은 '바다'라는 공간이 주는 혜택을 누리는 동시에 그곳에서 공존하면서 살아야 하는 것을 알려준다. 해녀들의 노래에는 생명을 생산, 재생산

27) 반다나 시바, 『살아남기』, 솔출판사, 1998, 38~42쪽.
28) 김욱동, 『문화생태학을 위하여』, 민음사, 1998, 410쪽.
29) 김영돈, 『제주도 민요연구 상』, 일조각, 1997, 214쪽, 노래 832번.
30) 김영돈, 위의 책, 215쪽.

하고, 독립적으로 살아가는 방법과 자기 목소리로 말할 수 있는 능력이 내재되어 있다. 이는 인간에게 자부심과 위엄을 부여할 수 있는 지식이 될 것이다. 단순히 지식이 아니라 오래된 생존의 지혜라고 할 수 있다. 생명은 다양성에서 비롯되고, 그러한 생명의 다양성을 보존하는 것은 여성의 노동과 지식의 역할이자 임무라고 할 수 있다.31) 이 집단에서는 남자의 생산주의生産主義보다는 여성의 노동과 지식이 여러 면에서 강조되고 있다.

이여도사나 어허	이여도사나
브름 불엉	절 갠 날 싯느냐
브름 부난	파도가 씨다
어서 젓엉	어서 나가자
즈냑이나	붉은 때 흐영
어린 애기	젓을 주라
이여도사나	이여도사나32)

이여 사나 홍	이여도 사나 홍
앞브름은	고작굴이 불어 오곡
뒷브름은	없어나 지네
이여 사나 홍	이여도 사나33)

파도가 잔잔하거나 노를 천천히 저을 때는 '이여도사나, 이여사나, 이여싸'와 같은 가락 있는 후렴을 부른다. 구연 현장인 바다가 안정된 상황으로 자신의 신세를 한탄하거나 애정 문제 같은 생활 감정을 노래하기에 적합하기 때문에 그렇다.34) 바람이 거슬러 불고 파도가 세고 거친 상황에

---

31) 김임미, 앞의 논문, 238쪽.
32) 이성훈 채록, 제주도 성산읍 온평리, 1986.7.29, 양송백(여, 1905년생)
33) 진성기, 『제주도민요』 제2집, 중앙미술사프린트부, 1958, 69쪽.
34) 이성훈, 「〈해녀 노 젓는 소리〉 사설의 교섭 양상」, 『한국민요학』 제22집, 한국민요학회, 2008, 199~249쪽.

서는 자칫 해난 사고의 두려움을 갖기 마련인데, '바람이 불어서 파도가 잔 날이 있느냐고 반문反問하고, 바람이 불기 때문에 파도가 세므로 빨리 노를 저어야 갈 수 있다고 자문자답함으로써 공포심을 떨쳐버리고 노 젓는 데 혼신의 힘을 쏟으려는 의지가 보인다.[35] 바다라는 공간은 변화무쌍變化無雙하므로 한치 앞도 예측하기 어려운 자연공간이다. 홀연 광풍狂風이 불기도 하고 파도가 거세지기도 하는 상황에서 목숨을 담보로 하여 노를 저어가야 하는 이들의 모습은 매우 위태롭고 위험하다. 이러한 상황에서 그들이 보여주는 삶에 대한 굳은 의지와 노동勞動의 가치는 노래 속에서 형상화되어 있다. '물질하러 나갈 때'는 해산물이 풍부한 어장에 도달하기를 소망하거나 기원하는 사설, 어장에 남들보다 먼저 도착하려고 노 젓는 일을 독촉하거나 권유하는 사설이 있으며, '물질하고 돌아올 때'의 사설은 자신과 남편을 걱정하는 사설, 해산물 채취의 어려움이나 물질 기량이 모자람을 토로하는 사설 등이 있다.[36]

〈해녀 노 젓는 소리〉에는 에코페미니즘에서 추구하는 자연의 본질적 아름다움에 대한 갈망과 생명에 대한 열광적 주체의식 뿐만 아니라 인간과 동화된 자연의 본질에 대해 한층 이해하게 한다.

2) 모성과 희생의 소산

인간은 유독 모성母性에 대한 강한 열망을 지니고 있다. 모성은 인간이 살아가면서 항상 갈구하는 대상이고, 지혜와 해답의 원천으로 그들을 위로 해주는 강한 존재이다. 현대인이 겪는 대립과 대결의 구도에서 화해와 평화를 추구하는 경향이 지배적인 새로운 세기의 비전으로 부드러운 모성적 정서가 손색이 없음을 인지시켜 준다.[37] 또한 모성은 에코페미니즘

---

35) 이성훈, 「민요 제보자의 생애와 사설」, 『백록어문』 제2집, 제주대학교 국어교육과 국어교육연구회, 1987, 327쪽.
36) 이성훈, 앞의 논문, 143쪽.
37) 구명숙, 「김후란 시에 나타난 "가족"의 의미와 현실인식-『따뜻한 가족』을 중심으로」,

에서 중요하게 다루는 부분으로 여겨진다. 이는 여성의 특성이 가장 잘
나타나는 측면이기 때문이다. 돌봄 또는 보살핌으로 드러나는 타자윤리
는 모성성을 근간으로 하는데, 에코페미니즘에서 특히 중시하는 '돌봄'의
특성은 실천의 주체에 있다.[38]

이여사이여사나	이여도사나
쌀물때랑	주어에가고
들물때랑	앞개에가게
이여사이여사나	이여도사나
어딜가민	괴기하크니
이놈이배야	대바당가게
이여사이여사나	이여도사다
우리집	큰딸애기
나기다리당	다늙으키여
이여사이여사나	이여도사나[39]
엄마 엄마	허는 아기
저 산천에	묻하나 놓고 허
한라산을	등에다 지고
연락선을	질을 삼아 하
거제도를	멀 허레 오란
받는 것은	구숙이고
지는 것은	눈물이로다
이여사 하	
요 금전을	벌어다
우는 애기	밥을 주나 하
병든 낭군	약을 주나 하
혼차 벌엉	혼차 먹엉

『한국사상과 문화』 제51권, 한국사상문화학회, 2010, 104쪽.
38) 김미영, 앞의 논문, 250쪽.
39) 임동권, 『한국민요집』 1, 집문당, 1974, 51쪽.

요 금전이	웬말이더냐 하
이여싸 하	이여싸[40]

위의 인용문은 이기순이 가창한 〈해녀 노 젓는 소리〉인데, 제주도를 떠나 거제도로 이주할 수 밖에 없었던 사연을 노래하는 것이다. 이 노래 는 가창자歌唱者가 제주도에서 겪었던 일들은 거제도巨濟島에서 살면서 물질할 때 화자의 시점으로 부르고 있다. 이 노래에는 가창자의 비극적인 사실들이 잘 나타나 있다. 자식과 남편을 잃은 슬픔을 보여주며 자문자탄 의 형식을 취하고 자신의 처지를 강조하고 있다. 열심히 돈을 벌었던 이 유도 실은 자식을 키우고 가정을 굳건히 하기 위한 수단이었음에도 불구 하고 더는 존재의 의미를 잃은 여성의 한탄이 나타난다. 자신의 삶을 살 기 보다는 오직 가족을 위해서 자신을 헌신하는 안타까운 여성의 모습을 사실적으로 보여주고 있다. 모성은 어머니와 아내라는 무거운 책임으로 전가될 수 있지만, 그와 동시에 사막과 같은 거친 삶을 살아가는 이유로 여성에게는 힘의 원천이며 유일한 통로이기도 하다.

악마 ᄀᆮ뜬	요 금전을
벌어서도	이여사나
논을사나	밭은 사나
얼은 자식	대학출신
사각모자	씌울라고
나가 요리	한단 말고 이여사나
이여사나	이어사나

위의 인용문은 가창자 윤미자의 〈해녀 노 젓는 소리〉이다. 이 노래에 서 화자는 온갖 고생을 하면서 번 금전으로 논을 사겠냐, 밭을 사겠냐고 자문한다. 이는 자신의 부귀영화를 선택하는 것이 아니라 자식의 입신양

---

40) 이성훈, 「강원도 속초시 해녀 〈노 젓는 노래〉와 생애력 조사」, 『숭실어문』제19집, 숭실어문학회, 2003, 488~489쪽.

명立身揚名을 위해 물질 작업을 했고 고생을 참아내었다는 것이다. 자신의 고통은 염두에 두지 않고 사각모로 상징하는 자식에 대한 교육열敎育熱은 현재의 고통을 참아내는 이유이고 동시에 그녀가 지닌 지극한 모성을 잘 나타내었다. 이처럼 해녀의 일상은 정신적·육체적 고통의 연속이며 이를 참아내야 한다.

'바다'는 우주의 자궁이며, 여성의 몸은 생명의 모태로 세계의 근원이자 우주의 생성원리를 내포하고 있다. 모성은 강한 생명의 열망이며 생의 근원으로 작용한다.

모든 남자는 배를 저으며 취사와 어린이 보는 일을 도맡아 하고 여자는 테왁을 들고 감연히 바다에 뛰어들고 있다. 이렇게 해서 해녀는 하루 한두 번 씩 물때를 맞춰 멀리 난바다에까지 나가 40분 내지 1시간 동안 일한다. 모두가 썰물을 타서 난바다에 나가 밀물 때 돌아옴으로 활동시간은 그 천만의 간만의 어간이다. 이렇게 해서 이 일에서 돌아오면 곧 또 농사에 종사한다.[41] 여기에서 여성이 생계를 위해 노동을 하고 '바다'라는 자연과의 직접적인 교류를 통해서 자녀를 양육하고 보살필 수 있는 한편 동시에 노동을 통해 몸소 자연에 대한 이해를 하게 된다. 그렇다면 이는 단순히 출산과 생물학적 측면으로 모성을 설명할 수 없다. 모성은 임신과 출산, 양육과 같은 생물학적 요소뿐만 아니라 그 과정에 투영되는 이데올로기라는 사회적 요소와 심리적인 부분까지도 모두 포함하는 대단히 의미 있는 것이다.

4. 〈해녀 노 젓는 소리〉에 나타난 에코페미니즘의 가치

고대古代에는 자연을 정복하거나 착취의 대상으로 삼는 것이 아니라, 풍요와 다산을 상징하는 여신女神을 숭배하면서 오히려 자연에 대한 경외

---

41) 마에다겐지, 「제주도에 대해」, 『문교文敎의 조선』, 홍성목 역, 『「제주도」의 옛 기록』, 제주시우당도서관, 1997, 13~14쪽.

심敬畏心을 가지고 있었다. 그럼에도 불구하고 이제는 여성과 자연의 풍요로움과 생명력을 논하는 것을 단순히 구시대적이며 원론적原論的인 담론으로 치부하는 경향이 있다. 그러나 여성과 자연은 고정된 존재가 아니라 상호관련을 맺고 의지하는 힘의 중심으로 이해해야 한다. 이런 측면에서 에코페미니즘을 여성과 자연이 단순히 생명을 기르고 평화를 추구하는 것으로 재현한다는 사실에 비판적 시선을 가질 수 있다. 〈해녀 노 젓는 소리〉에 내재된 여성이 가진 자연성, 모성, 관능에 주목하는 동시에 해녀집단이 가진 특수성은 자연을 보호하고 공존共存할 수밖에 없는 상황이다. 그러나 해녀집단의 현실은 실로 열악하다. 타 분야와 비교하여 직업적 열세를 면치 못하고 있으며, 수산업 말단 생산자로서 정치경제적·사회적 지위의 불안정성이 거듭되어 그 지위란 회의적인 수밖에 없다.[42]

그럼에도 불구하고 해녀들은 자신들이 가진 기술을 통해 자연 속에서 노동을 하며 살아가고 이는 에코페미니즘이 강조하는 이상적인 삶과 일치한다. 그러나 해녀들이 하는 노동의 강도는 그리 만만한 것이 아니다. '바다'는 무한한 자원을 주는 이상적인 공간이기는 하지만 고된 노동을 해야 하는 고통스러운 공간이기도 하다. 아울러 〈해녀 노 젓는 소리〉는 개인적인 체험과 감정에 따라서, 혹은 지역적인 특성이나 컨텍스트적(context)인 상황에 따라서 그때 그 순간에 부합되게 재창조되는 열린 텍스트의 기능을 하고 있다.[43]

> '이어도 사나 이어도 사나
> 니네야 배는 잘도 간다
> 우리야 배는 잘도 못 간다
> 생복고동 좋은딜로 가자

---

42) 안미정, 「해항도시의 이주자: 부산시 해녀 커뮤니티의 존재양상」, 『역사와 경계』 제89권, 부산경남사학회, 2013, 226쪽.
43) 강명혜, 앞의 논문, 137쪽.

앞 발르고 뒤 발라 주소'

좋은 디, 생복고동 하연 딜로 가서 '돈 벌게 헤여주시오'

영 헤그네 불르멍 영 막 네 젓엉가멍도 젓곡, 그 네착을 영 헹 여 영 젓주게.
풍선 잇잖아.

저, 영 육지 가 보민 영 뗌마가추룩 헌기 영 너부작한 배 헤영 그런 배
타그네 물질을 해 낫지. 야-바당으로 몰아오는 절이 무섭다.[44]

앞의 인용문은 미역의 채취량이 소라에 비해 절대적으로 많고 무게
또한 무거워서 제주도에서 물질 나갈 때 돛배를 이용한 것은 주로 마을
앞바다로 미역을 채취할 때라는 사실을 알려 준다.[45]

해녀들이 수산업 종사자라는 면에서 이들의 경제적 활동은 여성의 지
위 향상과의 관련을 점치게 하지만 유교적 가부장제 문화에서 이들의 사
회적 지위는 남성의 지위를 넘지 못한다는 점 또한 지적되고 있다.[46] 그
러나 이들은 바다를 통해서 많은 자원을 획득하고 풍요를 기원한다. 이처
럼 해녀집단은 자연과 더불어 살아가는 법, 사람들과 살아가는 방법 등을
스스로 터득했다. 이는 현명한 모성의 가치를 이야기하는 것이기도 하다.
깊은 바다와 더불어 소통疏通하며 살아가는 이들은 에코페미니즘에서 말
하는 자연과 소통하는 영성靈性적 능력을 발현하는 것으로 볼 수 있다.
일상적인 차원에서 발견할 수 있는 여성적 원리(Femine Principle)로서
에코페미니즘의 대안적 세계와 관련이 있는 영성이다. 이 영성은 생명에
대한 확신같은 것이지만 돌봄의 모성에 한정되기 보다는 이를 포함한 생
명력, 다양성, 역동성, 순환성으로서 상보적이고 상생적인 협력관계로 개
방된다.[47]

---

44) 『국문학보』 제16집, 제주대학교 인문대학 국어국문학과, 2004, 147~148쪽.

45) 이성훈, 앞의 논문, 71쪽.

46) 조혜정, 「제주도 해녀사회 연구: 성별분업에 근거한 남녀평등에 관하여」, 『한국인
과 한국문화』, 심설당, 1982, 143~168쪽.

47) 문순홍, 「생태여성론, 그 닫힘과 열림의 이론사」, 『생태학의 담론』, 솔출판사, 1999,
375~376쪽.

우리가 겪어나가고 있는 뒤틀린 사회 구조 속에서 어떤 미래가치를 주는 것이냐, 암담한 우리에게 어떤 새 좌표를 열어주고 있느냐의 문제는 여전히 의문으로 남는다. 그러나 다소 원시적으로 보이는 해녀들의 삶에서 충분히 그 답을 얻을 수 있다. 여성성女性性의 요소로 '관능官能'을 들 수 있는데, 이는 남자들의 시선에서 성적인 매력을 뜻하는 것이 아니라, '능히 잉태孕胎하고 기를만한 생명력生命力'이라고 이야기 할 수 있으며, 이는 〈해녀 노 젓는 소리〉에도 내재되어 있다. 자연을 통해 생명성을 확인하고 그 속에서 생명을 양육하고 삶을 영위할 수 있다. 다시 말해 에코페미니즘에서는 '나'라는 존재가 독립적인 존재가 아니라 자연의 삼라만상과 교류하는 '관계적 자아(relational self)'이며, 이때의 관계적 자아는 인간 스스로를 독립적인 존재로 인식하는 것이 아닌 관계적 그물망 안에서 그 대상과 밀접한 관계를 맺고 있는 것으로 파악한다.[48]

> 육지레 갈 때민 좁쌀, 보리쌀을 흔 두어 말씩 쌍 가질 안 흐느냐, 그뒨 강 쌀을 못 사난, 처음으로 거제도 미날구미엔 흔디 가신디. 남즈가 셋쯤 올르곡 흔 열다슷 명이 풍선으로 브름슬슬 불민 돗 돌곡 브름 읏인 때민 넬 다슷 채 놓앙 네 젓엉 가곡. 센 모루 넘어갈 땐 매 안 올라가가민 기신 내영 젓잰 흐믄 말판지멍 어기야차 디야 해가민 막 올라가느네. 밤이도 젓곡 낮이도 젓이멍 일뤠나 걸려시네[49]

이처럼 바람이 불면 돛을 달고 항해를 했으나, 바람이 멎거나 파도가 높아 센 마루를 넘어갈 때는 힘껏 노를 저었다는 사실을 알 수 있는데, 특히 센 마루를 넘어갈 때, 힘을 내어 노를 저으려고 하면 정판을 찧으며 〈해녀 노 젓는 소리〉를 구연하는 것이다.[50] 이를 통해 해녀들은 자연을 두려워하고 거부하기 보다는 주어진 상황을 슬기롭게 대처하기 위해서

---

48) 신두호, 「남성과 에코페미니즘」, 『영미문학페미니즘』 제9권 제1호, 한국영미문학 페미니즘학회, 2001, 53쪽.
49) 이성훈, 앞의 책, 160쪽.
50) 이성훈, 앞의 논문, 70쪽.

노력하고 있다.

자연은 인간에게 언제나 우호적이고, 무기력하고, 착취당하는 대상이
아니며 인간의 선악善惡적 가치판단을 넘어서서 스스로 의지를 가지고
왕성하게 살아가는 힘이다. 에코페미니즘의 성립 배경에서 알 수 있듯이
자연과의 관계 속에서 인간을 파악하고, 자연을 재정립하려는 노력은 우
리가 맞이한 현실적 상황의 위기를 자세히 보여준다. 근대의 발전 과정에
서 대다수의 사람들이 애써 외면해온 것처럼 인간은 더 이상 자연과의
불균형한 관계를 지속할 수 없다. 〈해녀 노 젓는 소리〉에는 해녀라는
여성 집단이 지닌 삶에 대한 경험과 사회·문화적으로 처한 현실을 고스
란히 담은 매우 의미 있는 텍스트이다. 해녀들은 외부의 힘에 의존하지
않고 스스로의 삶을 꾸려나갈 수 있는 역량力量이 있다. 또한 여성의 노
동, 지식, 재생산 능력, 여성성을 '바다'라는 공간을 활용하여 적극적으로
확대하고 있다. 무엇보다 이는 그들의 삶의 치유과 성찰의 가능성까지도
적용할 수 있다. 치유의 능력을 가지고 있는 여성성이 온전히 유지되기
위해서는 과거의 파괴적 개발이 아닌 자급적 대안이 이루어져야 하는데,
해녀들이 하는 작업들은 인간과 자연이 조화와 균형을 이룰 수 있는 완충
지대에서 가능한 것으로 보인다.[51]

지금의 사회현실은 자아와 타자를 구분하고 독립성과 독자성, 분열과
분리만을 강조하는 이기적인 온상이다. 그러나 이를 벗어나기 위해서는
자애롭고 포용력이 있는 여성의 시선을 중요한 대안으로 삼을 수 있다.
이에 〈해녀 노 젓는 소리〉에는 기존의 사회가 지닌 이성적이고 폭력적
인 논리에서 벗어나 그동안 등한시되었던 상호 의존적이고 비폭력적인
여성들의 공존 윤리를 기반으로 대안을 보여줄 수 있는 것은 검토할
필요가 있다.

---

51) 박미경, 「신동엽 시의 에코페미니즘 연구」, 『현대문학의 연구』 제50권, 현대문학연
구학회, 2013, 314쪽.

5. 〈해녀 노 젓는 소리〉에 나타난 에코페미니즘의 발전모색

〈해녀 노 젓는 소리〉는 제주도 출신 해녀들이 뱃사공과 함께 돛배를 타고 본토로 출가出稼하거나 해산물을 채취하기 위해 뱃물질하러 오갈 때, 부르는 노래이다. 이들이 노래속 구현하고 있는 노동의 의미, 모성애, 자연과의 공존은 오늘날의 에코페미니즘과 연결할 수 있다.

무엇보다 에코페미니즘은 자연과 문화, 나와 타자他者 사이의 경계들을 어떻게 관리하는 가에 대한 문제에 관심을 갖는 것이다. 에코페미니즘은 자연이 지닌 의미와 인간 세계와 자연과의 사이에 지니는 의미를 정립할 수 있는가 깊이 인식하는 것이다. 최근 에코페미니즘에 대한 논의는 활발하게 진행되고 있다. 그러나 여전히 그 어느 것도 확정된 사실은 없다. 또한 그 범주도 점차 확장되어 인간人間과 자연自然과의 관점에서 남성과 여성으로 확대되어 현대의 수많은 물질적 · 정신적 문제들을 극복할 대안代案으로 보이고 있다.52) 에코페미니즘은 그 개념이 복잡하고 다양한 이론들로 분화되어 있지만 결국 궁극적 목표는 여성성과 자연의 회복回復을 통하여 조화롭고 새로운 사회질서를 확립하려는데 핵심을 두고 있다. 에코페미니즘의 성립 배경에서 알 수 있듯이 자연과의 관계 속에서 인간을 파악하고, 자연을 재정립하려는 노력은 우리가 맞이한 현실적 상황의 위기를 자세히 보여준다. 근대의 발전 과정에서 대다수의 사람들이 애써 외면해온 것처럼 인간은 더 이상 자연과의 불균형한 관계를 지속할 수 없다.

〈해녀 노 젓는 소리〉에는 생명력이 고스란히 담겨 있다. 여성의 노동, 지식, 재생산 능력, 여성성을 '바다'라는 공간속에서 확장하고 연계하고 있다. 무엇보다 이는 그들의 삶이 지닌 의미가 인간의 치유와 성찰의 가능성까지도 확대하여 설명할 수 있다. 또한 자연을 통해 우호友好적이고, 따뜻한 보호를 느끼는 한편, 바다라는 공간을 통해 함께 공존共存하고 생존生存하는 법을 배우고 그것을 전달한다. 또한 자연의 의미를 재정립

---

52) 김은희, 위의 논문, 99쪽

하고 그것에 대한 노력을 통해 우리가 맞이하는 현실의 문제점을 정확히 지적한다. 인간과 자연의 균형 관계가 파괴된 시점에서 이윤의 극대화를 지향하는 생산 방식은 더 이상 의미가 없다는 것을 대부분의 사람들이 인식하고 있다. 지구 온난화와 대기 오염 등 자연 파괴의 결과를 직접적으로 겪으면서 인간과 인간, 인간과 자연의 관계를 본래적인 방식으로 이해하고 다시 재정립하는 계기가 될 수 있다.

〈해녀 노 젓는 소리〉에는 에코페미니즘에서 추구하는 자연의 본질적 아름다움에 대한 갈망과 생명에 대한 강한 열정이 분명히 재현되는 동시에 인간과 자연의 근원에 대해 세심하게 설명한다. 무엇보다 〈해녀 노 젓는 소리〉에는 바다라는 자연적 공간을 활용하여 해녀들이 지닌 모성과 연계하여 생각할 수 있다. 또한 이는 순환循環과 상생相生이라는 의미를 도출할 수 있는 무한한 생명력을 지닌 노래이다.

참고문헌

• 단행본

『매일신보』

김영돈, 『제주도 민요연구』, 민속원, 2002.

_____, 『제주도 민요연구 상』, 일조각, 1997, 214쪽, 노래 832번.

이성훈, 『해녀의 삶과 그 노래』, 민속원, 2005.

임동권, 『한국민요집』 1, 집문당, 1974.

미라이 미스·반다나 시바, 손덕수·이난아 역, 『에코페미니즘』, 창작과 비평사, 2000.

로즈마리 퍼트남, 이소영 옮김, 『페미니즘 사상』, 한신문화사, 2000.

박이문, 「녹색의 윤리」, 『녹색평론』 제15호, 녹색평론사 1994.

반다나 시바, 『살아남기』, 솔출판사, 1998.

한국여성문학학회, 『한국 여성문학 연구의 현황과 전망』, 소명출판사, 2008.

• 논문

강명혜, 「〈해녀 노 젓는 소리〉의 통시적·공시적 고찰 1-서부 경남 지역의 본토

출가 해녀를 중심으로」, 『온지논총』 제12집, 온지학회, 2005.

김상진, 「생태주의 관점에서 본 기녀시조」, 『시조학논총』 제36집, 한국시조학회, 2012.

김임미, 「에코페미니즘 논리와 문학적 상상력」, 영남대학교 박사학위논문, 2003.

_____, 「에코페미니즘과 지혜의 언어」, 『여성이론』 제10호, 여성문화이론연구소, 2004.

김은희, 「에코페미니즘적 관점에서 본 제주도 칠머리당 영등굿춤 연구」, 경희대학교 박사학위논문, 2011.

김미영, 「신경숙의 장편소설에 나타난 에코페미니즘 글쓰기와 다문화시대의 논리」, 『동아시아문화연구』 제35집, 한양대학교 동아시아 문화연구소, 2013.

구명숙, 「김후란 시에 나타난 "가족"의 의미와 현실인식-『따뜻한 가족』을 중심으로」, 『한국사상과 문화』 제51권, 한국사상문화학회, 2010.

변성구, 「해녀노래의 사설 유형 분석」, 현지 김영돈박사 화갑기념논문집 간행위원회편, 『제주문화연구』, 도서출판 제주문화, 1993.

이지엽, 「에코페미니즘의 시학을 위하여: 90년대 여성시인 작품 분석」, 『시조시학』, 고요아침, 2007.

이성훈, 「민요 가창자의 시간과 공간 의식」, 『온지논총』 제17권, 온지학회, 2007.

_____, 「민요 제보자의 생애와 사설」, 『백록어문』 제2집, 제주대학교 국어교육과 국어교육연구회, 1987.

_____, 「강원도 속초시 해녀 〈노 젓는 노래〉와 생애력 조사」, 『숭실어문』 제19집, 숭실어문학회, 2003.

_____, 「〈해녀 노 젓는 소리〉 사설의 현장론적 분류와 유형」, 『고전과 해석』 제6집, 고전한문학 연구학회, 2009.

조규익, 「'해녀 노 젓는 소리' 사설 구성 및 전승의 원리」, 『탐라문화』 제31권, 제주대학교 탐라문화연구소, 2007.

전혜정, 「에코페미니즘 관점에서의 미야자키 하야오의 작품세계」, 『애니메이션연구』 제4권 제1호, 한국애니메이션학회, 2008.

마에다겐지, 「제주도에 대해」, 『文教의 조선』, 홍성목 역, 「『제주도』의 옛기록」, 제주시우당도서관, 1997.

문순홍, 「생태여성론, 그 닫힘과 열림의 이론사」, 『생태학의 담론』, 솔출판사, 1999.

제6장

한국 여성 미인의
의미와 특질

1. 한국 여성미의 특질과 가치

아름다움에 대한 인간의 열망은 고대로부터 현재에 이르기까지 지속
적으로 논의된 문화적 산물이다. 이러한 열망은 오늘날의 현대 사회에까
지 이어져, 아름다운 외모는 사회문화적 권력을 기반하는 핵심적인 위치
를 차지하고 있다. 아름다움, '미美'란 추상적이고 주관적이므로 미인美人
을 평가하는 기준 역시 미인을 평가하는 사람의 연령대, 시대와 장소에
따라서도 달라진다. 시대의 변화나 유행에 따라 그 기준이 변하며 아름다
움의 기준은 분명하지 않고 지극히 주관적이며 변화하는 특성을 지녔다.
과거와 현재, 동양과 서양의 미의 기준이 다르며 또 문화권별로 각기 다
른 모습을 보이고 있다.[1] 고대부터 오늘날에 이르기까지 미인의 기준은
시대의 변화나 유행에 따라 다양한 변화를 거쳤다. 미인이란 인간의 마음
과 사물이 서로 결합하여 장구한 세월을 거치면서 만들어지고 또 새롭게
만들어진다.[2] 미인에 대한 연구는 역사학, 여성학, 국문학, 미술사학, 언

---

1) 장지연 · 장두열, 『S라인스토리, 서울』, 로즈 앤 북스, 2008, 15쪽.
2) 김창규, 「미 · 인의 감성적 접근」, 『감성연구』 창간호, 2013, 143쪽.

론학, 인류학에 걸친 각 다양한 학문별로 활발히 진행되고 있음에도 불구하고 그 어떤 합의점에 도출되기 어렵다.

K-POP, 드라마, ICT 콘텐츠가 폭발적인 열광의 중심에 있다. 한류 관련 인식체계의 중심을 구성하다시피 하고 있는 대표적인 국가인 중국·일본·대만 등의 동북아시아 지역권을 넘어, 베트남·태국·말레이시아·싱가폴 등의 동남아시아 지역권, 터키·이란·카자흐스탄·아제르바이잔 등의 중앙아시아 지역권으로 확대되는 확장의 국면을 맞고 있는 것이다.[3]

그 바탕에는 지금의 한국여성의 아름다움이 바탕이 되었을 것으로 짐작된다. 현재 일본, 동남아, 중국 등에서 화장이나 성형의 메카를 한국으로 손꼽고 있는 이유도 모두 선진화된 미의식을 지니고 있기 때문으로 보인다. 한국 여성은 고대부터 미에 대한 특별한 애정을 지니고 있었고 이는 한국의 미의 양상을 규격화하고자 하는 시도가 있었다. 뿐만 아니라 지금의 인기 연예인들이나 미인대회에서 손꼽히는 여성들이 대부분 획일화된 미美를 보여주고 있으며 이는 선행연구[4]에서 이미 이러한 사안에 집중하고 있다는 것을 알려준다. 우리나라의 미인의 기준은 전체적인 모습뿐만 아니라 특히 미인이라고 여겨지는 얼굴 자체도 현재에 와서 굉장히 규격화되어 지속적으로 변모하고 있다. 다양한 이유를 추정하지만 동·서양 간의 교류가 활발해지고, 서구적인 외모가 미의 기준이 되면서, 사람들의 현재 외모가 많이 서양화되었을 뿐더러 그러한 모습이 선호되기 때문일 것으로 예상할 수 있다.

역사가 흐르면서 '미'의 의미는 더욱 확대되고 다양한 양상을 가지게

---

3) 권도경, 「동북아 한류드라마 원류로서의 고전서사와 한·동북아의 문화공유 경험」, 『동아연구』 제66권, 서강대학교 동아연구소, 2014, 359쪽.
4) 서란숙, 「시대별 한국여성의 미인상과 현대미용 성형외과적 미인형에 대한 연구」, 『한국미용학회지』 제13권, 한국미용학회, 2007; 김민정, 「미인대회에 나타난 헤어스타일에 관한 연구」, 『한국미용학회지』 제13권, 한국미용학회, 2007; 이미림, 「새로운 미인화의 전형」, 『한국근대미술사학』 제11권, 한국근대미술사학회, 2003; 임진영, 「광고를 통해 본 여대생의 서구 이미지 선호경향」, 『감성과학』 제7권, 한국감성과학회, 2004.

되었다. 또한 미의 영역 또한 끊임없이 확대되고 유동적이다. 미모에 대해서는 단순히 얼굴이나 체형 모두 크기나 외견상의 형태적 특징을 직접적으로 기술한 것이 아니라, 보는 쪽에서 받은 인상적 호감好感이나 쾌감快感에 의한 감성적 느낌을 기반으로 하여 자연미에 비유해 간접적으로 표현하기도 한다. 그러나 예로부터 미인이라는 것은 겉모습만 아름다워서 되는 것이 아니라 외모外貌와 품성品性, 덕성德性 등을 갖추어야 하고, 많은 재능才能을 고루 갖추어야 한다. 다시 말해 고루 조화로운 양상을 내포하고 있어야 한다.

역사적인 미의식의 변화는 문학, 미술, 음악, 무용 등의 다양한 예술영역을 통해 점진적으로 전파되었던 것과는 달리 현대에는 보편적이고 즉각적으로 작용하는 미디어에 의해 더 빠르고 지배적으로 전달되고 있다.[5] 따라서 이 연구는 현대 한국 여성미인의 의미를 모색하고 그 특질을 분석하여 한국 미인의 위상을 살피고자 한다. 아울러 변모하는 현대사회의 미인의 의미를 추적하고 그 방향을 제시하고자 한다.

2. 한국 여성미의 원형과 의미

정신적, 물질적인 시대의 흐름을 보여주는 문화의 미시적 범주의 하나인 '미'와 관련된 문화는 사회, 지역, 집단, 시대 등의 유행과 관념적 특성을 잘 보여주는 분야이다. 특히, 대중매체의 발달로 인해 그 시대의 아름다움의 기준과 미인의 상은 규정하기가 단순하지 않다.

1) 한국 여성미의 시대적 변용

고대인古代人들은 목축牧畜을 통해 생활을 영위했으며 가장 먼저 해결해

---

5) 서란숙, 「시대별 한국여성의 미인상과 현대미용 성형외과적 미인형에 대한 연구」, 『한국미용학회지』 제13권, 한국미용학회, 2007, 81쪽.

야 할 생존生存 조건이 먹는 것이었다. 고대에는 자연을 정복하거나 착취의 대상으로 삼는 것이 아니라, 풍요와 다산을 기원하고 자연에 대한 두려움이 존재했다. 고대인들은 고기를 먹고 그 털을 입은 양은 당시의 물질적 생활의 기본이었으며, 양이 커서 생활이 풍부해졌을 때의 그 마음이 곧 미였고 아름다움이었다. 이처럼 미는 생활의 표현이며 구체적 현실의 정서적 정돈으로, 인간의 감성적 수요·향유와 직접적인 관계를 맺고 있다.[6]

고려시대 여인들은 연지를 칠하지 않고 분을 바르며, 눈썹을 넓게 그리는 화장법에 너울을 쓰는 모습이었다. 고려시대 여인들의 연지를 바르지 않은 모습은 자연에 가까운 것으로 예상할 수 있다. 즉 고려시대 미인들을 옅은 화장으로 수수하면서 은은한 자연스러운 미인상을 추구했다.[7] 고대소설 속의 미인의 전체적 용모의 모습은 흰 살결에 맑고 깨끗하며, 둥글고 밝은 표정과 백옥이나 눈처럼 티 없이 순수한 표정에 아름다움을 갖추고 있어야 한다. 또한 미인의 키는 크지 않아야 하며, 가슴도 크지 않아야 되고, 엉덩이도 퍼지지 않아야 됨이 드러났다.[8]

유교사회의 전통에서 미는 겉으로 드러나지 않는 내면적 성품이라는 의식이 주를 이루었고, 아름다움이 곧 선善이라는 인식 속에서 '미인'은 미덕의 은유적 표현으로 상용되어 왔다. 남성을 중심으로 한 가부장적 질서 안에서 그 대상은 여성으로 한정되며, 이는 '德'을 갖춘 용모로서 '容'과 美貌의 여성인 '花容'로 구분되는 양상을 보인다.[9] 조선시대 여성을 그린 그림으로는 초상화肖像畵, 열녀도烈女圖, 그리고 풍속화風俗畵로

---

6) 서란숙, 앞의 논문, 146쪽.
7) 부인의 화장은 향유 바르는 것을 좋아하지 않고, 분을 바르되 연지는 칠하지 아니하고, 눈썹은 넓고, 검은 비안으로 된 너울을 쓰는데, 세 폭으로 만들었다. 폭의 길이는 8척이고, 정수리에서부터 내려뜨려 다만 얼굴과 눈만 내놓고 끝이 땅에 끌리게 한다. 『고려도경』 제20권, 「부인婦人·귀부貴婦」
8) 정정덕, 「고대소설 속의 미인-비유와 묘사를 중심으로」, 『사림어문연구』 제10권, 사림어문학회, 1994, 62~63쪽.
9) 김지혜, 「한국 근대 미인 이미지와 담론」, 이화여자대학교 박사학위논문, 2015, 22쪽.

서 미인도美人圖와 생활풍속도 등을 들 수 있다. 특히 사대부가 여인상은 조선 초기만 하더라도 부부상이 유행했던 것으로 추정되지만 실제 전하는 것은 수폭에 불과하고, 조선 중기 이후로는 사대부가의 여인초상화 작품이나 관련 기록은 찾아보기 어렵다.[10] 무엇보다 미인관을 형상화한 미인상은 오랜 인물화의 전통 속에서 선호되었던 주제로, 시대의 미의식과 가치관을 반영하며 변화되어 왔다.[11] 외형적으로 추구한 조선의 미인상은 '삼백三白·삼흑三黑·삼홍三紅'이라 할 수 있다. 백옥같이 투명하고 깨끗한 피부, 초생달 모습의 가는 눈썹, 숱이 많고 윤기 있는 검은 머리카락, 복숭아 빛깔을 닮은 볼, 앵두처럼 빨간 입술을 미인으로 보았다. 조선의 미의식은 조선의 자연을 닮아, 자연에 순응하는 수수하고 소박한 아름다움으로 정의할 수 있다.[12] 또한 19세기 문헌에서 눈에 띄는 '여사女史'라는 호칭은, 그 용례를 보아 대개 시와 그림에 능한 여성을 뜻하며, 그 어조로 보아 재능이 있는 여성을 존중하는 의미의 존칭어이다. '여사'는 대체적으로 그림이나 문학의 능력을 발휘하는 여성들이다. 한편 이렇게 '여사'로 불린 이들의 신분은 대개 기생妓生이었지만, '여사女史'란 용어는 그녀들의 사회적 신분을 지칭하기보다는 그녀들의 예능 소질에 대한 예우를 표현하였고, '여사'와 교류한 남성들의 자부심을 표현하였다.[13] 더욱이 조선시대에는 각진 이마와 또렷한 눈두덩을 중요시해서 머리를 틀어 올리고 눈썹을 다듬는 일이 아름다운 여인의 모습이라고 했다.[14] 외모와 관련하여 미목전신眉目傳神이라는 말이 있다. 눈썹과 눈은 곧 그 사람의 마음이라는 뜻으로 아

---

10) 조선미, 「명·청대 초상화와의 비교를 통해 본 조선시대 초상화의 성격」, 『미술사의 정립과 확산』 1, 사회평론, 2006, 512~516쪽.
11) 박청아, 「청대의 미인 이미지 고찰」, 한정희·이주현 외, 『근대를 만난 동아시아 회화』, 사회평론, 2011, 229쪽.
12) 박경숙, 「조선시대 미인상의 인상학적 연구: 채용신의 풍속화 미인도를 중심으로」, 원광대학교 박사학위논문, 2015, 44쪽.
13) 고연희, 「19세기 남성문인의 미인도 감상~재덕을 겸비한 미인상 추구를 중심으로」, 『한국근현대미술사학』 제26집, 한국근현대미술사학회, 2013, 43쪽.
14) 노순규, 『미인되는 방법과 미인의 효과』, 한국기업경영연구원, 2012, 103쪽.

름다운 눈과 눈썹의 중요성을 설명하고 있다. 유가에서는 윤리적 미인관을 핵심으로 설명하는데, 세종 21년(1439) 12월 28일조의 태종대에 등용된 順孫과 같은 효자와 名臣을 일컫는 어휘로 사용되기도 하였다.

> 一里에도 美人이 있다 하는데, 우리나라의 많은 사람 중에 어찌 그런 사람이 없겠소, 좋은 인간이 없다고 말할 수 없는 것이오. 비록 거짓인 자가 있더라도 그 風俗을 勸勵하는 데에 無益하다고 할 수 없고, 또 다음날에 그것이 風化가 되어, 참된 효자 순손이 그간에 배출할는지 어찌 알 수 있겠소.[15]

여성의 미모의 기준은 명확하게 규정하지 않았으나 자연물에 기댄 추상적인 묘사 방식으로 설명하였고 후대에도 전달되었으며, 신분의 표상으로 인식되기도 했다.

근대기에 이르러 '미인'은 용모가 빼어난 여성을 설명하는 용어로 국한되는 의미를 보였으나, 이는 전통적으로 신분과 관련된 표징 혹은 동아시아를 지배했던 유교의 이상적 인간상을 설명하는 다양한 예시로 규정된다. '미'에 대한 개념은 봉건사회와는 확연히 다른 방식으로 이해되었고, 이는 근대 조선에서 문명과 문화를 습득한 근대인이 되기 위한 중요한 요건으로 작용하였다. 여성들의 멋내기는 "우리 사람은 야만과 미개의 시대를 버서나 문명의 시대로 드리운 이삼천년 전의 머―ㄴ 옛날부터 미를 추구하고 항상 동경하여왔다"[16]고 하여 현대화의 상징으로 호의적인 시선으로 받아들여졌다. 또한 멋내기는 일종의 개성 표출의 방식이며, 풍족한 시설의 문화적 자본이라는 의미가 바탕으로 되어 있다. 즉, 미의 추구를 위해 화장한 여성들은 가난과 고단함을 극복하고, 일종의 자기표현의 수단으로 어려웠던 삶의 기억을 지워줄 해방된 근대국가의 현상으로 설명하고 있다.

---

15) "一里尙有美人, 以我國之衆, 豈無其人乎? 不可謂之無好人. 間雖有假之者, 其於勸勵風俗, 不爲無益, 亦安知他日遂成風化, 眞孝子順孫輩出於其間乎?"『世宗實錄』, 世宗 21年(1439) 12月 28日條.
16) 이준숙, 「지성미와 미용법」(『부인』 제1권 제3호), 『미용』, 32쪽.

무엇보다 1910년대부터는 '미인'에 대한 이야기가 다양한 매체에 수용되고 이를 통해 미인 담론이 본격화되기 시작한다. 물론 이를 가속화 한 것은 신문과 같은 인쇄매체의 보급과 대중 독자의 관심이었다. 신문이 적극적으로 미인을 호명하며 여성 관련 기사를 '미인'으로 각색한 역사는 식민지로 전락한 조선의 상황 속에서 이들의 관심을 상업적, 정치적으로 이용하고자 한 제국 신문사의 영업 전략과 맞물리며 시작되었다.[17]

1912년부터 ≪매일신보≫에 '미인'에 대한 기사가 가속화되었다.1920년대의 미인상은 1922년 11월 제1호의 ≪婦人≫에 〈現代文明이 要求하는 美人〉이라는 기사를 통해서도 엿볼 수 있다. 이글은 당시의 미인관을 조목조목 드러내고 있어 주목되는데, 눈, 코, 입의 구체적인 모습에 대한 요구뿐만 아니라 '뺨은 광대뼈가 보이지 않을 정도로 통통하고 목과 어깨는 통통하게 살이 쪄서 쇄골이 보이지 않아야 한다'는 요구사항이 있을 만큼 구체적이다.[18] 고대 동양에서는 얼굴에 대한 구체적인 묘사는 적었지만, 흰 피부는 미인의 조건으로 일찍부터 강조되었다. 1920년대부

---

17) 김지혜, 앞의 논문, 53쪽.
18) 현대의 대표될 미인은 엇더한 얼골과 모양을 가저야할가. 여긔에 대하야 연구가 깁다는 엇던 물색박사物色博士는 이러케 니약이 하엿습니다.
"눈은 크고도 맑으며 속눈섭은 조금 찍찍하고 길어서 검은빗을 들어내이며 코는 놉지도 낫지도 아니하야 코마루가 바로 서야 되겠고 입은 코넓이의 한곱반쯤되야 윗입술이 아랫입술보다 들어가지 아니하고 웃을 째에는 웃니의 절반쯤이 들어나고 턱은 알마추 동그럼하고 넘우 길지도 싸르지도 아니하며 뺨은 광대쌔가 보이지 안이 하리만큼 통々하고 목과 억개는 통통하게 살이 쩌서 목과 억개를 잇대이고 잇는 쇄골이 보이지 아니하고 가슴은 칠십도쯤 경사로 버러저 나오고 팔목은 넘우 길거나 쏘는 젓가락가티 멀숙하지 아니하고 도담도담하며 손가락은 씃이 쌜지 아니하고 조곰 길 듯하며 발은 발가락 새가 좁으며 키는 웃동이 길고 아랫동이 싸르거나 알에 동이 길고 웃동이 싸르거나 하지도 아니하며 머리털은 그 빗이 붉은빗이나 노랏빗을 씌우지 아니하고 옷과 가티 쌈한 빗을 씌우되 그 길이가 뒤로 느러저 궁둥이에 싸지 미츨만하면 이야말로 미인이외다. 그러나 이와가티 각양이 구비하기는 사실 어렵습니다. 그러니까 단장이라는 것을 하여써 아름다운 덤과 좀 아름답지 못한 덤을 조화하게 됩니다. 그리하야써 그럴듯하게 모양을 짓는 것입니다. (한긔자, 「現代文明이 要求하는 美人」, 『婦人』, 제1권 제6호, 1922.11, 27~30쪽.)

터 쌍꺼풀을 한 여성의 눈은 미인의 조건으로 형성되어 있었고 성형수술
로 쌍꺼풀을 만든 동양인의 작은 눈은 "어덴지(어딘지) 으늑한 구석이 있
는 어글어글한 눈 소위 '촴잉(차밍)'한 눈"이 되기 위해서 화장을 함으로써
다시 한 번 그 부족함을 "캄푸라쥬(카무플라주camouflage)"해야 했다.[19]

그러나 1927년 ≪매일신보≫에 실린 〈세계世界의 표준標準은 서반아형
미인西班牙美人〉은 "키가 작고 몸이 가늘고 눈자위가 검은이가 제일"이라
는 세계미인의 기준을 제시하였다.[20] 기사는 "미국의 미용술은 얼골뿐만
아니라 몸 견태를 아름답게"하는 것으로, 이를 위해 날씬한 몸매를 유지
할 것을 권고하였다. "얼굴이 입부고 미운 것으로 미인이라고 판단하는
것은 이제는 시대에 뒤진 소리"로, "현대 미인의 조건은 무엇보담 더 등덜
미 아름다운 것이 제일 첫재"라며 미국에서 열린 〈등덜미 미인대회〉가
소개되기도 했다.[21] 이 시기에는 미인의 중요한 요건으로 얼굴보다 몸매
의 관리에 더 집중해야 했다. 전통적으로 미인상의 기준은 얼굴의 생김새
가 중심이 되었다. 얼굴은 신체를 대표하며, 얼굴 다음으로는 머리와 피
부, 어깨와 목, 허리, 손에 대한 묘사가 있을 뿐 몸매는 미인의 요건要件에
서 거의 거론되지 않았다.[22]

일본정보통신사 주최로 ≪매일신보≫와 ≪조선일보≫, ≪경성일보≫,

---

19) 눈은 마음의 들창이라느니 만치 근대 화장에 있어서 눈화장은 중요한 부분의 하나
입니다. 근대인의 심리에 요구되는 눈은 어덴지 으늑한 구석이 있는 어글어글한
눈 소위 '촴잉'한 눈이 그것일 것입니다. 여긔에 마초기위하야 작은 눈에는 '아이쇄
도-'로 '캄푸라쥬'를 한다. 또는 속눈섭에 '매스크'나 '아일랫쉬·메익업'칠을 한다.
가진 기교를 다합니다.
그래서 내리감으면 룡문산龍門山 골작이에 안개가 서린듯하고 치뜨면 칠면조七面鳥
꼬리펴듯 눈썹펴듯 눈썹끝이 부채살처럼 들고니러서야만 소위 첨단미尖端美를 갖
촌 화장이라고 하지요. (오숙근(女王美粧院), 「初秋의 化粧」, 『女性』제2권 제10
호, 1937.10, 88~89쪽.)
20) 「세계世界의 표준標準은 서반아형미인西班牙美人」, 『매일신보』, 1927.1.30, 6쪽.
21) 「등덜미 미인대회」, 『매일신보』, 1931.9.7. 석간, 4쪽.
22) 홍선표, 「화용월태의 표상: 한국 미인화의 신체 이미지」, 『한국문화연구』, 2004,
40~46쪽.

≪오사카마이니치신문≫ 등 전국의 일간지를 통해 미인을 투표하는 행사가 있었는데, 1929년의 대표미인은 기생이었지만 1931년에는 최승희가 매일신보사의 대표미인으로 뽑혔다.[23] 1920년대까지 대중의 관심이 필요한 각종 행사에는 미인으로 호명되는 기생들이 동원되었고 미인투표의 '미인'은 기생, 예기와 같은 계층의 여성을 의미하였다. 전통사회에서 근대사회로 편입되며 신여성이나 여학생, 직업여성 등으로 시각화되기 전까지, 각종 매체에서 여성 이미지와 미인상을 대변했던 계층은 기생들이었다.[24] 또한 1930년대 중반부터는 여성 신체의 '유선형'의 담론이 유행했는데, "미인이 되자면 허리로부터" 유선미流線美를 가꾸어야 한다고 강조했다.[25] "여성의 미는 얼굴로부터 육체로 이동"하며 "육체미라든가 나체미라든가 각선미라든가 하는 말이 많이 유행"하게 되었다는 기사처럼 여성의 몸매가 미를 평가하는 중요한 요소가 되었다.[26]

> … 化粧이니 美容이니 또는 몸치장이니 하는 것도 時代의 進展과 함께 그亦 平行하야 進展한다. 自己가 가진바 美를 發揮식히는 方策이 卽 化粧이요 美容이며 또한 몸치장이니 이것은 決코 奢侈와 混同식힐 것이 안이다. 몸치장은 實로 女人이 가질 美德의 하나이다. 純潔하고 正直하고 優雅하고 그리고 近代的 敎養을 魂에 감추어 가진 새로운 女人에게는 언제나 그容姿에 잇서서도 洗鍊된 아릿다움과 淸新한 理性과 그리고 高尙한 氣品과를 表現하고잇다. 卽 姿態의 美는 眞實로 마음의 美다. 여기에 잇서 美人製造는 決코 虛榮의 産物이 안이다.
>
> 「美人製造敎科書」, 『신여성』, 1931.6, 제6호.

23) 『경성일보』, 1919.10.20. 조간, 5쪽; 『매일일보』, 1929. 10.21, 4쪽.; 『조선일보』, 1929, 10.26, 6쪽.
24) 김지혜, 「미스 조선, 근대기 미인대회와 미인이미지」, 『미술사논단』 제38권, 한국미술연구소, 2014, 214쪽.
25) 「근대여성의 각선미」, 『동아일보』, 1935.5.2. 석간, 4쪽.
26) 「몸맵시가좋아야웃맵시도난다」, 『조선일보』, 1935.3.1. 석간, 3쪽.

現代人의「美」의 標準은 그 얼골에 있는 것이 않이고 그 體格, 스타일에 있다고 한다. 이러한 美的표준의 流行도 물론 西洋에서 건너온 風潮의 하나로써, 오늘날 조선의 所謂 모단級의 男女들도 그 스타일의 均整된 원만한 體軀를 가지기위하야는 어떠한 手段과 方法을 가리지 않고 머리를 싸매고 硏究하기도 하고…… 健康的이며圓滿하게 均勢가잡힌 완전한 體格이래야 가장 現代的 美라는 思潮가 일반에게 알니게 쯤되여….여기에서 말할야는 『美容體操法』이다.

「現代人으로 반듯이 알아야 할 美容體操法」, 『신여성』, 1931. 6, 17~18쪽.

1930년대 미의 기준에서 화장이나 몸치장은 단순한 사치가 아니라 '여인이 가질 미덕의 하나'로서 권유되었다. 순결하고 정직하고 우아하고 근대적 교양을 가진 새로운 여성들은 그 외모에 있어서도 세련된 아름다움과 고상한 기품을 보여주어야 하며 이러한 것이 결코 허영의 표징이 아니라는 사실을 이야기한다. 여성은 아름다움에 비중을 두어야 하는 것은 현재까지도 지속적으로 강조되고 있다. 이 시기 여성을 미적인 대상으로 규정화하는 목적은 여성들에게 자본의 효과를 창출하게 하려는 것이었다. 또한 여성 자신이 아름다움에 열광하도록 분위기를 만들기도 하였다. 1930년대의 경성은 마치 유럽이나 미국을 그대로 옮겨놓은 것처럼 서구화물결이 강하게 일고 있었고 기생, 카페걸, 영화배우 등은 패션문화의 리더로 자리 잡고 있었다. 여성은 여우목도리, 옥스퍼드 슈즈, 핸드백, 향수, 숄 등 고급 장신구에 열광했으며 서양배현대 한국 여성미의 인식우와 같은 화장을 했다.27)

이를 통해 서구의 선진문화가 자리잡기 시작한 근대기에 규정된 미인은 전통과 분명히 구분되는 미의 조건과 미인상을 제시하고 있다. 또한 현대의 미인의 요건과 미의식을 살피는 연장선상에 놓여 있게 된다. 아름

---

27) 이윤희, 「한국 근대 여성 잡지의 표지화를 통해 본 여성 이미지 『『신여성』과 『여성』을 중심으로」, 2006, 이화여자대학교 석사학위논문, 2006, 66쪽.

다움이란 실재하는 것이 아니라 우리의 관념으로 존재하는 것이며 미인도 사실은 실재實在한다기보다는 그 여인을 미인으로 보는 관점이 존재한다고 할 수 있다.[28]

과거 전통 사회에서 아름다운 여인을 비유한 '가인박명佳人薄命'은 북송北宋의 문장가 소식이 지은 〈박명가인시〉의 한 구절에서 유래한 것으로 이는 예로부터 아름다운 여인은 기구한 운명이 많다는 뜻이다. 고전에서 아름다운 외모는 오히려 위험한 요소로 생을 위협하는 것으로 작용할 가능성이 많음을 보여준다. 그러나 미인은 단순히 보여지는 아름다움을 이야기하는 것이 아니라 다양한 기표記標들이 형성되어 구성된 복합적인 의미로 현재에도 많은 다양한 논의를 생성한다. 또한 그 의미에 대하여 사회, 문화적 측면에서 많은 구심점으로 수용되고 있다. 과거 여인들의 모습이 담긴 그림은 시대에 따라 변하는 화장법이나 미의 가치를 알려주었다. 그러나 변치 않는 진리 가운데 하나는 자신이 타고난 아름다움을 헤치지 않는 화장, 내면의 아름다움이 내재된 화장이었다는 점이다. 이는 곧 선조들의 삶의 자세, 태도와도 맞닿아 있다. 가장 자연스러운 것이 가장 아름답다는 진리, 몸을 가꿈으로써 마음도 가꾸려 노력했던 노력은 현재를 살아가는 우리가 계승 발전시켜야 할 가치이다.[29]

2) 현대 한국 여성미의 인식

미인은 미적 가치 기준을 체화시킨 인물상이자 당대의 관념적이고 추상적인 미의 개념을 시각화시킨 실물로서 시대와 장소에 따라 다양한 모습으로 변모되어 왔다. 근대의 서구적 미의 패러다임이 전래되기 이전, 한국의 미의식과 미인관은 동아시아를 아우르는 전통적 중화질서 속에서 공유되고 있었다.[30] 지금의 한국사회에서도 날씬함이 여성들에게 무조

---

28) 조용진, 『얼굴, 한국인의 낯』, 사계절, 1999, 131.
29) http://www.cha.go.kr/cop/bbs/selectBoardArticle.do?nttId=16627&bbsId=BBSMSTR_1008.
　　(방기정, 「한국 미인을 통해 본 화장의 역사」, 문화재청 홈페이지)

건적으로 추종하는 의미도 설명된다. 뚱뚱한 몸은 넉넉함과 부의 표상이
아니라 빈곤함의 새로운 대명사로 보이고 있다. 환상적인 바디라인, 완벽
한 몸매, 명품 몸매, 명품 다리, 명품 뒤태, 인형 같은 몸매, 베이글녀,
몸짱, S라인 몸매 등 몸을 둘러싼 각종 신조어에서 알 수 있듯이 몸에
대한 끊임없는 집착이 사회적으로 이상현상을 가져왔다.

한국 문화에서 여성 외모의 아름다움에 대한 인식에 영향을 미치는
사회문화적 요인은 여성의 외모 아름다움을 통한 미적 경험 전반에 막대
한 영향을 미치고 있다고 볼 수 있다. 오늘날 지속적인 산업 사회의 발달
은 대중 매체에 자극을 가져왔고 이는 미美를 추구하는 인간의 본능을
더욱 자극하는 진폭제 역할을 하였다. 더구나 과거에 비하여 건강과 여유
로운 삶을 강조하는 사회 분위기가 강조됨에 따라 몸과 마음의 건강을
바탕으로 하는 미적 추구가 우리의 삶에 있어서 갈수록 우위를 차지하고
있다. 한국 문화권에서 여성 외모의 아름다움에 대한 인식에 영향을 미치
는 사회문화적 조건은 크게 '전반적 미의식', '외모 관리 산업', '가부장적
문화', '미인의 사회적 권력화'의 네 범주로 나타났다. 이와 같은 사회문화
적 요인은 여성의 외모 아름다움을 통한 미적 경험 전반에 영향을 미치고
있었다.[31]

한국 여성의 외모 아름다움에 대한 기준은 매우 획일화되고 정형화되
어 있다. 한국 여성들은 한국적 아름다움이 서양에 뒤지지 않으며 세계
적으로 경쟁력이 있다고 자부심을 가지고 있으며, 한국적이고 동양적인
아름다움에 친근감을 느낀다고 하였다. 또한, 매스미디어를 통해 등장
하는 연예인들은 중심으로 한국 여성의 외면적 아름다움에 대한 인식에
강한 영향을 행사한다. 미디어에 등장하는 여성들은 예쁘고 순응적이

---

30) 김지혜, 「한국 근대 미인 이미지와 담론」, 이화여자대학교 박사학위논문, 2015,
    14쪽.
31) 김선우, 「여성 외모의 아름다움 인식에 대한 한중일 비교문화연구」, 서울대학교
    박사학위논문, 2013, 95쪽.

다. 그들이 보여주는 아름다운 모습은 천편일률적이다. 아름다움에 관한 스트레스의 책임을 전적으로 미디어로만 돌릴 수는 없다. 하지만 미디어가 외모의 아름다움에 관한 불합리한 기준을 유포시키고 정당화시키며 또 그것을 강화·왜곡시키는데 일정한 역할을 한다는 것은 분명하다.[32]

현대 한국 여성은 동서양의 미의 기준이 점차 같아지고 있으며 얼굴의 아름다움에서 몸매의 아름다움을 원하는 것으로 변화하였다. 성형은 트랜드로 자리잡아 연령과 성별을 불문하고 성행하였으며 성형수술은 'One Step Tota lSurgery'와 같은 자연스럽게 보이기 위해 한 번에 디자인하여 외모를 구성하는 형태로 홍보되었다.[33] 성형의 기원이 여러 세기를 거슬러 올라가긴 해도 대부분의 의사들은 현대적 의미의 기원을 제1차 세계대전으로 본다. 이러한 해석은 재건 성형이 그 가치와 역사적 관점에서 미용 성형에 우선함을 시사한다. 전쟁기에 성형외과는 미국의 문화적 의식 속으로 들어오며 민간의 삶에도 잠재력이 있음을 인식하게 되었다.[34]

또한 20세기 이후 한국 사회가 현대화되면서 양성 평등의 문화가 유입되었으나, 아직까지도 여성의 사회적 역할을 제한하는 가부장제가 한국 사회에 팽배하고 있다. 한국의 여성은 가부장제의 영향으로 여성의 사회적 역할이 제한적이라고 생각하였으며, 여성의 사회적 진출이 쉽지 않은 상황 속에서 사회적 성공을 위해서는 능력 있는 배우자와 결혼을 하는 것이 개인의 능력을 기반으로 한 성취만큼 중요하다고 인식하였다. 다시 말해 한국의 젊은 여성에게 있어 결혼은 취업과 같은 사회적 성공과 유사한 중요성을 가지고 있다고 볼 수 있다.[35]

---

32) 발트라우트 포슈, 조원규 옮김, 「사회심리학적 맥락에서 본 아름다움」, 『몸숭배와 광기』, 2004, 138~139쪽.
33) 「현대사회의 외모가꾸기에 관한 연구」, 103쪽.
34) 엘리자베스 하이켄, 권복규·정진영 옮김, 『비너스의 유혹-성형수술의 역사』, 문학과 지성사, 2008, 26~29쪽.

개성을 소유한 인간에게도 저마다의 아름다움이 있다. 사람의 기호와 취미가 개입하는 문제이기 때문에 객관적일 수 없다. 또 주지하듯이 미인 상은 시대와 문화, 민족에 따라 다르게 나타나기 때문에 그 표준을 상정 할 수 없는 것이다. '명모호치', '아미', '설부화용雪膚花容' 등의 용어가 문화적 맥락에서 당시의 미인을 상징적으로 표현하는 말이기는 하지만, 문제는 남성 중심적인 사회에서 형성된 이러한 표현들이 인간으로서의 다양한 인품과 개성을 갖춘 여성상을 단순화 시키고 전형화 시켰다는데 문제가 있다.36) 한국 사회에서 미인은 사회적으로 발탁의 기회가 증가하고, 이를 통해 높은 지위를 점유하며, 사회적 인맥 역시 광범위하게 형성할 수 있다고 인식된다. 날씬하고 젊고 아름다운 몸이 특히 여성들에게 육체 자본이 되고 있는 현실이다.

3. 한국 여성미의 양상과 인식

시대의 변화나 유행에 따라 변화를 거듭해 왔다. 일반적으로 '미인'이 란 용모가 아름다운 여자를 의미한다. 미인의 기준은 시대, 문화, 지역, 사회 등에 따라 상이相異하며, 한 시대, 문화, 지역, 사회 안에서도 모든 개인에게 하나의 미인상이 공인共認되진 않는다. '미' 즉 아름다움이란 어디까지나 추상적이고 주관적이며 비현실적인 의미이기 때문이다. 따라서 미인을 평가하는 관점을 일반화시켜 규정짓기는 어려우나, 적어도 한 시대가 평가하는 미인상의 일반적인 특징은 어느 정도 공통된 수치와 비율을 바탕으로 한다.37)

---

35) 김선우, 앞의 논문, 96~98쪽.
36) 민주식 · 정은진, 「한韓 · 중中 시화詩畫를 통해 본 미인상美人像」, 『동양예술』 제29호, 한국동양예술학회, 2015, 54쪽.
37) 어여름, 「한국 미인형 비례에 기준한 고전누드화의 패러디 표현연구」, 이화여자대학교 석사학위논문, 2010, 4쪽.

1) 한국 여성미의 의미 인식

현대사회처럼 가치관이 다양하게 드러나는 경우에는 미인에 대한 기준도 다양하므로 미인 이미지도 다르다. 그러나 과거와 현재를 막론하고 아름다운 여인에 대한 관심은 늘 끊임없었던 것처럼, 시문이나 사료史料를 살펴보면 그 시대를 대표하는 미인상에 대한 논의가 적지 않게 존재함을 알 수 있다.

미인의 기준은 단순히 정의 내리기 어려운 모호한 개념이다. 아름다움은 특정한 대상에 대해 인간이 느끼는 감성, 느낌, 이미지를 기반으로 형성되는 인식으로, 개인의 경험과 지식에 따라 다면화되는 특성이 있다. 이러한 이유로 미인의 기준에 대한 개념을 객관적으로 구체화하기 어렵다. 실제로 아름다움의 실체를 밝히는 것을 연구의 주요 목적으로 삼는 미학美學 분야에서조차 아름다움에 대한 정의 확립에 어려움을 겪고 있다. 이러한 상황 속에서 일부에서는 다수의 사람들이 미인을 수치화數値化하여 비율로 정의를 내리고 있다.[38] 그러나 과거에는 권력자의 기호와 정책이 사람들의 미의식을 지배하였다. 하지만 현대에는 거기에 대응하는 또는 그이상의 커다란 권력을 발휘하는 것으로 매스미디어가 있다. 신문, 잡지, 텔레비전, 라디오, 영화 그 밖의 다양한 매스미디어들은 대중들의 사고와 변화에 다양한 행사권을 지닌 것으로 자리매김하였다. 특히 텔레비전이 지닌 미디어의 속성으로 사람들이 지닌 무의식 속에 인간의 사고, 생활방식, 미적 형상화 등에 거대한 권력기반을 형성하였다. 현대의 미녀는 특별한 문화적인 코드가 담겨져 있지 않다. 미녀에게 얼굴이라면 아직도 그 성격이나 능력을 조금은 추량할 수 있지만, 몸이라거나 그 부분이라고 하면 완전히 사물'이 되고 만다. 이러한 사회장치가 전체로서 기능하여, '미녀의 이미지'로부터 정신성을 박탈해 버린 것이다.[39] 무엇

---

38) BAPA(Balanced Angular and Proportional Analysis)의 약자로서 사진을 통한 얼굴 분석방법. 얼굴의 연부조직을 분석하는 얼굴의 미학적 측정방법(출처: http://www.beautyportal.co.kr/)

보다 미인이 갖는 심리학, 사회학, 경영학, 의류학 등 다양한 학제 간의 소통을 통하여 인간의 외면적 기준보다는 미인의 대인 관계, 자아 존중감, 자아 효능감, 사회문화적 권력 형성 등에 미치는 영향력을 검증하여야 한다. 최근 들어 다양한 사회문화적 관점을 포괄하여 미인의 아름다움을 정의 내리고자 하는 노력이 필요하다.

여성에게서 구하는 아름다움의 조건은 시대와 문화에 의해 달라진다. 또 미녀의 조건은 외향뿐만 아니라 건강, 가문, 능력, 정신 등이 시대에 따라 요건이 되었다. 이 요건들은 그 사회가 갖는 가치관과 그것을 규정하는 지리적 역사적 사회적 조건, 그리고 과학이 만들어내는 커뮤니케이션 수단에 의해서도 상이함을 드러낸다. 그러므로 지금의 시대에 맞춰 인공적으로 미녀를 생산하더라도 다른 문화의 관점에서 보면 쓸데없는 노력을 하고 있는 것으로 비춰 질 수도 있다. 또 그것이 시대의 상황에 따라 얼마든지 달라질 수 있다. 외모의 아름다움에 대한 인식의 단편적인 접근만으로는 미인의 의미를 명확히 이해할 수 없으며, 이보다는 외모의 아름다움을 하나의 거대한 문화적 패턴으로 보는 포괄적 접근이 매우 중요하다. 사회문화적 맥락에서 재현된 미인의 이미지와 그것을 보고 수용하는 구체적인 여성들의 삶의 맥락을 분석함으로써 체계적인 접근이 가능하다.

마지막으로, 미인의 기준은 외모의 아름다움에 대한 인식이 문화적 맥락을 기반으로 형성되는 문화의 산물産物이기 때문이다. 문화란 사회의 한 구성원으로써 인간이 습득한 지식, 신앙, 예술, 도덕, 습관, 능력들을 포함하는 복합적 총체總體이다. 리타 프리드만은 ≪아름다움이라는 신화≫ 가운데에서, 여성은 아름다움을 강조하는 신화로부터 벗어나서, 남녀양성이 미의 부담과 기쁨을 평등하게 설명할 수 있는 사회로부터 얻을 수 있는 이익으로서 네 가지를 들고 다음과 같이 말한다.40) 자유가 증가하고

---

39) 민주식, 「미인상을 통해 본 미의 유형-수신미瘦身美와 풍만미豐滿美를 중심으로」, 『미술사학보』 제25권, 미술사학연구회, 2005, 27쪽.

안락과 건강을 얻을 수 있다. 여유와 참된 자신이 될 수 있다. 다시 말해 우리들을 둘러싸는 현대사회의 다양한 구조, 즉 정치적, 경제적, 사회적, 문화적, 젠더적, 미디어적, 미학적 등의 구조의 총합적인 합성물이며 그 표출이다.[41] 문화는 보통 사람들은 이해하기 어려운 높은 지적 수준과 교양이 아닌, 일반적인 사람들의 일상생활 그 자체이다. 각각의 개별 문화에 따라 다면화된 미인의 기준과 가치에 대한 인식을 문화권에 소속되어 있는 구성원의 시각으로 바라볼 경우 객관적으로 이해하기 어렵다. 이처럼 여성들이 아름다운 것을 선망하고 미인이 되기 위해 노력하는 것을 본다면 미적인 의미에서 우월감과 동시에 현실적 이익을 얻을 수 있기 때문이다.

2) 한국 여성미의 발전방향

클레오파트라도 사진이 남아 있어서 미인으로 평가받는 것이 아니라 기록이나 전승으로 그렇게 여기고 있는 것이다.[42] 우리는 역사 속 미인들의 얼굴을 봤기 때문에 그녀들을 미인으로 여기는 것이 아니라 우리의 관념 속에 그녀들이 미인으로 존재하기 때문에 그렇게 평가하는 것이다. 전 세계적으로 확산擴散된 외모의 아름다움을 추구하는 현상과 한류韓流 열풍의 영향으로, 한국인의 아름다움에 대한 관심이 증가하고 있다. 한류 열풍의 근원에는 문화 콘텐츠가 자리하고 있으나, 이러한 열풍이 아시아 지역을 넘어 전 세계로 확산됨에 있어 한류 연예인의 아름다운 외모가 큰 역할을 하였다. 특히 한류 연예인의 외면적 아름다움은 한류와 관련된 경제적 효과 확산에 영향을 미쳐, 한류 연예인들이 광고 모델로 등장하는 한국산 화장품과 패션 제품의 매출이 증가하였다.

---

40) Rita Freedman, Beauty Bound, D. C. Heath and Company, 1986; 常田景子譯, 『美しさという神話』新宿書房, 1994, 370쪽.
41) 민주식, 위의 논문, 28~29쪽.
42) 이수광, 『한국 역사의 미인 천년의 향기』, 주영림 카디널, 2007, 12쪽.

외모의 아름다움에 대한 현대인의 관심은 단순히 개인의 기호가 아니라 한 나라의 경제 발전과 문화 확산의 근원根源이 되었다. 미디어를 통해 완벽하게 재현된 완벽한 이미지의 연예인의 외모가 일반인의 미의식에도 영향을 미치는 것으로 볼 수 있다. 대중매체는 그것 자체가 현실을 규정하는 권력을 발생發生시키기도 하지만 수용자와의 관계에서 의미를 타협하고 재조명하기도 한다. 바로 여기서 대중매체가 관객 혹은 소비자를 어떻게 구성하는가 하는 대중매체 혹은 문화적인 것의 의미작용에 대한 이론적 논의가 필요한 것이고, 그 관객소비자가 성차별적인 사회에서의 여성이라는 사실과 맞물려 여성주의 이론의 필요성이 대두된다.[43] 특정 문화권에서 미인이란 사회적 기준에 의해서 크게 평가받는다. 또한 미인을 정하는 기준에 있어 중요한 가치는 무엇보다도 특정 문화의 구성원들이 외모의 아름다움에 대해 갖는 감정과 태도에 크게 좌우된다.

한국 기업의 중국, 일본 시장 진출에 있어 한류 열풍의 활용에 대한 차별화된 전략이 필요하다. 한류는 동아시아 지역을 넘어 전 세계로 전파되고 있으나, 각 지역의 문화적 특성과 지역 구성원의 각기 다른 선호로 인해 한류를 다르게 인식하고 있다. 중국에서는 한류 연예인의 이미지가 밝고 긍정적이며 따뜻한 여성의 이미지로 인식된 것에 반해, 일본에서는 한류 연예인의 이미지가 패셔너블하고 자기 관리를 잘 하는 매력적인 여성의 이미지로 각인되어 있다. 한류 열풍을 기업의 매출 증대로 연결시키기 위해서는 한류가 각각의 지역 별로 전파되는 양상을 잘 파악하여 이에 걸맞은 기업 전략으로 연결시켜야 한다. 중국의 경우에는 밝고 활발한 이미지의 여성 연예인을, 일본에서는 유행에 민감하고 세련된 이미지의 여성 연예인을 광고 모델로 선정할 경우 큰 광고 효과를 볼 수 있을 것이다. 또한, 중국 시장에서는 동대문 패션과 같은 대중적인 패션 제품에, 일본 시장에서는 좀 더 유행에 민감한 패션 제품에 한류의

---

43) 김은실, 『여성의 몸, 몸의 문화 정치학』, 또 하나의 문화, 2001, 61쪽.

이미지를 적용할 경우 한류의 경제적 효과를 배가시킬 수 있으리라 생각한다.[44]

길고 늘씬한 팔다리와 눈썹은 두께가 있으면서 약간 짙고 눈과 조화를 이뤄야 하고, 눈은 크고 시원하며 코는 콧대가 분명하면서 적당한 크기의 아름다운 모양이어야 하고 입술은 도톰하면서 너무 작지 않고 얼굴과의 조화가 잘 맞아야 한다. 치아는 희면서 앞니가 너무 크지 않게 고르면서 얼굴형은 달걀형에서 하악下顎이 좀 더 갸름한 느낌의 V라인 얼굴이 현대의 미인이다.[45] 아름다움에 대한 철학·역사·인류·미술·사회학적 개념의 변천과 관련 다양한 학제적 접근을 통해, 미인의 기준에 대한 보편적 정의를 도출 할 수 있다.

또한 한국의 미인의 가치와 의미에 대한 인식을 다양한 관점에서 살펴보아야 한다. 미인을 볼 때 우뇌로 보는 사람은 순수하게 미인을 보고 감동하겠지만 좌뇌를 사용하여 본다면 순수한 감동 대신에 전문가적 안목眼目으로 따져보게 된다. 전문가적 안목으로 보면 미인을 보는 과정에서 겪는 즐거움은 줄어들지만 대신 생산성이 높은 정보를 얻을 수 있다. 미인은 얼굴 길이가 평균 몇 mm인지 저 미인은 얼굴이 얼마나 큰 지 저런 얼굴을 좋아하는 사람들은 어떤 계층인지 저런 미인형은 어떤 영화의 배역으로 기용하면 좋겠는지 어느 상품의 CF모델로 적합한 지 얼굴을 사용하는 다른 일을 구상할 때 유용한 경험과 지식이 되는 것이다.[46]

미인의 아름다움은 문화적 맥락을 기반으로 형성되는 인식으로, 이에 대한 명확한 이해를 위해서는 인식 과정을 포괄적으로 살펴보아야 한다. 미인을 인식하는 과정으로 확장시켜, 미인의 아름다움에 대한 인식의 구성 요소와 과정을 포괄하는 패러다임 모형을 구현해야 한다. 또한 미

---

44) 김선우, 「여성 외모의 아름다움 인식에 대한 한중일 비교문화연구」, 서울대학교 박사학위논문, 2013, 218쪽.
45) 안은화, 「패턴분석에 따른 미인의 상학 연구」, 원광대학교 석사학위논문, 2014, 134쪽.
46) 조용진, 『미인』, 해냄출판사, 2007, 81쪽.

인의 기준과 가치에 대한 인식이 어떠한 요소를 기반으로 어떠한 과정을 통해 형성되어 결과를 도출하는지에 대한 포괄적 이해가 필요하다. 오늘날의 연구는 우리의 미적경험이 예기치 않은 근원에서 생겨남을 설명했다. 우리의 과거에서 '중요했던 사람'에 대한 기억은 우리의 현재 태도로 전이轉移되며 우리가 어떤 사람을 가치 있고 호감이 가고 아름답다고 판단하는가에 엄청난 영향을 준다.[47] 또한 비교문화연구의 방법을 통해 문화적 맥락 속에서 형성되는 한국미인의 아름다움에 대한 인식을 찾고 아시아의 문화권에서 나타나는 미인의 아름다움에 대한 문화적 보편성과 특수성을 충분히 규명할 수 있다. 이러한 비교문화적 접근을 한다면 일차적으로 문화적 산물인 외모의 아름다움에 대한 이해를 증진시킬 수 있다. 문화는 상호 교류하며 더욱 발전된 방향으로 나갈 수 있다.

4. 한국 여성미의 미래 전망

시대時代와 지역地域에 따라 미인의 인식이 다르며, 한 공동체共同體 내에서도 일반적인 미인상이 모든 개인에게 공통되고 있지는 않다. 가치관의 다양화가 진전된 사회에서는 미인에 대한 기준에도 다양한 의견차가 있다. 시대에 따라 미인의 요건은 변모한다. 전통적 유교사회에서 윤리적 규범과 가치관이 미로 상정되며 내면화되었듯이, 문명화라는 큰 이념 속에서 경영되었던 근대기 조선에서는 근대화가 곧 시대적 이상이자 미로써 요청되고 있었다. 이는 미를 형상화한 미인의 이미지로 구체화되며 근대화라는 동일한 사회적社會的 · 정치적政治的 목표 속에서 구상되었다. 미인의 근대성은 이처럼 그 대상과 개념에 대한 인식 방법의 변화에 있다고 할 수 있다. 미인은 태어나는 것이 아니라 당대의 기준과 기호, 필요성

---

47) 존 리겟, 이영식 옮김, 『얼굴 문화 그 예술적 위장』, 보고 싶은 책, 1997, 186~187쪽.

등에 의해 만들어진다고 본 인식의 변환은 서구화로 재편된 근대의 자장 속에서 구축되어 갔다.[48]

현대 사회에서는 예쁘고 잘생긴 얼굴을 위해 남·녀 관계없이 과도한 성형수술을 하기도 한다. 현대에 이르러서는 아름다움은 어떤 제도의 힘, 다시 말해 이데올로기화 된 가치기준에 의해 조작되고 조절되고 있다. 대체로 사람들이 날씬함을 바라며 그것을 얻기 위해서 정신적·물질적 자본을 아낌없이 소비하고 있다. 현대 사회에서 외모지상주의를 촉진해서 외모의 중요성을 확대시키고 있다. 여성들은 내면의 아름다움 보다 외면의 아름다움을 강조하고 있다. 이런 현상은 미인의 기준은 외모의 아름다움에 대한 인식이 문화적 맥락을 기반으로 형성되는 문화의 산물産物이다. 이에 작용하는 문화란 사회의 한 구성원으로써 인간이 습득한 지식, 신앙, 예술, 도덕, 습관, 능력들을 포함하는 복합적 총체總體이기 때문이다. 이에 통해 현대 한국 여성미인의 의미를 찾고 그 특질을 분석하였다. 변모하는 현대사회의 미인의 의미가 다원화되기를 바라며 문화적 상황 역시 변모되기를 제언한다.

참고문헌

고정민 외, 『한류, 아시아를 넘어서 세계로』, 한국문화산업교류재단, 2009.
김선우, 「여성 외모의 아름다움 인식에 대한 한중일 비교문화연구」, 서울대학교 박사학위논문, 2013.
김은실, 『여성의 몸, 몸의 문화 정치학』, 또 하나의 문화, 2001.
서대석 편, 『우리 고전 캐릭터의 모든 것』 1-4, 휴머니스트, 2008.
송방송, 『조선 음악인 열전』, 보고사, 2008.
송석하, 『한국민속고』, 일신사, 1960.
강경희, 「명대여성 작가의 미인도 제화시 연구-미인도를 바라보는 또 하나의

---

[48] 김지혜, 「한국 근대 미인 담론과 이미지」, 이화여자대학교 박사학위논문, 2015, 17~45쪽.

시각」, 『중국어문학지』 39, 중국어문학회, 2012.

고연희, 「신위의 회화관과 19세기 회화」, 『동아시아 문화연구』 제37권, 한양대한 국학연구소, 2003.

____, 「미인도의 감상코드」, 『대동문화연구』 제58권, 성균관대 대동문화연구 소, 2007.

김나영, 「회화를 통해 본 조선후기 여성관의 변화양상-열녀도와 미인도를 중심 으로」, 경희대 석사학위 논문, 2012.

김지혜, 「한국 근대 미인 담론과 이미지」, 이화여자대학교 박사학위논문, 2015.

문선주, 「조선시대 중국사녀도의 수용과 변화」, 『미술사학보』 25, 미술사학연구 회, 2005.

민주식, 「미인상을 통해 본 미의 유형」, 『미술사학보』 제25집, 미술사학연구회, 2005.

민주식·정은진, 「한韓·중中 시화詩畵를 통해 본 미인상美人像」, 『동양예술』 제 29호, 한국동양예술학회, 2015.

박민정, 「명·청대 통속문학 삽도의 연구」, 홍익대학교 석사학위논문, 2005.

박경숙, 「조선시대 미인상의 인상학적 연구: 채용신의 풍속화 미인도를 중심으 로」, 원광대학교 박사학위논문, 2015.

박소현, 「권력, 이미지, 텍스트-명·청대 공안삽화를 중심으로」, 『대동문화연구』 제61집, 성균관 대동문화연구소, 2008.

어여름, 「한국 미인형 비례에 기준한 고전누드화의 패러디 표현연구」, 이화여자 대학교 석사학위논문, 2009.

조용진, 『미인』, 해냄 출판사, 2007.

제 **7** 장

〈계모형 설화〉에 나타난
죽음의 형상화 방식과 특질

1. 〈계모형 설화〉의 특질과 의미

'죽음'이라는 것은 인간이 지닌 가장 근원적인 관심의 대상이다. 인간이라면 어느 누구도 피할 수 없는 것이 죽음이므로 죽음을 자신의 운명으로 인정하면서 한편으로 인간들이 지닌 두려움 중에서 가장 거대한 것이기도 하다. 이러한 이유로 사람들은 죽음에 대한 생각에서 자유롭지 못하고 또한 그 실체에 대하여 알고자 한다. 동시에 죽음은 중요한 설화적 주제가 된다. 고전서사에서 죽음은 대체적으로 주인공들이 고난을 겪은 후 행복한 삶의 끝에 오는 부수적인 장치 혹은 악인의 징벌을 바탕으로 한 도구적 의미를 취하고 있다고 할 수 있다. 이 때문에 고전서사에 있어서 죽음이라는 주제 자체를 문제 삼아 그에 대한 구체적인 의미를 논할 기회는 그렇게 많지 않다.

'계모'는 동서양을 막론하고 일부일처제 사회 어디에서나 존재한다. '계모繼母'는 시대상을 보여주는 봉건시대 가족제도의 결과물이며 아울러 실제적 혹은 유형적인 인물일 수 있다. 여성들은 실제 어머니로 살면서 모성을 통해 고통과 기쁨, 억압과 권위를 동시에 경험한다는 그 양면성이 공론화되면서 도전받게 된다.[1] 이들 계모는 전실 자식에게 바늘 옷을 입혀

때린다든가, 밥을 제대로 주지 않는다든가, 한 겨울에 나물을 캐오라든가 등등의 각종 비인간적인 학대와 불가능한 과제를 통해 괴롭힌다.[2]

전통시대의 여성은 잦은 출산, 과중한 노동, 부족한 영양 등으로 천수天壽를 누리지 못하는 경우가 대부분으로 계모는 많이 발생하게 되었다. 이는 '어머니의 연장선상에 있는 사람'이란 의미에서도 나타나듯이 계모는 친어머니와 다름없었기 때문에 법적으로도 본처本妻와 동일한 지위가 부여되었다. 하지만 이러한 법적法的 지위와는 상관없이 가정 내에서의 계모의 위치는 대체적으로 흔들리고 불안정하다는 한계가 있었는데, 그 이유는 대부분 전실前室 자식과의 관계 때문이었다. 계모와 전실 자식 사이에서 생기는 서로에 대한 시기와 질투로 인한 갈등, 그 속에서 만들어지는 여러 가지 유형의 사건들은 필연적인 것일 수밖에 없다.

이렇듯 계모와 전실 자식 간의 갈등을 주된 내용으로 한 설화를 '계모형 설화'라 한다. 계모형 설화는 현재까지도 다양한 측면에서 지속적으로 연구되고 있다.[3] 계모는 악인惡人의 전형으로, 전실 자식은 선인善人의 전형으로 나타나고 있다. 계모가 전실 자식을 괴롭히거나 해치고 살해殺害하는 방법은 작품마다 약간의 차이만 발견되며, 설화의 결말은 계모형 고소설과 마찬가지로 주인공의 행복한 삶을 끝으로 이야기를 마무리되기도 한다.

1) 김영옥, 「새로 쓰는 모성신화」, 『여성학논집』 제22집 제1호, 이화여자대학교 한국여성연구원, 2005, 25쪽.
2) 서영숙, 「〈계모노래〉에 나타난 계모의 형상과 기능」, 『실천민속학연구』 제27호, 실천민속학회, 2016, 263쪽.
3) 김재용, 『계모형 고소설의 시학』, 집문당, 1996; 정경자, 「고대소설에 타난 계모형 소설연구」, 『국어국문학연구』 제12집, 부산대학교, 1962; 우쾌재, 「계모형 소설 연구」, 고려대학교 석사학위논문, 1976; 신규원, 「계모형소설연구」, 영남대학교 석사학위논문, 1981; 이윤경, 「계모형 가정소설의 서사구조적 원리와 존재양상 연구」, 『고소설연구』 제16집, 한국고소설학회, 2003; 이윤경, 「계모형 고소설 연구 -계모설화와의 관련성을 중심으로-」, 성신여자대학교 박사학위논문, 2004; 이종서, 「전통적 계모관의 형성과정과 그 의미」, 『역사와 현실』 51, 한국역사연구회, 2004; 이기대, 「〈장화홍련전〉 연구사」, 우쾌재 외, 『고소설연구사』, 월인, 2002.

계모는 현대 사회에서도 심심치 않게 이야기되고 있다. 이는 계모를 소재로 한 드라마·영화, 사건을 주로 다루는 뉴스·신문 등의 대중매체를 통해서 쉽게 접할 수 있다. 계모형 TV드라마가 한국형 서사의 원형을 그대로 따르고 있기 때문에[4] 현대에 와서도 지속적으로 흥미를 유발하고 있다. 계모와 전실 자식들의 사이에서 나타나는 갈등의 양상이 단순히 과거의 것이 아니라 현재에도 흔히 나타나는 매우 경험적이고 실제적인 사안이라는 점에서 시대를 불문하고 대중의 관심 속에 놓여 있다는 사실을 알게 한다. 따라서 이장에서는 〈계모형 설화〉[5]에 형상화 된 죽음의 양상을 살펴보고 당시의 시대상과 관련하여 점검하고자 한다.

2. 〈계모형 설화〉에 나타난 죽음의 형상화

고소설에 나타난 죽음을 네 가지로 분류하고 있다. 그 내용은 첫째 불교의 인과응보因果應報사상이 반영되어 있는 윤회업보輪回業報의 죽음이요. 둘째는, 신화 문학적 전통을 그대로 전승한 영원회귀永遠回歸의 죽음이며 셋째로, 현실적 시련과 고난을 죽음으로써 극복한다는 현실극복의 죽음과 마지막 네 번째로, 주인공들이 인생의 위기를 극복해가는 과정으로서 통과의례通過儀禮의 단계로 맞이하는 상징적 죽음으로 대별된다는 것이다.[6] 실제와 상관없이 한국인의 사고에는 계모가 악인으로 표징되어

---

4) 임영규, 「고소설과 TV드라마의 계모담 비교 연구」, 한국교원대학교 석사학위논문, 2012, 5쪽.

5) 대표적인 계모형 설화로 441 '가족관계 그르치는 악행'으로 분류하고 있다. 이에 속하는 유형으로는 441-1 전실 자식 죽인 계모 행실 밝힌 며느리, 441-2 계모가 죽인 전실 자식 접동새 되기, 441-3 전실 자식 간을 먹으려는 계모, 441-4 콩쥐팥쥐 441-5 전실 자식 눈을 뺀 계모, 441-6 딸의 인연을 망친 계모(딸과 만나는 남자를 죽인다)가 있다. 조동일 외, 『한국구비문학대계 별책부록 I: 한국설화유형분류집』 (한국정신문화연구원, 1989), 437~441쪽 참조.

6) 김수종, 「한국 신화와 고소설에서의 죽음 초극 방법에 대한 고찰」, 『한국언어문학』 제8집, 한국언어문학회, 1997, 167쪽.

비참한 최후를 맞이해도 된다고 생각한다. 반면에 착한 전처 자식은 사회적 약자로 표징되어 그들이 악을 물리치고 선을 쟁취하는 행동에서 쾌감을 얻는다.

1) 사회적 갈등의 표출

〈계모형 설화〉에서 주인공의 '죽음'은 일상적이고 보편적인 차원에서 수용되어진 죽음이 아니라, 죽어서는 안 될 사람이 죽게 되는 특수한 상황을 전제로 하기 때문에 그 죽음의 의미는 일상적인 죽음의 의미와는 또 다른 것이라 할 수 있다. 그것은 주인공들이 죽고 난 후 벌어지는 일련의 사건들에서 가정, 사회적 관계의 양상을 파악할 수 있고 그 내부에 계모의 소행이 있다는 사실을 파악하게 된다. 이처럼 계모의 악행이 극명하게 드러난다.

이야기에서 자기 본위로 가족구성을 재편하고자 시도하는 어머니는 대체로 계모들이다. 계모는 진정한 어머니를 상징하는 생모生母에 대한 공백을 극단적으로 형상화하여 그 중요성을 강조하게 된다. 그러나 계모는 부정적 요소를 지닌 어머니이자 악녀의 전형적인 인물로 설명된다.

> 가. 친모가 죽고 계모가 들어오다.
> 나. 계모와 전실 자식이 갈등하다.
> 다. 계모가 전실 자식을 가정으로부터 소외시키다.
> 라. 전실 자식이 시련을 극복하다.
> 마. 전실 자식이 가족과 재회하고 계모를 처리하다.

'계모형 설화'의 전반적인 전개과정이다. 이러한 서사 속에 죽음과 관련한 다양한 모티프가 수반된다. 계모와 전실 자식이 가족구성원으로서 함께 할 수 없는 갈등사안이 분명하게 예상되고 결국은 그러한 상황을 보여준다. 전실 딸일 경우 낙태落胎모해謀害나 부정을 꾸미는 방법을 동원하여 '부정한 딸'의 오명汚名을 씌운다. 또한 계모와 전실 아들의 갈등

이 나타날 때는 주로 계모가 전실 아들에 대한 살해나 살해의도를 드러내
는 모티프가 동원된다. '신방의 아들 살해하기', '전실 자식의 간肝을 요구
하기' 등이다.

> 상처를 해 가이고(가지고), 결혼을 해 산께나(사니), 오누(오뉘)로 낳아 놓
> 고 본처가 죽었는데, 자주 그 자석(자식)들로 밉다고 만날 식은 밥딩이 남으몬
> 믹이고(먹이고) 고기도 묵던 찌거렁이 헌 거, 헌 물 그런 거로 믹이고 이래
> 가이고, 키아 갖괴[청중: 서모가 된께]그래, 서모가 되 논께 그래 키아 갖고,
> 그래 커진께 와, 들에 논에 매로 가라꼬. 논서 마지기 논을 매로 가라꼬[청중:
> 옛날에는 다신어미 밑에 몬 살아. 지금은 그런기요?] 두 동숭(오뉘) 서로 논을
> 매 놓고, (중략) 정자나무 밑에서 누우잤제. 누우자는데 말이지, 턱 저년이
> 계모가 오디마는 헐렁헐렁 논도 안 돌아보고 왔다 가면서 아이구 사나(남편)
> 하테가서 이르기로 아구고 더런 가시나 머슴아 오뉘 세상에 논도 안 매고 정자
> 나무 밑에서 안고 보듬고 누우자더라꼬. 나무톱으로 써(썰어) 쥑일기라고. 그
> 래논께 사나가 안 나쁘요? 그래 그 논부터 돌아보고 하지 그 자석을 써 쥑이서
> 대동강에 띄아 놓고 (중략) 다신 애미(계모)가 애미런가?7)

아버지 입장에서 재혼再婚의 동기는 살림을 전담할 사람과 어린 아이
의 양육養育의 필요에서 시작되었지만 이러한 사실은 계모의 입장에서는
자신이 처음부터 기능적인 존재로 규정되어 있다는 것을 알게 한다. 계모
는 기능적인 존재일 뿐이라는 것과 이는 얼마든지 대체가 가능한 존재라
는 것이다. 가족관계에 있어 감정적인 소통이 기반이 되지 않으면 일체감
을 가지기 어렵다. 여기에서 오는 소외감과 상실감이 계모의 불안감을
가중시킨다. 결국 이러한 불안감이 계모가 악행을 행하는 한 원인으로
작용한다.

> 아들 하나 놓고. 상철 당했는데 지우(겨우) 돌 지내놓고 상철 당했는데.
> 가만히 생각하니 아 청춘이 말리같은 사람이 이판서가 상처를 당해고 보니

---

7) 8-1, 316, 계모와 어리석은 아버지, 원이지 구연.

기가 맥히거든. 살림은 요부하고 아는 하나 뿐이구 집안도 걱정없고 이런데 그 살 일이 기가 맥혀요. 그런게 김판서가 있다가, "야 야 안 되겠다. 젊은 청춘에 무에 호래비돼서 되겠나? 니 어디 민혼." "아이고 민혼하면 저 아를 하나 논걸 저 설움 우째 받지요." 그카다가 본게. (중략) 빨래도 해줘야 되겠고 그래 가정생활 보니게 참 민혼 안하면 안 되겠어. 그런께 아는 어리지. 아 그래 안할 도리가 없단 말이여. 게 민혼을 했어. (중략) 후처 몸에 아들은 재주 가 더 있고 전처 몸에 아들은 재주가 들햐. 그래 다른 아-들 서당 아-들이 뭐락하는게 아니라, "저놈은 동생만도 못햐. 느 어머닌 서모庶母로 들어왔어." 자꾸 그럭햐. (중략) 그런데 인저 가만히 작은 어매가, "저놈의 자석(자식) 또 살림을 내놓면 또 실어내면 다 빼지." 싶은 생각이 있어가지구, "저놈을 죽이 고 우리 아한테 독차지하고 고만 그래야 싶다."는 마음이 들어요. 야삼한 마음 이 들더란 말에요. "그런게 아니다."꼭 마음을 다시 먹을래도 어머니 맘에 자 꾸 들거던. 저놈의 재산 독차지해야 되지 저놈의 재산 반살림하면 좀 작아요. 욕심에.8)

전처前妻의 아들보다 재주가 뛰어난 자신의 아들은 어머니가 서모庶母 라는 이유로 놀림을 받는 상황이다. 그러다보니 계모는 전처 아들이 장가 를 갈 때 자기 아들에게 갈 재산이 나누어지는 것을 독차지 하고 싶은 이기적인 욕망이 생겨난다. 본처本妻 자식을 죽이고 재산을 모두 차지하 고 싶은데 좋은 계모라는 소리를 듣고 싶어 살인 등의 계략을 세우지 못하고 독주毒酒가 된다는 식전 술을 매일 먹여 서서히 죽이고자 시도하 는데9) 이러한 이야기를 통해 계모에게 가정 내에서 인정 욕망10)이 얼마 나 심적心的으로 큰 부담감으로 작용하고 있는지 알게 한다.

다시 말해 전처 소생을 살해하거나 제거하여 남편과의 정서적 안정을 회복하고 남편-자신-기출 중심의 계모시각의 온전한 가족구성을 시도하

---

8) 3-4, 865, 계모의 흉계를 밝혀낸 며느리, 전경남 구연.
9) 4-4, 741, 식전 술은 독주 식후 술은 약주, 한현석 구연
10) 이 글에서 말하는 인정욕망은 그 대상을 지탱하는 축이 바로 인간 자신들임을 간과하지 않는다는 차원에서 차용한 용어임을 밝힌다. 또한 처첩妻妾을 막론하고 당대 여성들에게 있어 가족들로부터의 인정은 곧 사회적 인정과 다름없는 차원이 었음을 감안한 용어이라고도 할 수 있다.

고자 한다. 계모에게는 자신이 전처 소생을 훌륭하게 양육養育할 때에
한 해 그것을 담보로 하여 남편에 의해 애정과 인정을 받을 수 있다는
사실에 집착하게 된다. '계모형 설화'에서 전처 소생에 대한 계모의 살해
위협, 살인 등의 적대행위는 계속되지만 남편과의 갈등은 전혀 나타나지
않는다. 그것은 "남편이 갈등의 제공자요, 증오의 대상자이지만 계모가
지닌 탁월한 이중적 교활성으로 남편을 쉽게 압도해 버린다. 그렇기 때문
에 계모에게 있어서 남편은 갈등의 대상이 되지 못하고 결국 전처 소생만
이 갈등의 주된 인물로 작용하여 남편에 대한 증오심까지 전이시켜 결국
전처 소생을 최대의 적으로 고정"짓게 되어버린다는 것이다.[11]

그러나 계모의 이러한 온전한 자리매김을 하지 못하는 관계적 불안이
전처소생에 대한 악행惡行을 유발한다는 심각한 윤리적 문제점을 가져온
다. 또한 계모의 악행이 밝혀질 경우 계모에 대한 처단은 계모의 소생들
까지 포함된다는 점에서 미덕美德과 함께 악덕惡德 또한 어머니에게서 자
식으로 이어진다는 설화적 인식을 보여준다. 가장은 계모의 악인惡人적
측면을 부각하고자 할 때 결국 자신이 낳은 자식을 살해하는 행위를 보인
다. 결국 직계비속의 살해의 방식을 이용한다. 전처 자식을 죽인 계모의
소행을 알게 된 후 계모와 계모 소생을 처단하는 아버지의 분노, 응징은
일관되지 않은 태도를 나타낸다. 여기서 아버지는 심판자, 처형자로 변모
하여 가부장 요소를 극명하게 보여주지만 가족 간의 관계를 살피고 훈육
하는 집안 어른으로서의 역할에는 무관심하다.

또한 〈계모형 설화〉 속에 등장하는 아버지는 자신의 자식을 죽인 후처
에 대한 보복을 극단적으로 보여주는데 후처後妻 또한 자기 자식의 죽음
을 경험하도록 하는 것이다. 그 이유는 동일한 고통으로써 계모를 처벌하
는 것으로 이는 아버지가 후처에 대해 가할 수 있는 가장 커다란 응징이
다. 그러나 후처의 자식 또한 아버지의 자식이라는 측면에서 본다는 아버

---

11) 조용선, 「계모형 고소설의 문화사회학적 연구」, 전남대학교 박사학위논문, 2014,
98쪽.

지는 이미 아버지로서의 정체성과 윤리성을 상실했음을 나타낸다.

> "악한 뱃속에서 난 악한 자식은 쓸데없다"[12] "야 이년! 니 겉은 흉녀를 데루
> 고 이때꿈 산 게 내가 본데 어리석다."[큰 소리로] 당장에 나가서 고마 [본래
> 소리로] 때려서 고마 밧줄로 뿌끈(힘껏) 묶었어부렀어. 묶고 그 아들을 둘을, "너
> 는 부모 못 만내가주고 애무한(애매한) 너가 죽음을 하는데, 너 이 흉녀의 뱃속
> 에 난 게 넌들 누가 옳게 태어났을라. 너도 애무한 죽음을 하는 줄이나 알어라."
> 아들들도 또 묶었어부렀어. (중략) 그래놓고설랑 고마 그 자기 후처에 몸에 난
> 자슥하고 마느래하고 자기 아들 목하고 자기 참 며느리 시신하고 바아다 좌여
> 놓고 문을 딱 걸어놓고 집에 불을 콱! 찔러부렀지, 뭐. 불 찔러부고, [13]

가장家長의 친자살해親子殺害행위는 인간의 생존가치에 대한 전통사회
의 인식에 따른 것인데, 전통적인 인식의 근간을 이루는 유가에서는 인간
의 생명 본래의 가치를 추구하기 보다 사회적인 가치에 더 큰 의미부여[14]
하고 있기 때문에 가장의 행위를 정당하다고 파악한다. 계모의 입장에서
볼 때 사회적 지위는 높으나 늘 집을 떠나 타지他地에서 일하는 남편의
처지는 전실 아들을 속여 눈을 빼고, 살해를 시도하기에 충분한 요소를
지니고 있다.

계모가 전실 자식을 죽이려고 하는 이유는 대부분 경제적, 사회적 문제
와 크게 연결될 수 있다. 가산家産 분배 문제와 결부되는데, 때로는 후처
소생에 대한 사회적 편견을 그 원인으로 제시하기도 한다. 다만 각 편에
뚜렷한 이유를 제시하지 않고 계모를 부정적이고 두려움의 존재로 형상
화하여 '계모형 설화'에 등장하는 전실 소생들은 그들에게 놓인 현실의
고통과 시련을 결국 죽음이라는 극단적인 방식을 택하여 해소하고자 한
다. 결국 전실 소생의 자식들이 택하는 죽음은 현실극복의 측면을 지니고

---

12) 5-1, 568, 사명당 입산과정, 김기두 구연
13) 7-9, 899, 사명당의 후처와 누명 쓴 며느리, 신동식 구연
14) 서경희, 「가정소설에 나타난 친자살해 연구」, 『국어국문학』 154, 국어국문학회,
2010, 147~150쪽.

있다는 것을 알게 한다. 비극적 구성을 갖는 서사는 그 비극을 통해 서사의 사회, 역사적 성격을 다른 형식의 서사보다 분명하게 드러낸다. 그것은 역사, 사회적인 조건들로 인해 야기되는 문제들을 통속적인 방식으로 해결함으로써 그것을 은폐하고 독자들에게 그 속에서 나타나는 성취감을 맛보게 하는 대신에 현실에 내재된 모순을 그대로 드러낸다. 〈계모형 설화〉에서도 마찬가지로 이러한 현실 속의 고통과 비극을 고스란히 재현하고 있다. 새롭게 구성된 가족관의 비틀어진 관계망과 이기심, 소외감, 불안감이 그대로 전이되는 동시에 이를 원만하게 풀어나가지 못하여 결국은 죽음이라는 극단적인 방식을 통해서 비극의 문제를 그대로 설명하게 된다.

2) 개인적 욕망의 표출

문학文學에서 문제되는 것은 욕망 원칙이며, 반대로 사회에서 문제되는 것은 현실 원칙, 즉 이데올로기라고 할 수 있는 것이다. 따라서 이두 원칙은 필연적으로 충돌할 수밖에 없는 것이다. 그런 까닭에 문학은 사회적 갈등이나 모순을 있는 그대로 표출하여 그것의 부정적 성격을 승화시키려 하며, 사회는 그것을 제도적으로 억압하려 한다.[15]

계모와 첩은 그들이 이주移住해 오기 전에는 별다른 특권特權을 누리던 인물들이 아니었다. 오히려 계모와 첩이 되면서 궁핍과 고난에서 벗어날 계기를 마련할 수 있었다. 부정적인 상황에서 긍정적인 상황으로 이행한 것이다. 그럼에도 불구하고 계모와 첩은 자신들의 현재 여건에 만족하지 않고, 더 많은 충족을 기대한다. 그 욕구 충족을 위해 이해가 상충되는 상대방相對方을 제거하기 위한 음모를 꾸미는 것이다. 계모와 첩은 특히 경제적인 욕구가 강한 편이다.[16]

계모는 정상적인 삶을 누릴 수 없는 지표로서의 존재이다. 계모의 사회학적 표지는 '비극적 메타포'이다. '계모'의 등장에 따른 '전실 소생'과 '첩

<hr>

15) 김현, 『문학사회학』, 민음사, 1983, 12쪽.
16) 김재용, 『계모형 고소설의 시학』, 집문당, 1996, 141쪽.

妾의 자식' 또한 표지 속에는 이미 주어진 명칭대로 행동하려는 '명칭부여효과'를 그대로 경험한다. 계모의 진실은 숨어버리고, '계모'라는 폭력적 표지로서의 '계모'가 남는 것이다. 욕망은 혼입婚入하기 전에 자신들이 처했던 현실에 대한 일종의 보상 심리에 가깝다고 보인다. 그러나 그것마저도 가부장적 이데올로기에 의한 억압과 탄압에 의해 그릇된 욕망으로 치부되어 버린다. 이들은 현실에 대해 반발하지 않을 수 없었을 것이고, 바로 여기에서 그들만의 욕망 추구 혹은 충돌 양상이 나타나게 된다. 계모는 자신이 갖지 못한 것, 또는 그들이 받는 '불평등'에 대한 심리적 욕망이 강하게 작용하고 있기 때문이다. 이는 폐쇄적인 봉건사회에서 희생과 순응만을 강요하며 수동적인 모습으로 일관하는 '여성'이라는 정체성에서 벗어나 '가정'이라는 작은 사회에서는 보다 적극적이며 능동적인 여성으로서의 존재를 실현하려는 시도로 보인다.

가정사에 대한 이념과 현실이 맞부딪치는 과도기過渡期일수록 계모와 전처소생의 동거同居가 서로를 진정한 가족원으로 수용하지 않는 정서 또한 강하게 만들어내었을 가능성도 보이기 때문이다. 이러한 사실은 계모와 전처 소생들이 서로를 무시하거나 미워하는 가운데 갈등이 발생 할 가능성이 높아짐을 의미한다. 그런 과정에서 계모가 상대적으로 약자라고 할 수 있는 전처 소생들을 모해하거나 학대할 개연성이 매우 커졌고, 또한 계모의 악행을 한편으로 미워하면서도 한편으로는 당연시하는 통념이 성립할 가능성이 커졌음을 의미[17]하기도 한다.

이미 계모는 신분적으로 인간적으로, 상층부上層部로 발돋움하려는 욕망을 거세 당하였다. 이것을 인식하는 순간부터 당사자들로서는 이미 계모의 굴레를 벗어날 수 없다는 것을 안다. 온전한 인간으로서의 존재가 결여된 계모는 자신의 욕망을 거세당한 것에 대해 공격성攻擊性을 보인다. 이것이 바로 계모의 '전실 소생 죽이기'이다.[18] 욕망은 계모만의 것이 아니었

---

17) 이종서, 「전통적 계모관의 형성과정과 그 의미」, 『역사와 현실』 51, 한국역사연구회, 2004, 148쪽.

다. 왜냐하면 전처소생은 기득권을 견고하게 다지기 위하여 계모와 신경전을 벌였을 것이고, 계모는 계모대로 가족 내의 여자 어른으로서의 지위를 확보하려 했을 것이다. 모든 결정권決定權이 가장에게 주어져 있었던 만큼 계모와 전처소생 사이에는 총애다툼이 일어났을 가능성이 높다.[19] 이는 결국 전처 소생을 살해하는 극단적인 방법을 선택하게 만든다. 계모가 전실 자식을 차별하는 이유는 기본적으로 기출己出을 위한 태도에서 기인했다고 볼 수 있다. 계모는 기출이 가정 내 안정된 위치를 획득하기 위해서는 전실 자식이 방해요소라고 판단한다. 그리하여 전실 자식을 제거함으로써 자신의 영향력을 확장하려는 계모의 욕망이 포함되어 있다.

대표적인 서사를 정리하면 다음과 같다.

> 가. 계모는 전실 자식의 혼인 첫날밤 살해할 계획을 세운다.
> 나. 계모에게 매수된 종은 전실 자식의 목을 베어오고, 신부는 간부의 소행일 것이라고 누명을 쓴다.
> 다. 신부는 누명을 벗기 위해 시가로 찾아온다.
> 라. 우연한 기회에 신부는 계모의 소행임을 알고 시부에게 그 사실을 알린다.
> 마. 잘린 아들의 목을 찾은 시부는 계모와 계모 소생을 단죄한다.

다음은 '허씨'인 계모와 '장화 홍련'이라는 생모 장씨의 딸들 사이에 나타나는 갈등으로 결국 죽음에 이르는 것이 이 서사의 중심인 것이다. 가장으로서의 배좌수의 태도 또한 문제가 된다. 가장은 엄정한 중립을 지키고 가정을 살펴야 하는 의무를 가짐에도 불구하고 배좌수가 후처를 배제하고 장화 자매를 편애하는 측면에서 계모와 이들 사이의 갈등은 더욱 증폭된다. 배좌수의 편애는 허씨의 적대감을 강화시키고 결국에는 허씨가 장화 자매를 죽이게 하는 데까지 이르는 요인으로 작용한다.

---

18) 간호윤, 「군담소설의 가족담론적 성격 연구」, 『우리문학연구』 16, 우리문학회, 2003, 45~46쪽.
19) 오종근 · 백미애, 『조선조 가정소설연구』, 월인, 2001, 29쪽.

가. 생모인 장씨의 죽음 이후 후사를 위해 허씨의 혼입婚入이 이루어진다.
나. 허씨가 후사를 이어주나 가족들이 허씨를 소외시킨다.
다. 허씨가 전실 자매를 학대하고 흉계를 꾸며 그들을 죽게 한다.
라. 장화 자매의 신원에 의해 원한이 풀리고 배좌수는 윤씨와 재혼한다.
마. 장화 자매가 이들의 자녀로 환생한다.

배좌수는 두 혈연血緣 집단에 대한 관심을 공평하게 행하지 않고, 한 혈연 집단에 대해서만 지속적으로 관심을 표명했으며, 다른 집단에 대해서 억압적인 태도를 취했다. 그러한 태도가 소외된 집단의 반발反撥과 갈등의 요인이 된 것이다. 그런데 그러한 갈등은 배좌수의 힘이 약화되었을 때 나타난다. 배좌수는 관청의 일에 열중했고, 가정에서의 일에 대해서는 무관심했다. 배좌수가 집안일에 무관심할 때, 가정에서의 가부장권이 확립되어 있지 않다는 사실이 보인다. 가부장권의 진공상태眞空狀態에서 계모는 그동안 억눌리고 비뚤어진 욕망을 재현하여 자신에게 유리한 측면으로 이끌어 낼 수 있다.

결국 허씨는 배좌수를 이용하여 장화 자매를 제거한다. 이는 이미 예견된 갈등, 계모의 분노를 기반으로 결국 살해라는 극단적인 방식으로 표현되었다는 사실을 알려준다. 자신이 온전한 존중과 대우를 받지 못한다고 여겼던 계모는 자신을 '처치'하겠다는 배좌수의 말에 그 분노가 절정에 달하게 되고, 결국 장화를 살해할 흉계를 세우고, 행동으로 옮기게 된다. 무엇보다 전처소생에 대한 사회적 시선과 배좌수의 애정 편중偏重 때문에 그들을 학대하는 데에는 한계가 있으므로, 흉계凶計를 수반하여 장화 자매를 제거한 것이다. 여기까지 보면 이들 간의 갈등이 표면화되기 시작하는 위의 예문 '다'의 부분까지가 이들 간의 현실적 대결이 끝나는 부분임을 알 수 있다. 이들 간의 현실적인 갈등은 장화 자매가 죽음으로써 표면적으로는 허씨의 승리로 귀결歸結되는 것으로 보인다.

'라'부분은 비현실적 세계, 즉 사후 세계에서 승패가 반전되는 부분이다. 결론적으로 현실적 실패를 경험했던 장화 자매는 비현실적 세계 내지 방법에 의해 최후의 승리를 쟁취한다. 비현실적 세계라 함은 역으로 현실적인 세계에서의 승리가 어렵거나 희박稀薄함을 말해 준다고 볼 수도 있다. 그리고 이러한 세계에까지 이르렀다는 것은 그만큼 전처 소생에 대한 사회적 지지와 기대가 주를 이룬다는 것을 의미할 수도 있다. 그렇기 때문에 '마'부분은 장화 자매의 어려운 승리를 더욱 확고하게 만들기 위한 장치로 추정된다. 죽음 뒤의 이루는 승리는 특별한 의미가 없으므로 환생還生이라는 장치를 통하여 이들의 승리를 진정한 의미로 부각해주는 소설적 장치였을 수도 있다는 것이다.

> 힝동거지 심히 아룸다옵기 친ᄌ식가치 양휵ᄒ여 이십의 니르러ᄂ 져의 힝식 점점 불측ᄒ와 빅 말의 흔 말도 듯지 아니ᄒ고 성셜치 못 홀 일이 만ᄉ와 원망이 비경ᄒ옵기로 ᄯᆨᄯᆨ 져의를 경계ᄒ고 개유ᄒ여 아모조록 ᄉ름이 되고져 ᄒ옵더니 일일은 져의 형뎨의 비밀흔 말를 우연히 여허 듯ᄉ온즉 그 흉픽ᄒ온 말이 측냥치 못 홀지라 마음의 가장 놀납ᄉ와 가부더러 니른즉 반다시 모히ᄒᄂ 줄노 알 듯 ᄒ와 다시곰 싱각ᄒ여 져를 몬져 죽여 내 마음을 펴고져 ᄒ여

위의 인용문은 재판 과정에서 계모가 장화와 홍련을 살해하게 된 이유를 진술하고 있는 부분이다. 여기에서 계모가 살해를 하게 된 동기가 선명하게 제시되었다. 계모는 장화와 홍련을 친자식처럼 키웠는데, 이들은 성장하면서 점점 태도가 불량해져 어머니의 입장에서 사람이 되게 하고자 꾸짖었는데, 형제가 모의하여 자신을 죽이고자 하기에 먼저 살해했다고 말한다. 그러나 계모가 재판의 과정에서 했던 말들은 모두 핑계 이상으로 받아들여지지 않았다.

이처럼 계모는 악인이며 친모親母와 달라서 전처의 자식들을 구박했을 것이라는 편견이 계모의 말보다는 배좌수의 전처 자식들이 한 말을 더 신뢰하게 만들었던 것이고 사회적 시선이 그러했다. 계모의 입장은 전혀 고려되지 않은 재판으로 인해 사건은 계모의 성격적 결함으로 생긴 살인 사건으로 결론이 나고, 계모는 능지처참陵遲處斬에 처해진다. 비록 계모

의 살인은 중대한 범죄이지만, 계모에게게만 잘못이 있다는 판결은 계모의 입장에서는 억울한 일임이 분명하다. 그리고 계모에 대한 편견은 장화와 홍련의 복수라는 올바르지 않은 방법으로 행해지고 있지만 그것이 억울함이 풀리는 것으로 묘사되고 있다.

3. 〈계모형 설화〉에 나타난 죽음의 특질

설화는 일반적으로 주인공과 대결자對決者 간의 갈등을 중심으로 구성되기 때문에, 셋 이상의 인물이 제각기 독자적 특성을 가지고 동시에 나타나 그 기능을 수행하는 일은 있을 수 없다. 또 근대문학이 플롯의 복잡하면서도 다양한 발전을 추구한다면, 설화는 하나의 사건을 다른 것과 연계시키지 않고 일사천리로 진행시킨다. 따라서 설화에서는 상세한 묘사를 하지 않았다고 해서 이를 위해 되돌아가는 법이 없고, 배경적 사실에 대한 단도직입單刀直入적 사건의 진행으로 이어진다.[20]

사회가 유독 여성에게 폐쇄적이고 억압하는 구조라고 하지만, 그 속에서 자신에 대한 정체성과 자아의식이 확립된 모습을 보여줄 수 있다. 게다가 이러한 모습은 '계모형 설화' 전반에 모두 나타남을 확인할 수 있다. 구비설화에 출현하는 계모들 역시 이 같은 관념에 따라 가족 관계 안에서 자신의 자리가 일정하지 않았고, 그에 부합하는 정체성을 확립하고자 시도하였다. 계모의 양상은 대체적으로 오랫동안 '악녀'로 인식되었고, 계모의 개인적인 사안에는 집중하지 않고 배척하고 응징해야할 존재로 수용되었다. 가부장을 바탕으로 하는 상징적 가족을 만들기 위한 이질적 혈연의 새로운 관계 시작은 어머니와 자식의 애착관계로 구성된 상상적 가족과의 단절이 이루어질 수밖에 없다.[21]

---

20) 윤승준, 「설화의 구조와 형식」, 『설화문학연구(상) 총론』, 단국대학교출판부, 1998, 289~291쪽.
21) 서유석, 「「김인향전」에 나타나는 애도작업(Travail du deuil)의 두 가지 방향-애도

다만 그들이 택한 방식이 평범하거나 일상적이지 않은 지극히 폭력적이고 비정상적인 방법을 통해서 설명하고 있다. '계모' 형상은 우리와 우리 사회의 미성숙함을 나무라고, 어른다운 어른으로 성장하게 하기 위한 각성의 문학 장치로 기능해 왔다.[22]

'계모형 설화'에서 자식의 살해나 죽음, 자식과의 관계에 있어 계모의 죽음 등이 제시되고 있는데, 그러한 문제적 상황은 과연 어떤 방식으로 풀어서 해결해야 하는 지에 관하여 많은 고민을 가져온다. 재혼가족에서 모母의 경우 아동양육과 교육, 가정관리 등 그에게 기대되는 역할이 가정 성원 중 가장 다양하고 복잡하며 이에 따른 어려움도 가장 클 수밖에 없는데, 그 중에서도 계자녀와의 관계가 갈등의 중심문제를 이루고 있다고 한다.[23] 가족관계를 기반으로 수용된 설화는 '나'를 중심으로 살피기보다는 관계 속에서 나의 자리를 인식하고 가족을 배려하고 보살피는 것을 중점으로 하게 된다. 역할과 관계를 기반으로 자신을 알고 찾아가는 방법 속에서 세계와 인간에 대한 섬세한 배려를 근간으로 하고 있다.

애초부터 서사에서 문제적인 인물로서의 계모의 등장은 '계모형 설화'를 구축하는 큰 틀이 된다. 문제가 없다면 서사의 구축은 힘들어지기 때문이다. 당시의 현실적 상황을 추정한다면 계모를 문제적인 인물로 설정하는 것에 대한 거부감을 갖기는 어렵지 않다. 가장의 치가治家 능력 부재로 인해 야기된 가정의 와해瓦解 및 전실 자식의 희생이 계모에게 전가轉嫁됨으로써 가장은 비판의 시선을 벗어날 수 있게 되며 전실 자식은 자신의 희생에 대한 분풀이를 할 수 있게 되는 것이다. 그리고 계모를 가정에서 소외시켜 가장권도 위기를 겪지 않고 전실 자식도 희생당하지 않는, 계모가 영입되기 이전의 상황으로 아무 일도 없었던 것처럼 돌아가게 된다.

부재로 인한 자살과 해원을 통한 재생의 새로운 의미」, 『라깡과 현대정신분석』 제15-1호, 한국라깡과 현대정신분석학회, 2013, 128쪽.
22) 서영숙, 위의 논문, 280쪽.
23) 김연옥, 「재혼가정 내 모의 역할기능에 관한 연구」, 『한국가족복지학』 제3호, 한국 가족사회복지학회, 1999, 41~62쪽.

그러나 계모의 지속적인 살해의 위협을 무릅쓰고 전처 아들이 다양한 고통을 극복하고 결국은 혼인에 이르는 과정을 확대하여 서사화는 경우가 대체적인데 이는 아버지가 계모와 결합하는 모습과는 분명히 다르다. 무엇보다 아버지와 계모의 결합은 재혼이라는 이유로 어렵지 않게 결정하는 요인이 충분히 있다고 판단이 된다. 대체적으로 아버지는 자신의 자발적인 의사로 재혼을 선택하기 보다는 주변의 관계나 여러 사회적인 이유로 재혼을 받아들이게 된다. 그리고 대부분의 설화 속에서 아버지가 계모를 선택하는 이유나 방법 등에 대하여는 면밀히 설명되지 않았다. 이는 아버지와 계모의 결합이 애정이나 운명을 기반으로 하는 것이 아니라 주변사람들의 권유나 사회적 상황으로 추측된다.

서사에서 계모의 집안은 지체는 있으나 경제적으로 몰락한 경우가 많다. 때문에 지체는 낮더라도 경제적으로 유복한 집안에 재취再娶로 시집온 경우인 것이다. 그리하여 경제적 보상에 대한 기대가 무너질 때 악인의 면모를 드러내는 것이다. 물론 아무 이유 없이 혹은 원래 악인의 모습으로 그려지는 경우도 있다.[24] 앞에서 살펴본 서사들은 전형적으로 계모설화의 모티브를 가져온 것이라고 할 수 있다. 전실 자식 때문에 계모의 가정 내 입지가 흔들리는 것에 대한 문제나 경제적 보상을 바라고 가정으로 영입되었으나 전실 자식으로 인하여 물질적으로 손해를 본다는 생각이 들자 전실 자식을 해害하려 한다는 가정소설의 경우와는 달리 '계모형 설화'에서는 천성적天性的으로 못된 계모의 성격을 문제 삼는 경우가 많다.

'계모형 설화'에서 계모가 보여준 분노忿怒는 비록 살인殺人이라는 극단적인 선택을 통해 가문家門의 약점을 쥐고 가정을 장악한다는 부정적인 면모를 여실히 보여주고 있으나, 계모가 영입된 가정의 문제를 설명하고 있다는 점에서는 의미가 있다. 즉, 계모는 아내로서, 어머니로서 정당한 대우를 받지 못함으로써 가족 구성원이 되지 못했는데, 이에 동의하지 않

24) 이승복, 「계모갈등의 두 모습-계모갈등과 물질적 가치·통속성」, 『고전소설과 가문의식』, 월인, 2000, 319~340쪽.

고 분노함으로써 계모가 영입된 가정의 문제를 노출시켰던 것이다. 분노
는 대체로 부정적인 감정으로 여겨지나, 부당한 현실에 대한 변화는 분노
에 의해 변화될 수 있다.[25] 그러므로 계모가 영입된 가정의 문제는 계모를
통해 드러나고 변화할 가능성을 얻게 되었다고 할 수 있다. 가족구성원
간에, 그것도 부모와 자식 사이에 다툼이 일어나게 된 근본적인 원인은
계모와 전실 자식이 가족형태의 변화 지점에서 만났기 때문이다.[26]

하지만 〈계모형 설화〉에 나타난 계모의 시도는 결론적으로 본다면 실
패로 돌아가고 만다. 독자들은 계모에 대한 고정 관념으로 인해 '계모형
설화' 속에 표현된 계모의 죽음을 끝내 가족 간의 살인이 아닌, '흉녀凶女'
의 처단으로 인정함으로써 계모에 대한 고정 관념을 더욱 고착固着시킨다.

계모가 제기했던 가정의 문제를 다만 한 사람의 일탈로 규정하여 복수
함으로써 계모의 발언發言을 묵살했다. 이는 계모가 된 자들이 부당한
처우를 당하더라도 아무런 문제도 제기 하지 말라는 일종의 경고와 다름
없다. 그러나 이와 같은 계모에 대한 경고의 이면에는 기존의 태도 변화
를 촉구하는 것이다. '계모형 설화' 속 재혼가정은 붕괴될 여러 가지 요인
을 포함하고 있고 결국은 죽음이라는 극단적인 방식을 택할 수 있다는
메시지를 함축하는 것이다.

'계모형 설화'에는 계모에 대한 편견과 그를 바탕으로 한 왜곡된 태도
를 보여주는 동시에 계모를 영입한 가정에서 온전히 가정 구성원으로 받
아들여지지 않았을 때 비극적 결말을 가져올 수 있다. 결국은 '계모형
설화'를 통해 계모가 살해의 위협자이고 가해자가 아니라 올바른 가족관
계가 성립되지 않으면 가족 모두가 가정 비극의 원인을 제공할 수 있다.
그 결과 모두가 가해자인 동시에 피해자가 되어 서로 죽고 죽이는 와중에

---

25) 윤정안, 「계모를 위한 변명-「장화홍련전」 속 계모의 분노와 좌절」, 『민족문학사
    연구』 제57권, 민족문학사학회, 2015, 82쪽.
26) 이윤경, 「계모형 고소설 연구: 계모설화와의 관련성을 중심으로」, 성신여자대학교
    박사학위논문, 2004, 163쪽.

가정은 붕괴崩壞되고 모두가 비극적인 최후를 맞이하게 된다.

4. 〈계모형 설화〉에 나타난 죽음의 의미와 진단

가족家族은 기본적으로 혈연을 중심으로 이루어진 생활공동체이다. 특히 동양 사회는 혈연의식이 뿌리 깊이 박혀 있다. 이러한 사고방식에서 계모는 혈연관계에 의한 자연적 구성원이 아니라 자녀양육이나 가산관리, 독신탈피 등 가정의 결핍을 메우기 위해 영입된 이방인異邦人과 같은 존재이다. 이러한 측면이 기존의 가족과는 이질적異質的일 수밖에 없다. 그래서 계모는 쉽게 소외된다. 그러다보니 사회의 인식과 생소한 가정환경에서 계모는 나름대로 자신의 지위를 확보하여야 할 당위성을 찾게 되고 이를 위하여 전처 소생을 해하기도 하는 '악녀惡女'의 모습이 고스란히 드러난다.

〈계모형 설화〉에서 가족의 갈등은 이미 예견된 것이다. 가부장제 사회에서 아버지의 역할은 축소되고 계모의 상실감과 공허함은 갈등을 증진시킨다. 결국은 비극적 죽음까지도 초래하게 된다. 그러나 '계모형 설화' 속에서 이러한 사안을 집중하지 않고 전처자식의 성공, 전처 자식의 배려심, 계모와 전처 자식의 결별, 이복형제와의 따뜻한 형제애, 계모의 착한 마음 등으로 해결될 수 있다고 단순하게 진단하고 있다. 그러나 계모형 설화의 비극은 단순히 과거의 문제로만 볼 것이 아니라 현재의 비극적 상황까지도 연장되고 있다. 이 서사에서 가족갈등의 원인을 가정 내의 부친과 계모의 '역할'에만 강조함으로 본래적인 가족제도의 문제는 살피지 않고 있다.

'계모형 설화'에 나타난 계모의 살해나 죽음의 형상화는 지금의 현실과 그리 동떨어져 보이지 않는다. 이혼이 증가하고 재혼 가정이 늘어나고 있지만, 여전히 재혼 가정을 비정상으로 바라보며 계모에 대한 편견이 존재하는 지금을 과거와 분리하여 생각할 수 없다. 이러한 맥락에서 우리가 읽어내야 하는 것은 계모는 악인이며 악독한 계모는 처단해야 한다는 의지의 산물이 아니다. 가정 비극의 원인은 한 개인의 책임이 아니라 가족 구성원 모두에게 있다.

만일 계모가 영입된 가정이라면 계모에 대한 부당한 대우를 개선하고 비극적인 결말의 문제를 대비해야 한다. 〈계모형 설화〉는 계모와 전처 자식들의 갈등으로 계모는 물론 본처의 자식, 혹은 기출 모두가 목숨을 잃는 극단적인 결과를 가져온다. 비극의 결과는 가족 구성원의 죽음으로 회복할 수 없는 가정의 붕괴를 가져온다. 본고에서 살펴본 〈계모형 설화〉에 나타난 죽음은 결국 비극의 결말이다. 이를 방지하기 위해서 아버지는 계모와 자식들 사이에 생길 수 있는 갈등을 조율해야 하며, 전처의 자식들은 계모를 친어머니의 자리를 빼앗는다는 부정적인 관점을 재고해야 한다. 계모 역시 전처 자식들의 상황을 알고 그들과 협력의 관계를 맺기 위한 관계개선이 시급하다.

이처럼 '계모형 설화' 속 '계모'의 모습은 우리 사회의 단면을 그대로 표출하고 또한 올바른 가정형성을 위한 각성으로 설명할 수 있다. 설화 속에서 지속적으로 보여주고 있는 계모의 모습과 죽음의 형상화는 단순히 악녀로의 계모를 강조할 것이 아니라 이를 통한 사회적 시선의 바로잡음과 올바른 관계 형성을 위한 일종의 문학적 장치로 기능해야 할 것이다.

참고문헌

한국정신문화연구원, 『한국구비문학대계』, 1980~1988.
_____, 『한국구비문학대계 별책부록Ⅰ 한국설화유형분류집』, 1989.
간호윤, 「군담소설의 가족담론적 성격 연구」, 『우리문학연구』 16, 우리문학회, 2003.
김연옥, 「재혼가정 내 모의 역할기능에 관한 연구」, 『한국가족복지학』 3호, 한국가족사회복지학회, 1999.
김영옥, 「새로 쓰는 모성신화」, 『여성학논집』 제22집 제1호, 이화여자대학교 한국여성연구원, 2005.
김수종, 「한국 신화와 고소설에서의 죽음 초극 방법에 대한 고찰」, 『한국언어문학』제8집, 한국언어문학회, 1997.

김재용, 『계모형 고소설의 시학』, 집문당, 1996.

김 현, 『문학사회학』, 민음사, 1983.

서경희, 「가정소설에 나타난 친자살해 연구」, 『국어국문학』 154, 국어국문학회, 2010.

서영숙, 「〈계모노래〉에 나타난 계모의 형상과 기능」, 『실천민속학연구』 제27호, 실천민속학회, 2016.

서유석, 「「김인향전」에 나타나는 애도작업(Travail du deuil)의 두 가지 방향-애도 부재로 인한 자살과 해원을 통한 재생의 새로운 의미」, 『라깡과 현대정신분석』 제15-1호, 한국라깡과 현대정신분석학회, 2013.

임영규, 「고소설과 TV드라마의 계모담 비교 연구」, 한국교원대학교 석사학위논문, 2012.

이종서, 「전통적 계모관의 형성과정과 그 의미」, 『역사와 현실』 51, 한국역사연구회, 2004.

이윤경, 「계모형 고소설 연구: 계모설화와의 관련성을 중심으로」, 성신여자대학교 박사학위논문, 2004.

오종근·백미애, 『조선조 가정소설연구』, 월인, 2001.

윤승준, 「설화의 구조와 형식」, 『설화문학연구(상) 총론』, 단국대학교출판부, 1998.

이승복, 「계모갈등의 두 모습-계모갈등과 물질적 가치·통속성」, 『고전소설과 가문의식』, 월인, 2000.

윤정안, 「계모를 위한 변명-「장화홍련전」 속 계모의 분노와 좌절」, 『민족문학사연구』 제57권, 민족문학사학회, 2015.

조용선, 「계모형 고소설의 문화사회학적 연구」, 전남대학교 박사학위논문, 2014.

제 8 장

향가 〈헌화가〉에 나타난
기원祈願의 표출양상

1. 〈헌화가〉의 특질과 위상

문학은 인간의 삶의 형상을 가장 현실적으로 구성하고 있다. 무엇보다 서사적 줄거리를 수반하는 경우 삶의 형태를 심층적으로 표현할 수 있다. 이런 사실을 기반으로 구성된 배경설화는 그 이야기를 중심으로 다양하게 전승되어서 수용될 수 있다. 〈헌화가〉역시 이러한 의미를 잘 반영한 노래이다. 〈헌화가〉는 신라시대의 4구체 향가說話로 애정을 구가하는 노래로 널리 알려졌다. 이 노래는 신라 성덕왕聖德王때를 배경으로 소를 몰던 신원미상의 한 노인이 강릉태수江陵太守로 부임하는 순정공純貞公과 동행하는 그의 아내 수로에게 벼랑 끝의 꽃을 꺾어 바치면서 부른 것으로,《삼국유사》권 2 〈수로부인 조條〉에 실려서 널리 회자되어 온 노래이다.

〈헌화가〉는《삼국유사》소재 작품으로 여러 숨겨진 모티프를 가지고 있다. 이 노래는 단순히 노옹老翁이 젊은 미모의 부인에 대한 연모戀慕라고 보기에는 단순하지 않으며 특수성을 내포하고 있다. 이 노래는 시대의 상징과 확정되지 않은 코드를 읽어내야 하는 작업이 필수적이다. 이처럼 〈헌화가〉는 확정된 성격을 규정하기에는 어려운 작품으로 그 안에는 역사歷史・종교宗敎・민속民俗・지리地理・정치政治・심리心理・사회社

會・문화적인 성격이 강하게 응집되어 있다. 그동안 연구자들은 〈헌화가〉에 대하여 끊임없는 의문을 제기하면서 지속적으로 논지를 전개하였다. 이는 70여 편을 상회하는 논문이 있고, 가요 해독과 관련된 논문까지는 100여 편이 있다는 사실을 통해 충분히 알 수 있다.[1] 기존의 연구자들은 〈헌화가〉를 사랑의 노래, 의례와 관련된 무속의 노래, 불교적인 노래라고 설명하면서 다양한 주장을 펼쳐왔다.[2] 그러나 여전히 〈헌화가〉에 대한 어느 것도 합의된 주장이 없고, 이 노래는 논쟁의 중심에 서 있다. 이 노래에서는 무엇보다 '물길'과 관계가 깊은 중요한 인물이 보는 앞에서 그 부인에게 헌화獻花한 노인의 행동을 파악해 볼 필요가 있다.[3] 또한 주목할 만한 것은 구사회의 연구로 〈헌화가〉가 다산과 풍요를 기원하는

---

1) 임기중, 『고전시가의 실증적 연구』, 동국대학교 출판부, 1992; 윤영옥, 『신라시가의 연구』, 형설출판부, 1982; 박노준, 『신라가요의 연구』, 열화당, 1982; 김학성, 『한국 고전시가의 연구』, 원광대학교 출판국, 1980; 김광순, 「헌화가」, 김승찬, 『향가문학론』, 새문사, 1989; 최철, 『향가의 문학적 해석』, 연세대학교 출판부, 1990; 성기옥, 「〈헌화가〉의 신라인의 미의식」, 『한국고전시가작품론』 1, 집문당, 1992; 김사엽, 『향가의 문학적 연구』, 계명대학교 출판부, 1979; 윤경수, 「헌화가의 제의적 성격」, 『향가 여요의 현대성 연구』, 집문당, 1993; 예창, 「〈헌화가〉에 대한 시론」, 한국시가문학연구, 『백영 정병욱 선생 환갑기념논총』 2, 신구문화사, 1983; 신영명, 「〈헌화가〉의 민본주의적 성격」, 『어문론집』 제37권, 민족어문학회, 1998; 현승환, 「〈헌화가〉배경설화의 기자의례적 성격」, 『한국시가연구』 제12집, 2002; 유경환, 「〈헌화가〉의 원형적 상징성」, 『새국어교육』 제63권, 한국국어교육학회, 2002; 신현규, 「수로부인 조 수로의 정체와 제의성 연구」, 어문논집 제32집, 중앙어문학회, 2004; 이승남, 「수로부인은 어떻게 아름다웠나−삼국유사 「수로부인 조」의 서사적 의미 소통과 〈헌화가〉의 함의」, 『한국문학연구』 제37집, 동국대학교 한국문학 연구소, 2009; 하경숙, 「〈헌화가〉의 현대적 변용 양상과 가치」, 『온지논총』 제32집, 온지학회, 2012; 하경숙, 「향가 〈헌화가〉의 공연예술적 변용과 스토리텔링의 의미」, 『온지논총』 제37집, 온지학회 2013.
2) 〈헌화가〉에서는 노옹의 정체와 성격, 수로부인의 욕망과 인식, 노옹의 의도와 심리를 종합해 의미를 살필 수 있다. 노인의 정체에 대해서는 선승, 농신, 신선, 무격, 범인 등의 해석이 나왔고, 그에 따라 암소는 심우나 현빈 또는 가축으로 이해된다. (박노준, 『신라가요의 연구』, 열화당, 1982, 198~216쪽.)
3) 이주희, 「수로부인 설화 창작의 시공간−「헌화가」를 중심으로」, 『어문논집』 제55집, 중앙어문학회, 2013, 212쪽.

주술적 성격을 지니고 있으며, 성기신앙의 상징 체계가 내재되어 있다고 보고 있다.[4] 이러한 논의를 바탕으로 〈헌화가〉에 대한 연구가 한층 진화 되고 범위가 확장되고 있다는 사실은 부인하기 어렵다.

〈헌화가〉는 사연의 불확실성과 특별한 인과관계가 없는 이야기임에도 불구하고 《삼국유사》 소재의 설화 중에서 단연 매력적인 작품으로 추앙 되면서, 대중들에게 전달되고 있다. 또한 최근에는 문화콘텐츠로의 활용 가능성을 보여 주면서 관심이 증폭되었다. 이처럼 〈헌화가〉에는 향가로 서의 성격뿐만 아니라 특수한 메시지를 지니고 있다고 판단이 된다. 본고 에서는 〈헌화가〉에 반영된 사회상은 물론, 작품 속에 등장하는 인물과 사건, 배경 등을 심도 있게 고찰하여 작품의 의미를 파악하고 그 의미양상 을 확인하고자 한다. 그리고 이러한 작업을 통해 신라인의 의식 세계는 물론 오늘날 우리가 추구하는 삶의 근원적 기원양상을 살펴보고자 한다.

2. 향가 〈헌화가〉의 성격과 의미

모든 작품은 당대의 문화, 사회, 역사, 사상 등 외부적인 컨텍스트 (context)에서 결코 자유로울 수 없다. 이는 오랜 시간동안 알려진 사실이 다. 따라서 향가 역시 오랜 시간을 아울러 전달되었는데 주로 사람들의 입에서 입을 통해서 전달되었다. 이는 그 시대의 역사歷史와 생활상이나 정서를 사실적으로 전달하는 수단이다. 《삼국유사》에 수록된 사료史料 는 주로 상징과 비유를 통해 전달되었고, 수록된 시詩나 향가鄕歌, 찬讚과 같은 운문韻文 등의 장치들이 문학적 사실을 보여주기도 한다. 이를 기반 으로 《삼국유사》에 기록된 설화에 담긴 은유적, 상징적으로 형상화 한 내용이 당대 현실과 무관하지 않다는 사실을 추측할 수 있다. 그런 추론 으로 본다면 〈헌화가〉와 관련된 수로부인조는 겉으로는 노인의 염정艷情

---

4) 구사회, 「〈헌화가〉의 '자포암호'와 성기신앙」, 『국제어문』 제38집, 국제어문학회, 2006, 201~233쪽.

이라는 문제를 가지고 규정되지 않은 인물, 사건 등의 구성으로 이야기를 전개하고 있는 듯 보이지만 실은 어떤 중요한 교훈敎訓과 가치價値를 담고 대대代代로 전달되는 이야기담談으로 설명할 수 있다.5) 김순정과 수로부인의 강릉파견은 극심한 재난의 연속에서 비롯된 정국을 돌이키는 어떤 전기를 만든 조치였다는 점을 알 수 있다. 그래서 수로부인 설화는 '성덕왕대의 역사를 조명하는 신화적 약호'이며 신화와 역사의 상관적 틀 안에서 해석 가능하다.6)

수로부인조에서 〈헌화가〉는 〈해가海歌〉와 함께 수록되어 당시 시대상황을 유추하기에 분명한 설득력이 있다. 〈헌화가〉 수로부인조의 전체 이야기는 대략 세 단계로 구분할 수 있다. 〈헌화가〉의 배경설화, 〈해가〉의 배경설화, 그리고 수로부인이 아름다워서 신령들에게 자주 납치되었다는 이야기로 이루어져 있다. 특히 〈헌화가〉와 〈해가〉의 배경설화는 구체적인 서사적 구성을 보여주고 있지만 나머지는 대부분 생략이 많고 개괄적이다.7) 사건의 측면에서 볼 때, 〈헌화가〉는 생략되어도 이야기의 줄거리나 사건의 맥락이 크게 달라지지 않는다.

향가는 반드시 그것과 관련된 배경설화를 기반으로 노래하고 있다. 대개의 경우 배경설화의 내용은 이들 가요가 만들어진 창작 원인에 따른 이야기이지만, 그 속에는 가요작품의 주제를 비롯한 가요상에 등장된 인물과 이들 인물에 연관된 여러 모습들이 다양한 기술記述로 나타난다.8) 향가 〈헌화가〉 역시 다른 고대가요와 마찬가지로 오랜 시간동안 다양한 방법으로 유통되어 전달된 민중의 노래이다. 구비설화의 연행은 전승에

---

5) 강명혜, 「단군설화 새롭게 읽기」, 『동방학』 제13집, 한서대학교 부설 동양고전연구소, 2005, 10쪽.
6) 조태영, 「『삼국유사』 수로부인 설화의 신화적 성층과 역사적 실재」, 『고전문학연구』 제16집, 고전문학연구학회, 1999, 5~31쪽.
7) 신배섭, 「향가 문학에 나타난 '갈등'과 '화해' 양상 연구: 『삼국유사』 소재 14수를 중심으로」, 수원대학교 박사학위 논문, 2008, 61쪽.
8) 최철, 『향가의 문학적 해석』, 연세대학교 출판부, 1990, 30쪽.

의하여 유형화되고 잠재적으로 갈무리되어 있는 문학적 능력이 일정한 상황 속에서 말과 행위를 통해 구체적으로 표현되는 즉흥적 출현성을 띤다.9) 수로부인 이야기는 당시 성덕왕聖德王대代와 구분하여 설명할 수 없고, 당시의 시대적인 상황 역시 배제할 수 없다. 무엇보다 성덕왕대는 어느 시기보다 왕권王權이 강화되어 있었다. 당唐나라와의 국교를 원활하게 처리하여 양국兩國 사이의 갈등을 해소하였던 시기이고, 국내정책에서도 왕권 유지뿐만 아니라 백성의 복지정책에도 소홀하지 않았다.10) 국가가 적극적인 대처 방안을 가지고 있던 상황으로 짐작된다.11)

≪속일본기≫는 김순정이 일본과의 관계를 주도했던 신라의 집정 재상宰相이었다고 전하고 있다.12) 이러한 상황에서 수로부인과 순정공 일행이 명주溟洲로 동행하는 과정에서 만난 노옹과 겪었던 일련一連의 사건은 그들 일행이 산천山川을 지나면서 행한 제의祭儀의 일종으로 해석하기도 한다. 또한 제의의 목적은 혼란한 시기의 백성들의 구휼과 민심을 수습하는 한 방책이었고 이 이야기는 이후에 정치적인 영향력으로 인하여 그 본래의 의미와는 다르게 다루어졌을 것으로 추측하게 한다.13) 헌화가는 세속적인 애정의 세계를 읊은 서정抒情가요, 주술적 제의와 관련된 무속巫俗적 노래, 또는 불교佛敎 수행과 관련된 선승禪僧의 노래로 보는 경우도 있는데 해석에 따라 다양한 방향성을 지닌다.14) 〈헌화가〉에서 보이는

9) 임재해, 「구비문학의 연행론, 그 문학적 생산과 수용의 역동성」, 『구비문학의 연행자와 연행양상』, 박이정, 1999, 3쪽.
10) 유육례, 「헌화가의 연구」, 『고시가문화연구』 제12집, 한국고시가문학회, 2003, 3쪽.
11) 『삼국사기』 권 8, 성덕왕 6년(707) 조. "봄 정월에 많은 백성들이 굶어 죽었으므로 한 사람에게 하루 벼3되 씩을 7월까지 나누어 주었다. 2월에 크게 사면하고 백성들에게 오곡종자를 차등있게 나누어 주었다"
12) 『続日本紀巻』9, 神亀 3年(726) 秋7月 戊子條.
令木靖民(1967), 「金順貞・金邕論-新羅政治史の一考察」『朝鮮學報』45, 奈良, 21~38쪽.
13) 김병권, 「제의성을 통한 「헌화가」와 「해가」의 연구」, 단국대학교 석사학위논문, 2002, 59쪽.
14) 성기옥, 「〈헌화가〉와 신라의 미의식」, 『한국고전시가 작품론』 1, 집문당, 1992,

수로부인과 노옹의 관계를 탐미적 관점의 출발점으로 삼아 전개된 지배 대 피지배의 질곡을 넘어서고자 하는 민중의 염원으로 해석하기도 했다.15) 설화에 등장하는 노인은 남녀를 불문하고 집단의 지도자이거나 초월적 능력을 가진 도사나 조력자가 된다. 이 때 노인의 모습은 대체로 늙고 남루한 차림의 걸인이나 농부 등 하층민으로 묘사된다.16)

한편 〈헌화가〉는 다산多産과 풍요豊饒를 기원하는 주술呪術적 성격을 지니고 있고, 여기에는 양물陽物로 상징되는 남성성과 그것을 받아들여 수태受胎할 수 있는 여성성의 모의적인 결합 행위라는 성기신앙性器信仰의 상징체계가 내재되어 있다고 말할 수 있다.17)

〈헌화가〉의 배경설화인 '수로부인 조'의 내용을 요약하면 다음과 같다.

성덕왕 때 순정공이 강릉태수(지금의 명주)로 부임하는 도중에 바닷가에 가서 점심을 먹었다. 그 곁에는 바위 봉우리가 병풍처럼 둘러쳐서 바다를 굽어 보고 있는데, 높이는 천길 이나 되는 그 위에는 철쭉꽃이 활짝 피어 있었다. 공의 부인 수로가 이것을 보더니 좌우 사람들에게 말했다. "누구 꽃을 꺾어다가 줄 사람은 없는가." 그러나 종자들은, "그곳에는 사람의 발자취가 이르지 못하는 곳입니다."하고 아무도 안 되겠다 했다. 그 곁으로 한 늙은이가 암소를 끌고 지나가다 부인의 말을 듣고 그 꽃을 꺾어 와서는 또한 가사를 지어 바쳤다. 그 늙은이는 어떤 사람인지 알 수 없었다. (『삼국유사』, 「수로부인 조條」)18)

다양한 문학적 형상화와 숨겨진 비유로 구성된 이 설화는 당대의 시대

55~72쪽.
15) 신영명, 「헌화가의 민본주의적 성격」 어문논집 37, 민족어문학회, 1998, 76~79쪽.
16) 김용덕, 「문수보살 신앙과 영험살화의 전승 양상」, 『한국민속학』 제54권, 한국민속학회, 2011, 88쪽.
17) 구사회, 「헌화가의 자포암호와 성기신앙」, 『국제어문』 제38집, 국제어문학회, 2006, 218쪽.
18) 聖德王代, 純貞公赴江陵太守, 今溟州, 行次海汀晝饍. 傍有石嶂, 如屛臨海, 高千丈, 上有躑躅花盛開. 公之夫人水路見之, 謂左右曰, 折花獻者其誰, 從者曰, 非人跡所到. 皆辭不能. 傍有老翁牽牸牛而過者, 聞夫人言, 折其花, 亦作歌詞獻之, 其翁不知何許人也.

적 상황과 관련하여 생각한다면 단순히 애정의 이야기로만 풀어갈 수 있는 것은 아니다. 당시 현실의 모습을 그대로 설명한 것으로 추정할 수 있다. 〈헌화가〉의 사실여부 및 변형과 굴절의 내용을 알기 위해서는 설화說話 생성의 시발始發이 된 성덕왕대 강릉 부임지로의 여행 시·공간에 대한 검토의 필요성이 제기되었다. 수로부인 이야기의 시점은 신라 성덕왕대이며, 무대는 왕경에서 강릉사이의 여로旅路로 설명하고 있다.[19] 한편의 설화 속에 내재된 인식은 단순히 고정되어 있는 것이 아니며, 집단이 처한 현실과 가치관의 변화에 따라 서로 대립하거나 충돌하고, 때로는 통합하려는 역동적 움직임을 보이기도 한다.[20]

향가 〈헌화가〉는 신라시대부터 현대에까지 오랫동안 구가謳歌되어 온 노래이다. 〈헌화가〉의 원문과 현대역은 다음과 같다.

紫布岩乎过希　　　　　　자줏빛 바위 끝에
執音乎手母牛放教遺　　　잡으온 암소 놓게 하시고,
吾肸不喩慚伊賜等　　　　나를 아니 부끄려 하시면
花肸折叱可獻乎理音如　　꽃을 꺾어 받자오리이다.

노옹의 헌화獻花라는 사건 자체에 초점을 맞추어 배경적 현실을 구체적으로 재구성하고 그 의미를 부여함에 있어서, 수로의 신분이나 노옹의 정체, 수로와 노옹의 사랑 등 서사문면에 언급되지 않은 점에 대한 필요이상의 상상과 추론이 요구되었다.[21] 〈헌화가〉에서 흥미적인 요소와 〈해가海歌〉에서 주술적인 모습이 보이듯 그것이 채록되어 기록되기까지 민중의 취향에 맞게 이야기가 변형 굴절되었던 것도 사실이다.[22] 그렇다면 〈헌화

---

19) 이주희, 「수로'부인 설화 창작의 시공간-「헌화가」를 중심으로」, 『어문논집』 제55집, 중앙어문학회, 2013, 195~214쪽.
20) 송효섭, 『설화의 기호학』, 민음사, 1999, 82~85쪽.
21) 이승남, 「수로부인은 어떻게 아름다웠나: 삼국유사 수로부인조의 서사적 의미소통과 헌화가의 함의」, 『한국문학연구』 제37집, 동국대학교 한국문학연구소, 2009, 9쪽.
22) 이영태, 「수록경위를 중심으로 한 수로부인조와 헌화가의 이해」, 국어국문학 126,

가〉의 배경설화에 등장하는 인물들은 현실의 단순하고 평범한 사람이라고 하기에는 다소 무리가 따른다. 〈海歌〉에서 보이는 수로부인: 해룡: 노인의 관계를 중앙정부: 중앙정부대항세력: 민중세력으로 보기도 한다.[23]

그러나 수로부인을 신화적 수준으로 파악하여 수로, 노인, 해룡 등을 초월적 존재나 신격으로 간주하여, 주술적 성격을 가지고 있는 노래로 추정하는 것에 비중을 두고 있다.[24] 다시 말해 수로나 노인을 제의祭儀 주관자 내지 무당巫堂으로 간주하며, 해룡海龍은 악신이나 용신龍神 신앙집단으로 본 것이다.[25] 위의 문맥상 해석이 여러 상황으로 나뉘어 다양한 해석을 요구하지만 표면에 나타나는 진술의 방법은 매우 간결하고 단순하다.

3. 향가 〈헌화가〉에 형상된 기원祈願의 양상

신화神話에서나 현대 과학에서나 인간의 지적 사고과정의 본질은 차이가 없으며 다만 논리구조가 적용되는 대상에 따라 서로 차이가 날 뿐

국어국문학회, 2002 202쪽.
23) 신영명, 앞의 논문, 68~75쪽.
24) 박성규, 「〈헌화가〉의 성 상징고」, 『瑞江大 논문집』 제4권, 1984.
  권복순, 「수로부인 이야기의 공간과 인물의 서사구조」, 『배달말』 34, 배달말학회, 2004.
25) 장진호, 「수로부인설화고」, 『어문학』 제47집, 한국어문학회, 1986.
  이창식, 「〈수로부인〉 설화의 현장론적 연구」, 『동악어문논집』 25, 동악어문학회, 1990.
  김문태, 「「헌화가」·「해가」와 제의 문맥: 『삼국유사』 소재 시가 해석을 위한 방법론적 시고」, 『성대문학』 제28집, 성균관대학교 국어국문학과, 1992.
  조동일, 『한국문학통사』 1, 지식산업사, 1993.
  김흥삼, 「『삼국유사』「수로부인」 조의 제의적 성격과 구조」, 『강원사학』 제15·6집, 강원대학교 사학회, 2000.
  조태영, 「『삼국유사』 수로부인설화의 신화·역사적 해석」, 『국어국문학』 제126집, 국어국문학회, 2000.
  신현규, 「〈수로부인조〉 '수로'의 정체와 제의성 연구」, 『어문논집』 제32집, 중앙어문학회, 2004.

이다.[26]

　의례가 놀이와 이야기로 변모되고, 이후 남성중심의 사회로 접어들면서 주인공인 여성은 신성함과 비속함, 그리고 위대한 여신과 누추한 인간의 이중적 성격을 지닌 인물로 형상화되었을 것이다.[27] 신라인들은 단순히 문학이라는 방식을 통해서 이상적인 주제를 형상화하고 추앙하는 것이 아니라 현실적이고 구체화된 사실에 초점을 맞추어 서사하면서 이미 오래전부터 인간중심의 실제적인 가치를 기원하고 실현하는 것에 목적을 두고 있었다.

1) 다산에 대한 기원

　동·서양을 막론하고 고대인들은 다산多産을 매우 특별하게 생각했다. 고대사회에서는 임신한 여인은 그들에게 은신처隱身處를 주고 충분한 영양분을 공급해 줄 것이라고 기대했다고 한다. 오직 생명을 출산하는 여성의 의미를 강조했다. 여성성이 곧 생산성으로 여겨졌던 고대에는 여성이 생산의 주체로 여겨졌으며 이는 신화 속에 여신의 형상으로 존재했지만 모권사회에서 부권사회로 변화함에 따라, 그리고 정치적인 승패에 따라 여신을 숭배하던 집단이 패하면서 권력을 차지한 집단의 남성신에 대해 수동적인 존재가 되었다.[28] 〈수로부인〉 조에서 견우노옹이 꽃을 꺾어 여성에게 바치는 것도 〈불도맞이〉에서처럼 잉태를 기원祈願하는 여성에게 꽃의 주술성을 상징적으로 보여 주는 것이다.[29] 〈불도맞이〉는 생명 탄생의 핵심으로 작용하여 신들의 직무를 형상화하여 굿의 기능을 수반하는

---

26) 이인식, 『지식의 대융합』, 고즈윈, 2008, 31쪽.
27) 김국희, 「할미과장 속 죽음의 의미와 연희집단과의 상관성」, 『한국민속학』 제58집, 한국민속학회, 2013, 15쪽.
28) 정인혁, 「신화 해석의 생물학적 비평 가능성 연구: 건국신화 속 어머니-女神의 존재 양상을 중심으로」, 『한국문학이론과 비평』 제13권 제3호 제44집, 한국문학이론과 비평학회, 2009, 167쪽.
29) 구사회, 앞의 논문, 210쪽.

행위이다.

〈헌화가〉는 지나가던 정체불명의 노인이 젊은 부인의 미모에 반하여 사랑을 구애하는 서정적인 성격을 지닌 노래가 아니라 자줏빛 바위로 표상된 남근석男根石 아래에서 그것이 생식과 내포하고 있는 생명력을 얻으려는 주술의례의 성격이 매우 강하다.[30] 주술呪術은 자연의 힘을 조작할 수 있는 능력을 획득하는 것이고 그 힘을 개인 혹은 집단의 목적을 위하여 조종하는 것으로 초자연적 존재의 도움을 빌려 여러 가지 현상을 일으키는 것이다.[31] 삼국시대의 사회에서 자주빛은 서민의 색채가 아니었다. 무엇보다 신화는 색채로 구분된 사회적 상징을 갖고 있었다.[32] 인간문화의 초기 발전단계에 인간은 자연스럽게 아이를 임신姙娠하고, 생산生產을 할 수 있는 여성과, 어린이의 모습을 흠모欽慕하게 되었다. 이후에 초기의 모계母系중심에서 점차 부계父系중심으로 전환轉換됨에 따라 남성상과 그 역할이 좀 더 중요해져 갔고, 사람들이 생리학生理學적 기능의 발달을 이해함에 따라 남성 생식기는 민간신앙(Totem)이 되어졌고, 다산多產의 보편적 상징으로 자리 잡게 되었다.[33]

〈헌화가〉에서 핵심이 되는 자줏빛 바위 역시 단순한 성스러운 존재가 아니다. 성석性石의 의미를 보여주는 것으로, 인간의 성문화를 반영하고 있다고 추정할 수 있다. 특히 바위에 행해지는 종교적, 주술적 의례들은 소원을 비는 사람에 따라서 다양하게 나타나지만, 대체로 아이 낳기를 기원하거나 풍요를 기원하며, 마을의 보호를 원하기도 한다. 그 중 아이를 원하는 의례적인 행위들은 개인적인 치성과 성석에 대한 모의적인 성

---

30) 이와 관련하여 구사회의 「헌화가의 자포암호와 성기신앙」, 『국제어문』 제38집, 국제어문학회, 2006, 201~223을 참조하기 바람.

31) 김혜순, 「시의 주술적 언술 연구: 향가의 주술성 계승을 중심으로」, 『한민족어문학』 제66권, 한민족어문학회, 2014, 471쪽.

32) 채수영, 「색채와 헌화가」, 『한국문학연구』 제10권, 동국대학교 한국문학연구소, 1987, 133쪽.

33) 오출세, 『한국민간신앙과 문학연구』, 동국대학교 출판부, 2002, 50쪽.

행위로 나타난다. 이처럼 바위가 출산의 기능을 하고 있음을 여실히 보여주는 것이다.[34] 이처럼 바위에 아이 낳기를 원하는 행위들은 바위를 성스러운 존재로 여기는 숭배관념에 의해서 나타나는 것이다.

또한 성性을 표현하고 성행위를 하는 것은 생명을 창조하는 근원으로 여기고 숭배하였다는 점에서, 바위와 성의 관념이 합쳐져 생명력의 원천으로서 성석性石이 자리하게 된 것이다. 성기숭배性器崇拜는 민간신앙民間信仰의 일종으로 우리 민족문화의 소박함과 원초적인 본질을 밝히는 중요한 요소로 해석된다. 성을 자연과 인간을 번성繁盛시키는 근원적인 신비스러운 힘으로 이해했던 고대인에게 성기 그 자체가 신앙이 대상이 되었던 것은 지극히 당연한 일이었다. 민간에서는 남성의 우뚝 선 성기를 공동체의 풍요豊饒와 번영繁榮을 기원하고 악귀의 침입을 막는 표상으로 사용한다.[35] 여성과 남성의 성적性的 결합結合을 대지大地와 씨앗의 결합 원리와 같은 것으로 생각하였다. 그래서 그들은 여성女性의 성기性器를 강조하면서도 항상 남성男性의 성기性器를 강조하기도 했다.[36]

그들은 이미 수태受胎의 신비를 염원하였을 것이고 이는 성생활性生活의 내면적 의의가 인식됨에 따라 사회적 문화적 기능의 중요한 유산으로 전승되었을 것이다. 이러한 성기숭배는 무엇보다 농사일에서 가장 필요한 인력을 생산하기 위해 나타나는 성의 신앙信仰이다. 태초太初에 인간들의 삶의 목적은 살아남기 위한 풍요와 다산이며 이는 종족의 번영과도 상통相通된다. 그러기 위해서는 공동생활에서 중요한 일 중의 하나가 집단集團의 구성원을 늘리는 것은 당연한 일이었다. 그러면서 생명에 대한 신비함을 느꼈고, 그것이 남녀의 성기에 대한 경외심으로 이어졌을 것이다. 〈헌화가〉가 지어진 신라 성덕왕시대에는 성기와유사한 암석이나 지

---

34) http://www.culturecontent.com/content/contentView.do?search_div=CP_THE&search_div_id=CP_THE002&cp_code=cp0610&index_id=cp06100007&content_id=cp061000070001&search_left_menu=2
35) 오출세, 앞의 책, 41쪽.
36) 오출세, 위의 책, 133쪽.

형과 연관되는 상징적 자연물에 대한 신앙형태가 이미 폭넓게 자리를 잡고 있었던 것으로 보인다.[37] 신라시대의 무덤에서 나온 토우土偶 중에는 남녀의 알몸이나 성행위하는 모습이 있다. 이것들은 공통적으로 성기를 과장하여 노출시키고 있는데, 모두들 앞선 시기의 암각화와 같이 주술적 행위로써 다산多産과 풍요豊饒를 기원하는 내용이다.[38]

상고시대의 제의는 제의 그 자체로만 행하여진 것이 아니라 흔히 주술과 함께 이루어지는 주술제의였다.[39] 또한 이들 주술이 대중과 함께 이루어진 것으로 추정할 수 있다. 이런 상황과 연계하여 본다면 〈헌화가〉는 남근석 아래의 무속제의과정에서 자손을 소망하는 수로부인을 위한 일종의 기원의 노래로 보인다.

또한 〈헌화가〉에 표현되어 있는 암소를 놓는 행위는 '암소를 놓아두는' 행위 또는 '암소를 놓게 하는' 행위로 볼 수 있다. 여기서 암소는 중요한 의미를 지니고 있는데, 농경사회農耕社會에서 농사일을 돕고, 생산을 하는 경제력과 권력의 상징이다. 이처럼 귀한 의미의 암소는 신에게 바치는 제물, 즉 신성함을 의미하기도 한다. 이는 소가 공물로 바쳐지는 것과 비슷한 이치인데 소가 여성과 마찬가지로 풍요와 다산을 상징하는 동물이기 때문이다. 신에게 처녀를 주기적으로 교체해 바치는 인신공희人身供犧가 대지의 주기적 갱신을 의미하는 것과 마찬가지로 소를 공물로 바치는 것의 의미 또한 대지大地의 갱신을 통한 풍요와 생산력 보장의 의미로 추측할 수 있다. 아울러 '암소' 혹은 '어미소'라고 표현한 이유를 집중할 필요가 있다. 이는 단순히 농경사회의 소가 지니는 이상의 의미를 보여주는 것이다. 단순히 사람을 도와 농사일을 하는 것에 본래적인 의미가 있지만 암소라는 것을 강조하는 것으로 보아 노동에 초점을 맞추는 것이 아니라 생산성과 다산의 풍요로움을 기원하는 신라인의 의식이 반영된

---

37) 구사회, 앞의 논문, 209쪽.
38) 김태수, 『성기숭배민속과 예술의 현장』, 민속원, 2005, 19쪽.
39) 김종규, 『향가문학연구』, 경인문화사, 2003, 29~30쪽.

것이다.

2) 소망성취에 대한 기원

〈수로부인〉 서사의 등장인물들을 역사적 실재 인물과 등치시키는 것에도 논리적 공백이나 비약이 존재한다. 그렇다면 오히려 서사 텍스트에더 집중하여 서사 내적 관계망과 그것을 통해 형성되는 의미에 주목할필요가 있다.[40] 무엇보다 〈헌화가〉에 등장하는 '꽃'의 의미를 밝히는 작업은 이 설화 전체의 성격을 규명하는 데 있어 매우 중요한 부분을 차지한다. 왜냐하면 이 설화의 핵심은 결국 꽃을 원하는 여인에게 정체불명의한 노옹이 꽃을 꺾어 바친 것이기 때문이다.

수로부인이 왜 꽃을 그토록 원했는지, 노옹이 꽃을 꺾어 바친 사연은무엇인지 하는 것들이 해명이 되어야 이 설화의 의미가 온전히 드러날수 있을 것이다. 신화소神話素에서 대체적으로 꽃을 피워서 주도권 다툼의 판가름을 내는 내용이 자주 등장한다. 그렇다면 꽃의 의미를 주목할필요가 있다. 다시 말해서 생명을 기를 수 있는 능력이 핵심이 되는 것이다. 생명의 신비인 꽃 피우기는 단순한 일은 아니다. 씨앗에서 꽃이 피고뿌리를 내림으로써 신비로운 비약이 일어나고 가지에 다시 열매가 맺고이듬해에 다시 꽃이 핀다. 그것은 인간이 하는 일이면서도 인간의 예지를넘어서는 일이다.[41] 무속에서 꽃은 흔히 신격神格의 상징으로 쓰인다. 꽃이 신격의 상징으로 쓰이는 예로 우리는 은산별신제, 한 장군놀이 등을들 수 있다.[42] 이는 〈헌화가〉에 등장하는 꽃의 의미와 무관하지 않다.

주술적 기원은 신을 불러 들이는 무당이 춤·노래·주문 등을 통하여엑스터시(ecstasy) 상태로 몰입하여 초자연력과 신령神靈을 가지고 농

---

40) 오세정, 「수로부인의 원형성과 재조명된 여성상」, 『한국고전여성문학연구』 제28권, 한국고전여성문학회, 2014, 264쪽.
41) 김헌선, 「〈삼승할망본풀이〉의 여신 투쟁이 지니는 신화적 의미」, 『민속학연구』, 국립민속박물관, 2005, 205쪽.
42) 이상희, 『꽃으로 보는 우리 문화』 1, 넥서스, 1998, 150쪽.

사 · 어업 · 수렵의 풍요, 개인과 집단의 안전, 전쟁의 승리 등을 기원하거
나 병을 고치는 마술을 부리도록 요구하는 것이다.[43] 또한 무속에 등장하
는 꽃은 자연계에 실재하는 꽃뿐만 아니라 관념적인 상상의 꽃이 많다.
이러한 상상화의 특징은 대부분 인간이 희구希求하는 이상적인 삶의 모습
이나 지향해야 할 가치관 또는 이 세상에 어떤 한恨을 담고 있는 인간사
등을 꽃 이름으로 표현하고 있다.[44]

다시 말해 인간들은 자신들이 추구하는 이상적인 삶과 가치관들을 꽃
속에 함축시켜 자신들의 중요한 의례에 적절하게 활용하는 방식을 취한
다.[45] 〈헌화가〉에 등장하는 꽃에도 이러한 요소들이 적용된다. 단순한
아름다움만을 내포하고 있는 것은 아니다. 꽃은 불교에서는 부처의 위의
威儀를 존귀하게 하는 장치로 사용되고, 무속에서는 생명의 재생 신성,
풍요, 아름다움을 형상화한다. 〈헌화가〉를 주술적 제의에 비중을 두어서
무속적 노래로 판단한다면 수로와 노옹은 평범한 존재로 보기는 어렵다.
이 노래에 사용된 천 길 바위위에 핀 꽃 척촉화는 단순히 애정을 구가하
기 위한 산물이 아니라 특수성을 지니고 있는 것이다. 이는 신성, 풍요,
아름다움에 대한 열망을 근간으로 하는 무속의례를 위한 무구巫具로 보아
야 마땅하다. 꽃은 인간에게 생명의 에너지 공급처이고 생명의 원천이다.
꽃은 끊임없이 재생을 반복하면서 영원히 영생永生하는 성스럽고 신성한
생명체이다.[46] 천 길이나 되는 바위위에 신원미상의 노옹이 목숨을 담보
로 하여 꽃을 꺾으러 가는 행위는 단순히 애정의 문제라고 치부할 수
없다. 산신으로 현신한 노인이 꺾어 준 척촉화는 수로부인의 생명력과

43) 이동근, 「향가의 기원성과 소통방식」, 『인문과학연구』 제35집, 대구대학교 인문과
   학연구소, 2010, 215쪽.
44) 박은주, 「조선후기 조화의 유형과 변천」, 이화여자대학교 석사학위 논문, 2005,
   116쪽.
45) 전성희, 「동해안별신굿에서 노래굿춤의 양식과 노래굿의 의미」, 『비교민속학』 제
   55권, 비교민속학회, 2014, 407쪽.
46) 김명희, 「무巫의 '꽃밭'에 나타난 '위대한 어머니(The Great Mother)'인 '원강암」,
   『비교민속학』 제47집, 비교민속학회, 2012, 501쪽.

함께 다산의 의미를 지닌다. 또한 그 의미는 수로부인의 신적기능의 부여로서 풍농豐農, 풍어風魚의 다산적 제의와 안전행로, 집단의 안녕 등 복합적 의미라고 볼 수 있다.[47]

샤먼(Shaman)은 아는 자, 춤추는 무당巫堂이란 뜻이 있다. 이러한 샤먼은 병을 고치는 능력과 신과 교통하는 능력을 가지고 악마와 요정을 쫓아내고 인간에게 복을 가져다 줄 수 있는 신비한 인물이었다. 이들은 구체적으로 접신을 통하여 신에게 희생을 바치고, 미래를 예언하며, 귀신을 호출하고, 영계靈界를 살펴 인간의 흉악凶惡사를 주도하였는데, 신라시대는 한동안 이러한 샤머니즘이 시종일관 영향을 미쳤음을 알 수 있다.[48] 노옹은 제의현장에서 수로부인의 축원祝願에 응답하고, 축원을 성취케 해주는 인물이다. 따라서 노옹은 일단 샤먼으로 볼 수 있다. 그렇다면 〈헌화가〉에서 노옹은 샤먼의 역할을 하고 있다고 설명할 수 있다. 노옹은 수로부인이 꽃을 얻을 수 있는 방법을 제시한다. '나를 부끄러워하지 않는' 행위가 함축하고 있는 것은 노옹과 수로부인과의 결합의 가능성도 추측할 수 있다.[49] 그러나 노옹이 샤먼이라고 간주할 때 노옹은 신과 인간의 만남을 이어주는 중재역할과 의뢰자 개인이나 그 가정의 안녕과 조화로운 관계를 위하여 이 관계를 해치는 요소를 제거하고 구성원의 한을 풀어주는 역할을 한다. 수로부인은 배경설화에서는 이야기의 중심인물로 설명되지만 의례과정에서는 소망을 발로하는 수동적인 인물로 볼 수 있다. 이런 측면에서 본다면 노옹은 제의를 주관하는 중심인물로 볼 수 있다. 여기서 단순히 수로부인의 소망으로 보이는 것들이 실은 개인의 소망이 아니라 신라인들이 바라는 그들의 소망이 노래로 불러진 것이다. 이는 노옹의 샤먼행위를 통해 구체화될 수 있는 것이다.

---

47) 김경남, 「水路傳承으로 본 獻花歌 연구」, 『관동어문학』 제6집, 관동어문학회, 1989, 11쪽.
48) 이동근, 앞위 논문, 234쪽.
49) 최선경, 「향가의 제의가적 성격 연구」, 연세대학교 박사학위논문, 2002, 61쪽.

4. 향가 〈헌화가〉에 나타난 기원의 특성

〈헌화가〉는 한국 최고의 고전으로서 대중들에게 무안한 상상력과 낭만의 절정을 보여주는 훌륭한 문학작품이다. 기원의 노래는 명령, 청원, 설득으로 나눌 수 있다. 명령형은 우월자적 위치에서, 청원형은 열등자적 입장에서, 설득형은 수평적 입장에서 노래되었다. 이런 이유로 청원형의 내용구조는 문제를 제시한 후 우월적 지위에 있는 상대에게 문제를 해결해 줄 것을 청원하고, 설득형의 내용구조는 문제를 제시하고 수평적 상대를 논리적 감성적으로 설득하여 동일화를 유도해낸다.[50] 〈수로부인〉설화는 다양한 모티프가 내재된 서사물로 현대에까지도 그 활용이 지속적으로 이어지고 있다.[51]

아울러 수로부인의 용궁체험이 자발적인 것이 아니었으나 모험에 적응한 수로에게 용궁여행은 납치가 아니라 자발성으로 바뀌었다. 이어서 산과 연못으로 체험현장이 확대되었고, 이는 동심원의 확대이며 나아가 화합과 아름다움의 고양 또한 갖추고 있다.[52] '수로부인' 설화는 다양한 이야기를 한 곳으로 묶은 것으로 볼 수 있으며, 동일한 제의를 근거로 성립된 설화[53]로 볼 수 있다.

신라인들은 〈헌화가〉속에 그들이 겪고 있는 현실적인 문제점이나 고통을 타파하기 위한 절절한 바람을 담아서 표현했을 확률이 매우 높고, 이들의 소망은 노래를 통해 분명하게 드러나는 것이다. 인간은 항상 삶에 대한 다양한 욕망과 욕구를 지니며 자유, 부귀, 권력, 명예 등을 추구하기

---

50) 이동근, 앞의 논문, 223쪽.
51) 임정식, 「한국영화에 나타난 '미녀 피랍/구출' 모티프의 수용과 변주-「수로부인」설화와의 비교를 중심으로」, 『인문콘텐츠』 제31호, 인문콘텐츠학회, 2013, 122쪽.
52) 고운기, 「모험스토리개발을 위한 『삼국유사』 설화의 연구」, 『신라문화』 제41집, 2013, 307~320쪽.
53) 강등학, 「수로부인 설화와 수로신화의 배경제의 검토」, 반교어문학회 편, 『신라가요의 기반과 작품의 이해』, 보고사, 1998, 161쪽.

위해 노력하지만, 현실은 인간에게 좌절과 고통을 안겨 주기도 한다. 특히 신라 민중들은 사회의 구조적인 모순과 신분적 한계로 인해 어려움에 처하는 경우가 많다. 신라문화는 전통문화의 기반 위에 북방대륙 문화와 남방해양 문화 거기에다가 로마문화까지 수용하여 융합시킨 다원적 복합 문화로서 이는 우리의 상상을 초월하는 동서의 문명교류라는 큰 흐름의 소산이다.[54]

무엇보다 인간은 자기 앞에 놓인 운명적인 고난을 극복하고자 현실에 맞서 싸우기도 하지만 때로는 현실적인 제약과 굴레를 벗어나기 위해서 초월적 세계를 상상하기도 하고 희구하기도 한다. 기원은 자신들의 힘으로 모든 어려운 시련을 타개해 나가려는 노력과 관련이 있음을 알 수 있고, 그 중심에 바로 '수로'가 있음을 확인할 수 있다. 따라서 물가에서 풍요를 기원하는 어떤 제의가 있었다고 보아야 할 것이다.[55] 이들은 단순히 노동성에 관심을 기울이는 것이 아니라 생산성과 다산의 풍요로움을 중심으로 기원하는 신라인의 의식세계가 견고하게 반영된 것이다. 단순히 자신들의 힘으로는 현실이 주는 두려움을 극복하지 못하는 상황에서 이들이 지닌 '기원'은 필연적으로 수반될 수밖에 없다.

뿐만 아니라 수로부인의 아름다움 자체가 신성한 능력으로 여겼다는 것을 말하며 이는 곧 근원적인 여성성이 미美라는 특정한 외부적 표지로 드러난 것이라고 볼 수 있다.[56] 〈헌화가〉는 남근석 아래 무속제의과정에서 자손을 소망하는 수로부인을 위한 일종의 기원의 노래로 해석할 수 있다.

기원祈願은 바라는 일이 이루어지기를 비는 행위로서, 신이나 초월적 존재와의 소통을 목적으로 한다. 신라시대 향가에는 희한하게도 구원을

---

54) 정수일, 『한국 속의 세계』 1, 창비, 2005, 219쪽.
55) 강명혜, 「고전문학에 투영된 한국 여성 영웅의 담론적 특성」, 『한국문학과 예술』 제11집, 숭실대학교 한국문예연구소, 2013, 88쪽.
56) 이유경, 『고전문학 속의 여성 영웅형상 연구』, 보고사, 2012, 92쪽.

받을 수 있다는 보편화되다시피 한 당대의 시가관詩歌觀을 작자는 신뢰하고 있는 것을 알 수 있다.57) 노래 때문에 규정하기 애매했던 부분이 수로부인 등이 등장하는 '굿 형식의 서사'라는 점이다. 이제 가설 삼아, 수로부인 이야기는 기존의 노래를 원용하여 굿의 대본으로 확대시킨 서사로 보자는 것이다.58) 이 이야기는 처음에 강릉으로 가는 부사의 일행이 실제 겪은 일일 수 있으나, 굿이나 연희의 대본 형태로 확대 발전하였던 것59)으로 추정할 수 있다.

향가작품에 나타나는 기원은 그 대상에 따라 크게 주술적, 불교적, 서정적抒情的의 바탕으로 구분할 수 있다. 그러나 〈헌화가〉는 기도의 성격이 표면적으로 분명하게 드러나지는 않는다. 또한 신에 대한 청원의 구조를 지니고 있는 것이 아니다. 다만 배경설화와 여러 가지 상황을 놓고 본다면 의식적인 격식을 지니고 있다고 추정할 수 있다. 여기에 명령이나 강제의 요소가 드러나는 다른 주술가와는 달리 자신이 소망하고 기원하는 것에 대한 의미가 형상화되어 있다.

5. 향가 〈헌화가〉에 나타난 기원의 형상화 방안

〈헌화가〉가 형성되었던 사회적·문화적 문맥을 이해한다면 작품이 가지고 있는 관계적 가치가 추구되고 있는 노래라는 사실을 알 수 있다. 〈헌화가〉에 투영된 기원양상은 무엇보다 신라인들이 처한 생활이나 시대상황을 충실히 보여주고 있다. 또한 이는 신라의 노래이면서 민중의 노래로 그 유연성을 검증받고, 현대에까지도 대중의 사랑을 받고 있다. 노래가 지니고 있는 신비하면서 풀리지 않는 사연들은 단순히 미모의 부

---

57) 박노준, 『향가여요의 정서와 변용』, 태학사, 2001, 25~26쪽.
58) 고운기, 「여성의 모험과 수로부인」, 『열상고전연구』 제47집, 열상고전학회, 2015, 87쪽.
59) 고운기, 위의 논문, 101쪽.

인에 대한 노옹의 탐닉과 애정문제에 국한되는 것은 아니다.

다시 말해 천 길이나 되는 바위위에 신원미상의 노옹이 목숨을 담보로 하여 꽃을 꺾으러 가는 행위는 단순히 애정의 문제라고 치부할 수 없다. 산신으로 현신한 노인이 꺾어 준 척촉화는 수로부인의 생명력과 함께 다신의 의미를 지닌다. 또한 그 의미는 수로부인의 신적기능을 부여함으로써 다산, 풍요의 복합적 산물이라고 할 수 있다. 아울러 제의에 집단 구성원들도 동참하고 있다는 것을 짐작할 수 있다. 이장에서는 〈헌화가〉가 불린 배경적 현실을 구체적으로 재구성하고 그 의미를 부여하고자 노력하였으며 수로부인의 신분과 노옹의 실체를 추정해보았다.

이를 통해서 〈헌화가〉는 풍요豊饒와 번영繁榮을 기원하는 신라인의 성의식을 보여주는 한 단면이라는 사실을 알 수 있다. 또한 배경설화에 나오는 노옹은 샤먼의 역할을 하고 있으며 제의를 주관하는 중심인물이다. 이를 통해 수로부인의 소망을 빌어주는 것뿐만 아니라 신라인들의 소망과 기원이 응집화되어 있다는 사실을 보여주고 있다. 〈헌화가〉는 표면상으로는 애정문제로 표상되어 있는 듯 보이지만 실상은 신라인의 절절한 기원祈願을 담은 노래이다.

참고문헌

• 단행본

『三國史記』 권 8

『續日本紀卷』 권 9

김태수, 『성기숭배민속과 예술의 현장』, 민속원, 2005.

김종규, 『향가문학연구』, 경인문화사, 2003.

박노준, 『신라가요의 연구』, 열화당, 1982.

_____, 『향가여요의 정서와 변용』, 태학사, 2001.

송효섭, 『설화의 기호학』, 민음사, 1999.

이인식, 『지식의 대융합』, 고즈원, 2008.

이상희, 『꽃으로 보는 우리 문화』 1, 넥서스, 1998
오출세, 『한국민간신앙과 문학연구』, 동국대학교 출판부, 2002
조동일, 『한국문학통사』 1, 지식산업사, 1993.
최 철, 『향가의 문학적 해석』, 연세대학교 출판부, 1990.

• 논문

구사회, 「〈헌화가〉의 '자포암호'와 성기신앙」, 『국제어문』 제38집, 국제어문학
　　　회, 2006, 208.
강명혜, 「단군설화 새롭게 읽기」, 『동방학』 제13집, 한서대학교 부설 동양고전연
　　　구소, 2005.
김병권, 「제의성을 통한 「헌화가」와 「해가」의 연구」, 단국대학교 석사학위논문,
　　　2002.
김국희, 「할미과장 속 죽음의 의미와 연희집단과의 상관성」, 『한국민속학』 제58
　　　집, 한국민속학회, 2013.
김헌선, 「〈삼승할망본풀이〉의 여신 투쟁이 지니는 신화적 의미」, 『민속학연구』,
　　　국립민속박물관, 2005.
김혜순, 「시의 주술적 언술 연구: 향가의 주술성 계승을 중심으로」, 『한민족어문
　　　학』 제66권, 한민족어문학회, 2014.
신배섭, 「향가 문학에 나타난 '갈등'과 '화해' 양상 연구: 『삼국유사』 소재 14수를
　　　중심으로」, 수원대학교 박사학위 논문, 2008.
성기옥, 「〈헌화가〉와 신라의 미의식」, 『한국고전시가 작품론』 1, 집문당, 1992.
신영명, 「헌화가의 민본주의적 성격」 어문논집 제37집, 민족어문학회, 1998.
신현규, 「〈수로부인조〉 '수로'의 정체와 제의성 연구」, 『어문논집』 제32집, 중앙
　　　어문학회, 2004.
유육례, 「헌화가의 연구」, 『고시가문화연구』 제12집, 한국고시가문학회, 2003.
이승남, 「수로부인은 어떻게 아름다웠나: 삼국유사 수로부인조의 서사적 의미소
　　　통과 헌화가의 함의」, 『한국문학연구』 제37집, 동국대학교 한국문학연
　　　구소, 2009.
이주희, 「'수로'부인 설화 창작의 시공간-「헌화가」를 중심으로」, 『어문논집』 제
　　　55집, 중앙어문학회, 2013.
임재해, 「구비문학의 연행론, 그 문학적 생산과 수용의 역동성」, 『구비문학의
　　　연행자와 연행 양상』, 박이정, 1999.

전성희, 「동해안별신굿에서 노래굿춤의 양식과 노래굿의 의미」, 『비교민속학』
　　제55권, 비교민속학회, 2014.

● 저자소개

하경숙河慶淑

1977년 서울 출생
선문대학교 인문대학 국어국문과 졸업
동 대학원 석·박사 과정 수료
문학박사
온지학회, 한국문화융합학회 이사
대림대학교 교양학부 출강
현재 선문대학교 교양학부 계약제 교수

저서
『한국 고전시가의 후대 전승과 변용 연구』
『네버엔딩 스토리 고전시가』

논문
「고대가요의 후대적 전승과 변용 연구-〈공무도하가〉·〈황조가〉·〈구지가〉를 중심으로」
「〈헌화가〉의 현대적 변용 양상과 가치」
「악부시 〈황조가〉의 성립과정과 문예적 특질」
「〈공무도하가〉의 현대적 변용 양상」
「〈정읍사〉의 후대적 전승과 변용 양상」
「〈서동요〉의 후대적 수용 양상과 변용 연구」
「삼국유사 소재 〈도화녀와 비형랑〉 설화의 공연예술적 변용 양상과 가치」
「『삼국사기』소재 〈온달설화〉를 모티프로 한 악부시 양상」
「향가 〈도천수대비가〉의 현대적 변용 양상」
「향가 〈헌화가〉의 공연예술적 변용 양상과 가치」
「기봉 백광홍의 작품세계와 현실인식」
그 외 다수

숭 실 대 학 교
한국문예연구소
학 술 총 서 52

고전문학과 인물 형상화

1판 1쇄 발행 2016년 8월 30일
1판 2쇄 인쇄 2017년 7월 20일
1판 2쇄 발행 2017년 7월 28일

지 은 이 | 하경숙
펴 낸 이 | 하운근
펴 낸 곳 | 學古房

주   소 | 경기도 고양시 덕양구 통일로 140 삼송테크노밸리 A동 B224
전   화 | (02)353-9908   편집부(02)356-9903
팩   스 | (02)6959-8234
홈페이지 | http://hakgobang.co.kr
전자우편 | hakgobang@naver.com, hakgobang@chol.com
등록번호 | 제311-1994-000001호

ISBN   978-89-6071-608-7 94810
        978-89-6071-160-0 (세트)

값 : 12,000원

이 도서의 국립중앙도서관 출판예정도서목록(CIP)은 서지정보유통지원시스템 홈페이
지(http://seoji.nl.go.kr)와 국가자료공동목록시스템(http://www.nl.go.kr/kolisnet)에서
이용하실 수 있습니다. (CIP제어번호 : CIP2016019855)

■ 파본은 교환해 드립니다.